EL GUITARRISTA

colección andanzas

Libros de Luis Landero
en Tusquets Editores

ANDANZAS
Juegos de la edad tardía
Caballeros de fortuna
El mágico aprendiz
Entre líneas: el cuento o la vida

FÁBULA
Juegos de la edad tardía
Caballeros de fortuna
El mágico aprendiz

EL GUITARRISTA
LUIS LANDERO

TUSQUETS EDITORES

1.ª edición: marzo 2002

Diseño de la colección: Guillemot-Navares
Reservados todos los derechos de esta edición para
Tusquets Editores, S.A. - Cesare Cantù, 8 - 08023 Barcelona
www.tusquets-editores.es
ISBN: 84-8310-198-X
Depósito legal: B. 6.871-2002
Fotocomposición: Foinsa - Passatge Gaiolà, 13-15 - 08013 Barcelona
Impreso sobre papel Offset-F Crudo de Papelera del Leizarán, S.A.
Liberdúplex, S.L. - Constitución, 19 - 08014 Barcelona
Impreso en España

Índice

A Juan Luis Hernández Mirón,
a quien yo he visto crecer por dentro
hasta llegar a ser el hombre grande que ahora es

I

1

Hace mucho tiempo (cuando yo ni siquiera sospechaba que algún día llegaría a ser escritor) fui guitarrista, y aún antes trabajé de aprendiz en un taller mecánico: al taller se bajaba por una rampa en espiral, y ya la primera vez que entré allí tuve la sensación de haber caído en la trampa de la hormiga león, esas larvas que parecen garrapatas o arañas y que viven en el suelo, junto a los caminos, donde excavan unos conos de arena muy bien cernida y granulada por cuya pendiente resbalan sin remedio las víctimas, y cuanto más intentan escapar más resbalan, y cuanto más resbalan tanto más se afanan en huir. Entretanto, la hormiga león, oculta bajo tierra, sin prisas, sin apuro, sin comparecer jamás en el escenario del drama, sólo tiene que esperar el instante de asomar las garras y apoderarse de su presa, ya extenuada y rendida, y arrastrarla con ella a su guarida de tinieblas. Y ahí concluye la historia.

Eso fue lo que pensé el primer día que llegué al taller y me hundí en sus entrañas, que estaba cayendo en una trampa de la que ya nunca iba a salir. Por lo demás, recuerdo que en aquellos tiempos madrugaba muchísimo, que llevaba las uñas siempre sucias, con restos ya enquistados de grasa, y astilladas y rotas por las herramientas y las sustancias corrosivas, y que el pelo y las manos, por más que me lavara, me restregara y hasta me perfumara, me olían irremediablemente a aceite, a trapos de borra, a petróleo usado, a goma podrida de neumático. Con ese tufo yo iba y venía por el Madrid de entonces, siempre deprisa y siempre a punto de llegar tarde a todas partes.

Como no tenía tiempo de ir a comer a casa, mi madre me ponía el almuerzo en una tartera de aluminio, y con la tartera, los libros, los cuadernos, todo en el mismo lote, y todo pringado de grasa y contaminado del olor a mecánica, me apresuraba al atardecer para llegar con hora a una academia nocturna que había en un pasaje cercano a la Gran Vía, en un quinto piso sin ascensor, donde estudiaba un montón de asignaturas descabaladas del bachillerato, además de mecanografía y contabilidad, de modo que cuando volvía a casa era ya muy tarde, las calles estaban solitarias y oscuras y yo caminaba muy deprisa y a veces oía resonar el eco de mis pasos muy lejos, en una dimensión irreal, y siempre más deprisa, como si la noche fuese un desagüe que me succionaba junto con los últimos residuos del día, y más y más aprisa, porque aún tenía que sacar tiempo para ordenar y pasar a limpio los apuntes, hacer los deberes y estudiar las lecciones, primero en la cocina, mientras comía la cena tibia que mi madre me dejaba en el horno, y luego tumbado en la cama, a la luz del flexo, mientras luchaba por no caer rendido de cansancio y de sueño.

Si era lunes o jueves, todavía escuchaba en la radio un programa que daban después de medianoche, donde recitaban poemas con voces susurrantes y cálidas. Voces que parecían hablarte desde dentro mismo de la conciencia. Que pronunciaban muy bien las sílabas, como desmenuzando el significado de cada palabra, y que se cernían sobre las pausas hasta llenarlas también de un segundo sentido. Eran poemas tristes, con música de fondo también triste. Y, cuanto más tristes, más me gustaban y me consolaban y me llenaban el alma de orgullo, de dramatismo, de nobleza. En el silencio de la noche, las palabras escuchadas en la oscuridad parecían purificarse y purificarme a mí de las indignidades y miserias del día. También a veces leía alguna novela, *Cuán verde era mi valle*, *Sinuhé el egipcio*, *El conde de Montecristo*, pero sólo una página o dos, porque enseguida me iba hundiendo en el sueño. Y no había acabado de dormirme, según mis cálculos, cuando oía como un estruendo el susurro apremiante de mi madre: «¡Émil, Émil! ¡Arriba! ¡Vamos, date prisa, que ya vas con retraso!».

Así era mi vida por entonces. Por si fuese poco, los sábados y los domingos estaban también contaminados de tiempo laboral. Tenía por ejemplo que hacerle encargos a mi madre. Mi madre era costurera y trabajaba por su cuenta. Arreglaba todo tipo de prendas usadas, chaquetas, pantalones, jerséis, abrigos, uniformes militares, sotanas, trajes de novia y de primera comunión, y una vez hasta uno de torero. Ella los estiraba, los encogía, les daba la vuelta, los transformaba, los dejaba como de estreno. A lo mejor de una capa hacía una falda y una blusa, y aún le sobraba tela para combinarla con otros retales y confeccionar una bufanda o un chaleco. Los fines de semana yo tenía que hacer la entrega y recogida de prendas, a veces en barriadas del extrarradio, o ir a las grandes casas de venta al por mayor a comprarle lana, telas, botones, cremalleras. También me usaba de referencia y de modelo para tomar medidas y me vestía de juez, de novio, de cura, de teniente.

O la ayudaba a devanar madejas. Estábamos ya muy compenetrados. Yo sostenía la madeja en las muñecas con los brazos abiertos y los iba moviendo al compás que ella marcaba al hacer el ovillo. «¿Te duermes?» «No.» «¿En qué piensas?» «En nada.» «Siempre dices lo mismo.» «Es que no pienso en nada.» «Pues deberías pensar en dormir menos y estudiar más.» «Estudio lo que puedo.» «Y pensar en el porvenir, que vas por la vida como si el futuro no fuese a llegar nunca. Fíjate en las mangas del jersey: las llevas anchadas y sucias, y lo mismo el cuello de la camisa. Eres un farraguas, Émil, y por ese camino no llegarás a nada.» Yo mecía a ritmo la madeja y me iba adormeciendo hipnotizado por el hilo. «¿No has pensado todavía en lo que vas a ser de mayor?» «Y yo qué sé.» «Nunca sabes nada. Puedes llegar a ser oficial mecánico. Ése es un buen oficio. ¿Me oyes? ¿No habrás vuelto a quedarte dormido?» «No.» «¡Ay, Señor, de dónde te vendrá a todas horas ese sueño que tienes!»

Luego se quedaba muy callada. Pero a veces había un levísimo temblor en sus labios, porque estaba pensando algo y el pensamiento le llegaba a la boca, queriendo ya convertirse en palabras. «Y cuando acabes el bachiller, puedes echar la instancia para un banco o para una empresa. ¿No te gustaría ser un hombre fino, como don Claudio, ir a trabajar con chaqueta y corbata y con las manos siempre limpias, y siempre bien peinado? Con lo guapo que eres, enamorarías a todas las muchachas. ¿No te han dicho nunca por ahí lo guapo que eres?» Su tono era ahora sugerente y burlón. «¿Te lo han dicho?» «No.» «Bueno, ya te lo dirán.» Yo no me atrevía a mirarla a la cara, y si ella me miraba, yo me escondía tras la madeja y bajaba la vista. Luego la subía y la observaba por entre los hilos. El trajín de las manos le imponía un mínimo ritmo a sus caderas.

Mi madre era guapa a su modo. Guapa cuando quería, o cuando la belleza venía a visitarla, como la inspiración a los poetas o las apariciones a los santos. A veces se quedaba absorta, pensando a saber qué, y entonces toda ella empezaba a cambiar y a resplandecer con un encanto que unos momentos antes no existía. Si alguien la miraba en ese instante y la sacaba de su mundo, ella se ruborizaba como una adolescente. Pero era todo muy fugaz. Enseguida, rompiendo la tensión del ensueño, le subía de muy hondo un suspiro de desencanto y, cuando uno quería darse cuenta, ella había recuperado ya su belleza diaria y su modo cotidiano de ser.

«¿No dices nada?» «Y qué voy a decir.» «Bueno, lo que sea sonará.» Y otra vez nos callábamos y fijábamos la vista en el ir y venir del hilo, primero suelto y enseguida cautivo en el ovillo, y aquella imagen me recordaba también el argumento de mi vida. Mañana o pasado sería lunes, y yo tendría otra vez que levantarme con el alba y correr al taller y después apresurarme hacia la academia, y ya bien de noche llegar a casa, estudiar un rato a la luz del flexo y, sin lograr hacer un poco de posada en el tiempo, cerrar los ojos y caer en el sueño con la amenaza de que la voz apremiante de mi madre venía ya de camino: «¡Arriba, Émil! ¡Vamos, date prisa, que ya vas con retraso!».

Y eso un día y otro día y un mes sobre otro mes. Así que yo andaba siempre con muchísimo sueño, un sueño ya crónico, y tan enfermizo que había instantes en que me hundía y me mullía en él como en un abismo acogedor, porque es verdad que parecía hecho de plumas calientes o de lana recién esquilada y que allí los ruidos del mundo, por hostiles que fuesen, sonaban tan lisos y pacíficos como un laboreo de abejas en una tarde de verano. Y no sé cómo, pero el caso es que, de tanto madrugar y trasnochar y de no parar nunca, llegó el momento en que aprendí a quedarme medio dormido a cualquier hora y en cualquier sitio y a vivir así, al borde mismo de la realidad. Aprendí por ejemplo a cerrar un ojo o a tapármelo con una mano, en trance de gran pensador, y me dormía con ese ojo y con toda esa parte del cuerpo, mientras que el otro ojo y la otra parte quedaban despiertos y al acecho. A veces no sabía bien si veía de verdad las cosas con un ojo o las entresoñaba o me las figuraba con el otro. Y lo mismo me pasaba con el oído y con la mente. O bien me dejaba el cigarrillo en la boca, o lo sostenía con la mano a esa altura, y con el humo me tapaba el ojo de dormir. O lo entornaba como si hiciese puntería para entender y penetrar mejor lo que estuviese mirando o escuchando en ese mismo instante. Y siempre me tapaba el izquierdo y dejaba en vela el derecho. No sé por qué, pero siempre era así.

2

«¡Vamos, Émil, arriba, que ya vas con retraso!»

Me levantaba, me vestía a tientas, me mojaba la cara, desayunaba en la cocina, de pie, medio dormido, mientras mi madre me daba consejos para que aprovechara bien el día, y enseguida agarraba la tartera, los libros, los cuadernos, y salía a la calle y arreaba camino del taller. Cuando era invierno, aún no había amanecido, y la ciudad era sólo un rumor lejano y amenazante de crecida. Un cataclismo urdiéndose a lo lejos. Cornetas de basureros, pasillos hondos y sombríos, cristales escarchados de hielo, siluetas grises flotando entre harapos de niebla, tranvías que surgían del fondo de las calles como buques fantasmas, gente semidormida, y frío, mucho frío, un frío gris que mordía en las orejas y helaba los pulmones y llegaba a los huesos. Yo usaba entonces una pelliza de hombre mayor, que me había conseguido mi madre según ella de segunda mano, aunque yo sabía bien que era de alguien que había muerto y cuyas formas, andares y hasta algún rasgo de su carácter, habían quedado marcados en la pelliza, de modo que era como si el fantasma del muerto fuese conmigo a todas partes. Y allí iba yo con mi fantasma camino del taller.

El taller no quedaba ni cerca ni lejos de casa, y ése era el primer problema insoluble del día. Para ir en autobús o en metro, estaba cerca y a trasmano, y para ir a pie quedaba ya distante. Así que al final iba andando pero atrochaba por unos descampados con terraplenes por donde yo subía tomando carrerilla y bajaba rebotando y frenando y abrazado a mis cosas. Desde los altos, se veían acercarse y pasar las vagas aureolas de los faros de los automóviles al fondo de la bruma. Lo demás era la tierra dura y descarnada, con torrenteras, y con sólo algunos tallos de espino escarchados de moho. O alguna cabra que roía papeles o goloseaba entre trozos de vidrio cuajados de rocío.

Más allá algunos árboles salían de la neblina y venían a mi encuentro y hacían un bosquecillo y me invitaban a cruzarlo. Pero yo lo rehuía en el último instante, atravesaba una autopista y entraba en un llano muy grande donde había un campo de fútbol, con sus porterías y sus redes y sus divisorias y figuras de cal. Y allí siempre, a pesar de la hora y del frío, había gente jugando. Y también espectadores, que seguían el juego agolpados en las bandas, y que animaban o increpaban con gritos que se oían desde lejos. Los días en que cerraba la niebla, los días sucios de bruma en que al sol le costaba salir, no se distinguía el juego de conjunto sino lances aislados, casi siempre irrelevantes. A veces incluso sólo se dominaba una zona del campo, donde el balón aparecía muy de tarde en tarde, y había que guiarse por los gritos y los murmullos para seguir el curso del partido. Pero a la gente parecía darle igual. Al principio yo creí que eran obreros y oficinistas que trabajaban por los alrededores y apuraban el madrugón para echar un partido amistoso. Algunos jugadores eran bien maduros, con los treinta y hasta los cuarenta ya corridos. Incluso algún vejete a veces que amagaba carreras que luego no emprendía, insinuaba desmarques, se lamentaba con grandes aspavientos, gargajeaba mucho, corregía la posición de otros y a su modo resultaba incansable. Yo solía pararme un ratito, el tiempo de un pitillo, a verlos jugar. «¿Es algún torneo?», pregunté una vez. «¡Cómo! ¡Pero si es la Liga Oficial de la Mediana y la Pequeña Empresa!», me respondieron en un tono escandalizado de obviedad.

Al final del llano comenzaban otra vez las calles, y aunque todo seguía siendo gris, de vez en cuando aparecía aquí y allá alguna nota de color. Una maceta, una blusa tendida, un solar vallado por cuyas junturas se entreveía un oasis de otoño. Aquellas albas invernales se hacían así, con dos o tres manchas de color sobre un fondo rumoroso de niebla.

Más allá, atravesaba una plaza. Dos guardias municipales, muy guarecidos en sus uniformes y pellizas, como los osos invernantes, preveían el albur de aquel espacio abierto. Allí había una iglesia. Yo cruzaba ante ella con los ojos cerrados y rezaba una oración sin detenerme, acortando el paso, dejando de bracear y recogiéndome un poco sobre mí mismo. Los ojos vigilantes de los guardias, el aire helado en el cogote y el ensalmo de la imploración me hacían flotar por un instante entre la bruma. Para entonces yo no creía ya en Dios. En otra época sí había creído, y mucho, y hasta había experimentado el vértigo que da la fe en las cosas inmensas, momentos de abandonarse a un anhelo infinito que parecía a punto de colmarse, pero un día me levanté sin creer, así, sin más, como si Dios hubiese sido un sueño. Sin remordimiento, sin pena, sin nostalgia. No obstante, dejaba una súplica al pasar: Señor, ayúdame en la vida, cuida de mí y de mis cosas, y de los enemigos líbrame, dame salud y fuerza y haz un milagro o lo que sea para que no tenga que madrugar tanto y andar tanto camino y pasar tanto frío y tantísimo sueño. Haz el milagro, muéstrame tu poder, y yo volveré a creer en Ti, esta vez para siempre.

Ésa venía a ser mi plegaria. Y un día Dios la escuchó porque al llegar al taller me quedé atónito al ver que el taller se había esfumado y que en su lugar había ahora una lechería. Por una ventana se veía el establo con su fila de vacas, y al lado estaba el mostrador de mármol con las cántaras y las jarras de hojalata para medir la leche. Una mujer con un mandil blanco sonreía y despachaba. El mandil tenía unos festones hojaldrados de gasa, la sonrisa evocaba una viñeta idílica, y los cacharros y la leche hacían al entrechocarse y al verterse un ruido celestial. Parecía todo una bienaventuranza, y yo me sentí rebosado de alegría y a punto estuve de darme la vuelta con el propósito de correr a casa a contarle a mi madre que el taller había desaparecido durante la noche y que ya nunca más habría taller, ni madrugones, ni olor a mecánica, hasta que de pronto se me despabiló el ojo izquierdo y comprendí que me había equivocado de calle y que todo había sido el fruto de un error. Pero por un momento me sentí eufórico y absuelto en un mundo definitivamente absurdo, donde nadie iba a pedirme cuentas de mis actos, y donde yo podía dedicarme únicamente a ser feliz, sin fatiga ni culpa.

Desde ese día ya no volví a rezar. Cruzaba ante la iglesia sin mirarla, como un amante despechado, y poco después llegaba a mi destino. Y, en efecto, el taller estaba donde siempre, y no había más que verlo. Bajaba por la rampa y allí se acababa la promesa del día antes de que hubiera amanecido del todo. Así que yo sólo veía el sol cuando salíamos a comer a la puerta, y algunos otros ratos ganados al trajín los fines de semana, y sufría una gran añoranza de luz, de tiempo libre, de aire puro, de espacios dilatados y horizontes sin fin. A veces mientras bajaba iba evocando todo cuanto anda suelto y alegre por la anchura del mundo, el agua de los ríos, las vereditas que van y vienen por los campos desenredando las distancias, las nubes, los vagabundos, los insectos, el viento.

En el taller, sin embargo, todo era impuro y oprimente, las luces siempre sucias, las penumbras grasientas, los olores, los fosos, el retrete, la oficina de don Osorio, el jefe, el ambiente hostil que había en el vestuario poco antes de que dieran las ocho. Allí el silencio era denso y parecía contener una advertencia. Y había como un alarde de virilidad en la indiferencia un tanto ostentosa que cada cual mostraba hacia la desnudez propia y ajena. Cierto escrúpulo quizá a que algún rasgo femenino o ambiguo pudiera violar aquel territorio de varones cabales. La luz de los fluorescentes reflejada en las paredes blancas de baldosas y en el metal de las taquillas era cruda, y crudo era también el olor de la carne aseada apresuradamente al alba y donde los rastros de suciedad convivían, en una síntesis de lo más problemática, con restos mal aclarados de jabonadura. Yo tenía vergüenza de mi desnudez y me daba prisa en desvestirme y embutirme en el mono, encogido y oculto tras la puerta de la taquilla. Era el primero en acabar, y el último era siempre Mario, otro de los aprendices, que se quedaba en calzoncillos, con el cigarrillo humeante en los labios, ordenando cuidadosamente la ropa de calle, como si oficiase una ceremonia, hasta el instante mismo en que sonaba el timbre. Entonces se oían los golpetazos de las puertas metálicas y luego el ruido menudo de los candados, y cada cual iba saliendo hacia su puesto en el taller.

Así comenzaba una jornada que era siempre la misma. Un tiempo agotador, y sin apenas treguas, que iba a verterse como a un desagüe en las profundidades de la noche. Yo respiraba hondo antes de abandonar el vestuario, una bocanada de aire agrio donde saboreaba a fondo la evidencia de que había caído sin remedio en la trampa de la hormiga león.

3

Una noche (y creo que es aquí donde comienza de verdad esta historia), comprendí mejor que nunca, y de una vez por todas, qué clase de negocio era aquel de vivir. Estábamos en la academia, en el quinto piso de aquel inmueble un tanto lúgubre, en clase de filosofía. El profesor era un tipo curioso. Le gustaba por ejemplo abrir la ventana que daba al patio interior, sentarse en el alféizar y explicar desde allí la lección, mientras se balanceaba al borde del abismo. «El filósofo debe arrimarse y exponer, como los buenos toreros», dijo una vez en broma. Y en otra ocasión nos explicó que aquél era un modo de sugerirnos que pensar supone siempre un riesgo, y que el mejor lugar para filosofar está precisamente en la frontera entre la luz y las tinieblas, en ese claroscuro donde todo es incierto, y al lado mismo del vacío, entre lo estable y lo precario, allí donde las palabras se juntan un momento en tropel, prefiguran un edificio de clarividencia y se precipitan luego en el olvido. «El abismo es el ágora de nuestro tiempo», solía decir mientras se columpiaba en el alféizar.

Se va a caer, en una de éstas se va a caer, pensaba yo al ver sus arriesgados lances de funámbulo. Era un poco jorobado, aunque muy ágil, con un no sé qué de espadachín. Debía de padecer un principio de parálisis en la cara porque le babeaban continuamente los labios y cada poco tiempo tenía que dar un sorbetón para beberse la saliva. A veces tardaba en dar el sorbetón, y entonces los hilos de saliva se le apelmazaban y le formaban una telaraña en la boca, y al hablar siempre alguna palabra se le quedaba allí atrapada y allí se debatía durante unos instantes, rezagada de las otras, sin conseguir incorporarse plenamente al discurso. Alguna vez lo vi marchar aprisa por la calle: caminaba un poco al bies, y daba la impresión de que iba nadando furiosamente con un hombro y avanzando a empellones por aguas procelosas. Vestía siempre un traje marrón con chaleco, y un lacito negro de raso en lugar de corbata. Todo viejo, mustio y desaseado, los hombros y las solapas punteados de caspa y de escamas de piel, y siempre con aquel andar torpe y afanoso, que parecía dejar a su paso jirones de dignidad, aunque también de burla y de desdén.

Y aquella noche explicaba a los filósofos presocráticos mientras se mecía en el filo de la ventana sobre el patio interior. Era muy tarde, era la última clase, y a mí se me confundía ya el sueño con el hambre, y comenzaba a oír arrullos de abejas girando y girando en torno a la vigilia. Las palabras del profesor llegaban a veces de muy lejos, y había instantes en que se convertían en un remoto cántico tribal. Cada poco tiempo, yo me olía las manos, primero una y luego otra, y al final las dos juntas, como si a la tercera vez confirmara un presagio. Allí estaba, fatal e inconfundible, el olor que definía mi vida por entonces.

«Los que duermen», dijo (y es verdad que algunos estábamos dormitando, tanto por la hora como por el aburrimiento, y yo por mi parte tomaba apuntes con el ojo derecho mientras me trasponía con el izquierdo), «son también hacedores y cómplices de lo que sucede en el mundo. Los que duermen resplandecen entre los muertos, pero están expuestos más que nunca a las bazas de la adversidad, porque la hora del sueño es la elegida por los dioses para tejer los hilos de esas vidas inermes y dejarlas presas en la red de un destino que, siendo traza de los dioses, por fuerza será aciago. Y eso ha ocurrido así desde el origen y seguirá ocurriendo hasta el fin de los siglos.»

En el patio interior, casi todas las luces de las viviendas privadas se habían apagado, y del lejano fragor de la ciudad sólo quedaba ya un rescoldo. Una pausa muy larga en el discurso se me representó como una autopista por donde una moto, que cruzaba la calle en ese instante, pasó a todo gas hasta perderse en el confín. Mi compañero de pupitre había dejado de tomar apuntes y trazaba caprichos geométricos en los rincones de la hoja. No era fácil seguir la explicación. El profesor decía algo así como que los dioses y los hombres no podrán entenderse nunca, porque igual que el hombre sufre el ansia de la inmortalidad, los dioses padecen la nostalgia y el deseo imposible de ser efímeros y de vivir con riesgo, y por eso envidian a sus criaturas y se complacen en confundirlas y causarles dolor.

Dio un sorbetón para cerrar la frase, y a partir de ahí la lección fue derivando hacia un tono dolido y personal. Empezó citando a Schopenhauer y lamentándose de las miserias de la vida, de que la vida es un negocio que no cubre gastos, porque nunca la recompensa obtenida está acorde con el ahínco y el desvelo que el hombre invierte en su existencia. El hombre o cualquier animal. Y puso el ejemplo del topo, de cómo la vida se le va en excavar y excavar galerías sin otra ganancia que la alimentación y la cópula, y con ello la perpetuación de ese destino miserable. Por un momento me pareció que iba a echarse a llorar, pero no de veras sino para hacer una demostración didáctica y técnica del llanto.

«Nadie merece ser olvidado», dijo, hablando ya más para sí mismo que para nosotros, y al hablar se daba en torno de la boca lametones de vaca, «nadie debería morir nunca del todo y para siempre. Nuestra ración de ilusiones juveniles la consumimos de camino y ahora andamos, después del hartazgo, con hambre otra vez de banquete. Quisiéramos morir, pero nunca del todo: quisiéramos que la muerte añadiera al banquete del ser, el postre y la sobremesa y los licores y los naipes de los largos, interminables adioses. Quisiéramos que el fin consistiera en seguir siendo todavía un poco más, que todo acabase en el invierno para que así en la primavera pudiéramos estrenarnos en la novedad del ya no ser. Que el principio y el fin presidieran la vida con los papeles alternados.»

Y entonces se puso a hacer balancín en el alféizar y a afectar una expresión romántica y a decir en un tono medio burlesco y medio trágico que, a falta de dioses, la gloria póstuma, la inmarcesible primavera, debía ser gestionada por los Estados, como la sanidad y la jubilación. Yo no había oído nunca esa palabra, «inmarcesible». La anoté en el margen y seguí tomando apuntes. «Ahí tenemos, si no, para considerarlo al trasluz de lo que voy diciendo, el caso de Empédocles, que legó a la posteridad una sandalia de bronce y el rumor legendario de unas palabras sabias. Pero la gente como yo, estas vidas desechadas cuando aún están a medio uso, gente que también gasta calzado y habla discretamente, ¿qué será de ellas con el correr del tiempo?, ¿qué nos aguarda por toda promesa y galardón sino la muerte y, tras ella, el olvido?» Yo escribía atropelladamente, sin entender muy bien hacia dónde caminaba el discurso. «Porque somos efímeros, somos el fresco sorbo que duerme, puro, sobre el limo que nos ha de beber. Somos efímeros, y las palabras más bellas están contaminadas de corrupción apenas salen de la boca. Los besos más rendidos tienen al apurarse un gusto amargo de mortalidad. Las convicciones devienen manías, la elocuencia acaba en balbuceo, la erudición en mero nerviosismo. Somos como la zurcidora; lo que ganamos en arte lo vamos perdiendo en facultades. Al final, sabios y ciegos, como Edipo. En el mejor de los casos, tal es nuestro destino.»

Se va a caer, pensaba yo al verlo columpiarse en el alféizar, atrás y adelante, regocijado con su disertación, con la boca llena de telarañas, adelante y atrás, y ese vaivén me iba hipnotizando y meciendo en el sueño, y las palabras me llegaban a veces convertidas en música. O en jocoso recitativo de ópera. Porque era injusto que se perdieran en el vertedero de los siglos tantos hechos humildes pero a su modo memorables. ¿Quién no habrá dicho en el transcurso de los años, por entrecana que sea su condición, alguna frase hermosa? ¿Quién no ha inventado, al silbar una mañana a lo que salga, una triste balada? ¿Quién no ha saboreado la eternidad al escuchar al ruiseñor? ¿Quién no recuerda el tiempo en que uno desdeñaba el jazmín y el jazmín lo perseguía, despechado, con su olor embriagante? ¿Y quién, en fin, no ha realizado alguna acción noble o inicua que lo haga merecedor de una semblanza breve, apenas nada, una pincelada aunque sea gris de lo que cada cual tiene de singular e irrepetible? «Balada», «inicua», apunté yo en el margen. «Así que aprended a observar al prójimo con ojos compasivos y atentos: ésa es la lección que hoy os ofrezco. Sólo eso: la mirada como redención. Ved todo y oíd todo, y salvad al menos una frase, un olor, un gesto, lo que el torbellino de la vida vaya dejando a vuestro paso. Porque, al morir, con cada uno de nosotros mueren las imágenes y los recuerdos que tenemos de los demás, y por eso cuando alguien muere mucha gente muere un poco con él. Os miro y me digo: quién sabe, quizá esta noche, esta clase, algo en mí, no se pierda del todo...»

Hizo una pausa, adoptó de nuevo una actitud soñadora, y su balanceo se hizo entonces más hondo y temerario, y su tono más festivo, y se puso a hablar de la democracia más allá de la muerte, de que todos deberían tener su oportunidad después de muertos, de la posibilidad fabulosa de componer una Enciclopedia Universal en el sentido absoluto del término, una *Enciclopedia del Género Humano* donde viniesen no sólo los notables sino todos y cada uno de cuantos pasan por el mundo, todas esas vidas anónimas y en apariencia estériles pero aun así merecedoras de conservar un mínimo destello, de perdurar en unas pocas líneas, en una foto, en la palpitación de un signo capaz de ser encomendado a la infinita memoria de la especie. Un libro infinito dedicado a salvar vidas humanas, y no del hambre o de la guerra o de la enfermedad o de la propia muerte sino de ese quinto jinete del Apocalipsis, el más refinadamente cruel de todos, que es el olvido –«para que así el bufón pueda al final arrojar los cascabeles y quebrar la vihuela a los pies del tirano», y por un momento me pareció, con aquella figura contrahecha, un animal de los tiempos arcaicos que, en un rapto de inspiración, se hubiera sentido de pronto elocuente y hubiese roto a hablar en un tono hermético de salmo.

Entonces se puso a calcular los costes que una obra de tal envergadura supondría para el Estado, tanto de esto, tanto de lo otro, pero ahí le dio la risa y empezó a agitarse y a dar sorbetones y a columpiarse como loco impulsado por una especie de júbilo infantil, hasta que en uno de los vaivenes perdió el equilibrio, dio una zapateta en el aire y se precipitó al vacío. Y durante unos segundos yo oí sus carcajadas decrecientes y cínicas, de ángel rebelde de opereta, mientras iba cayendo en el patio interior. Luego se oyó muy claro contra el suelo el golpetazo de pelele, y entonces yo abrí el ojo izquierdo y me incorporé en el pupitre haciendo ademán de correr hacia la ventana, pero en ese momento escuché su voz, ahora ya sin música, sólo letra, muy clarita y didáctica, como si devanase una madeja de palabras, y todavía a medio levantar miré primero alrededor (los otros seguían adormecidos y escribían cansinamente en sus cuadernos), y después me volví y allí estaba él, avanzando por el pasillo desde el fondo del aula, acariciándose con una mano el lacito de raso y el pulgar de la otra prendido en la sisa del chaleco, y dictando apuntes como si tal cosa del pensamiento presocrático.

4

Eso ocurrió hace unos treinta y cinco años, y aunque recuerdo muchas cosas de aquella época, de lo que nunca he conseguido acordarme es del nombre exacto del profesor. Se llamaba algo así como Guerrero, Quintero o Escudero. Lo único que llegué a saber de él es que murió pocos cursos después del nuestro. Me lo dijo un condiscípulo de entonces con el que me encontré en la calle por casualidad. Tampoco me acuerdo del nombre de ese condiscípulo, y de los otros sólo perduran datos dispersos, rostros innominados, situaciones aisladas, y un vago anhelo de recordar algo que quiere concretarse pero finalmente se malogra.

Gentes así, gentes de paso, yo he conocido a muchas en la vida. A todos nos ocurre. Gente que llega, levanta su tinglado junto al nuestro, iniciamos una relación donde no faltan los planes, las promesas, la presunción de un futuro común, se traban nuestros días en un único nudo de aconteceres, y luego de pronto uno de los dos desaparece para siempre arrastrado por cualquier contingencia y ahí se cierra la historia. Según pasan los años, uno comprende cada vez mejor que el grueso de la vida es una suma de experiencias inconexas y apenas esbozadas. Gente como el profesor de filosofía, y otros muchos de los que apenas recuerdo una cara, un gesto, una voz, una impresión, un nombre o una frase, que enraizaron en mí un breve tiempo y después prosiguieron su rumbo, y yo el mío, de manera que nuestros destinos, que por momentos parecía que iban a unir sus cauces y a formar uno solo, finalmente se bifurcaron para ya no encontrarse nunca. Visto así, el pasado tiene algo de vasto plan enciclopédico: una legión de eruditos comienza a revolver archivos, a acarrear datos, a rellenar fichas, a elaborar índices, y un día, por lo que sea, ese ingente equipo de trabajo se disuelve precipitadamente y sólo quedan las ruinas, espléndidas y absurdas, de lo que pudo haber sido una obra titánica y desde luego memorable. Ése es un poco el paisaje que ofrece la vida a cierta edad.

Del profesor de filosofía, por ejemplo, ¿qué noticias podría yo aportar para una posible semblanza enciclopédica? «GUERRERO, QUINTERO O ESCUDERO (h. 1920-h. 1970). Español. Profesor de filosofía en una academia nocturna de Madrid. Inventor de una *Enciclopedia Universal del Género Humano.* Gastó en su madurez un traje marrón y un lacito de raso.»

Pero, aunque he olvidado tantas cosas, lo que siempre me ha acompañado es la idea fabulosa de la Enciclopedia. Yo no sabía bien si esa invención insensata y festiva, y todo el alegato contra el destino adverso del hombre, lo había dicho verdaderamente el profesor o lo había imaginado yo en mis devaneos con el ojo izquierdo, o si era una mezcla de ambas cosas. Sí, eso debió de ser: algo habría oído, lo suficiente para activar una sospecha ya latente que después fue creciendo y madurando ella sola, al margen de la razón, inspirada y nutrida en la vida mísera que yo arrastraba por entonces. Y yo creo que fue ahí, al calor de aquellas palabras, cuando quise entender de golpe muchas cosas. Era, digamos, mi primera crisis de conciencia. Algo de pronto se rompió en mí, muy adentro, y entonces lo vi claro: la vida era, en efecto, un negocio que ni siquiera cubría gastos.

Y ahora adquirían cierto sentido algunas intuiciones que había tenido ya otras veces, por ejemplo alguna tarde de domingo, cuando me sentaba a estudiar junto a una ventana desde la que se veía un sanatorio que era también convento, un edificio gris muy grande con un jardín donde las monjas cantaban y jugaban al corro acompañadas de niños huérfanos con babis, y yo oía sus canciones y sus gritos de júbilo y me quedaba mirándolos durante mucho tiempo, olvidado de todo, maravillado con aquel cuadro idílico. Pero también desde la ventana se veía de refilón una puerta pequeña y negra de hierro que era el único acceso en una tapia muy larga con los altos bordes erizados de vidrios, y era por allí por donde sacaban como de contrabando a los muertos y los metían en un furgón y se los llevaban sin que nadie se diera cuenta, a veces mientras las monjas y los niños, con sus tocas y babis, con sus voces tan puras que parecían iluminar de azul el aire, saltaban y cantaban como si tal cosa en el jardín.

Yo estudiaba y vigilaba el jardín y la tapia, y en los cuadernos y en los libros me tropezaba siempre con nombres bien sonoros, nombres orquesta, Aquiles, Carlomagno, Newton, Cicerón, Franklin, cuyos dichos y sucesos remotos llegaban invictos a aquella tarde de domingo para mezclar su pompa secular con la gracia instantánea de las canciones y los gritos, en tanto que los muertos, clandestinos y anónimos, despojados de sus nombres como el traidor de sus insignias, parecían quedar al margen del presente pero también y sobre todo del pasado, gente sacada secretamente y como a empujones por una puertecita y expulsada así de la vida y del tiempo, de los libros y del jardín, y de la que muy pronto no quedaría en la memoria de sus congéneres ni el fulgor de un instante.

Nadie merece ser olvidado, nadie debería morir nunca del todo y para siempre, recordaba las palabras del profesor. Y algunas noches, a pesar del sueño, yo no quería dormirme, y lo único que deseaba de verdad era quedarme a solas con la tristeza y examinar los nuevos motivos que ahora la enriquecían y la ensanchaban, y descansar allí, en aquellos dominios, como en un refugio vedado a los demás. Y esperaba, con los ojos abiertos en lo oscuro, hasta que la mente se iba rindiendo a la evidencia de que la vida iba a la quiebra sin remedio. A veces encendía el mechero y buscaba en mis apuntes, en mis libros. De pronto quería recordar algo y sentía el apremio de unas cuantas palabras necesarias, o al menos rotundas, un poco de elocuencia que otorgase un punto de solemnidad a la lástima que me tenía esa noche a mí mismo. Pero yo no entendía bien mi letra, que era tan desidiosa como mi propia vida, y donde unas sílabas atropellaban a otras, y la llamita vacilante ponía sobre las hojas una palpitación de claroscuros que apenas me permitía descifrar alguna frase aislada, y a veces sólo una palabra suelta. *Inmanencia, teodicea, devenir.*

Pero era suficiente. Lejos, en otro piso del inmueble, un niño se echaba a llorar de golpe, y lloraba con una veteranía y una convicción y un sinsabor que enseguida se notaba que con él no valían los mimos, ni los cocos, y que no iba a admitir palabras tontas de consuelo, y luego, como si el clic del mechero y la llamita incierta hubiesen desatado una serie fatal de sucesos, a lo mejor se oían unas gotas de lluvia, o la sirena de una ambulancia, o en la habitación del huésped, que alguna vez hablaba en sueños, una frase absurda, un indignado balbuceo de súplica.

Yo reunía los desperdicios de la noche para alimentar con ellos el orgullo de mi desamparo. Parecía que en el empeño por corroer los fundamentos de la vida, encontraba ahora una tarea capaz de justificar la existencia y hasta de enaltecerla. Quizá merecía la pena vivir, aunque sólo fuese para desbaratar y vencer esa innoble esperanza.

Sí, la vida era un mal negocio, para el topo y también para el hombre. Aquella conjetura se me imponía como una evidencia deslumbrante y, en cierto modo, hasta prometedora. Quizá es que yo necesitaba una certeza así para entregar mi fe y mi pasión de adolescente al noble empeño de la fatalidad. Nacer, crecer, atarearse, soñar, morir, ser olvidado. Ése era, pues, el argumento de la vida. Me olía las manos, y allí, en aquel olor donde la carne se hacía tiempo y acontecer, estaba en esbozo la historia de mis trabajos y mis días, tal como en las enciclopedias venía contada en unas líneas la vida entera de los héroes. Con ese olor yo deambulaba por Madrid, extraviado en un tiempo que era un amontonadero de días grises e iguales, y donde no parecía haber ninguna salida hacia el futuro, de modo que aquello era como bañarse no ya dos veces en el mismo río, sino mil y mil veces en las mismas aguas infectas del mañana, del hoy y del ayer.

Sí, aquélla fue mi primera crisis de conciencia. No ya el taller mecánico, la vida misma era como caer sin remedio en la trampa de la hormiga león, y nuestra recompensa no era mucho mayor que la del topo en su afanoso laberinto de sombras.

II

1

Había tenido clase de mecanografía y llegué a casa más tarde que de costumbre, cerca ya de la una, y al entrar en mi cuarto oí que alguien me llamaba desde la oscuridad.

–¿Eres tú, Emilio? Por fin llegas. Soy yo, tu primo. ¿No te acuerdas de mí?

Pensé en encender la luz pero finalmente desistí. Estaba muy cansado y todo en mi vida me daba un poco igual. Luego pensé si no me habría dormido antes de tenderme en la cama y estaría soñando con esa voz que me llegaba de muy cerca, confidencial y apasionada, con un brusco acento del sur, y que volvió a decirme:

–¿No te acuerdas de mí? ¿No te acuerdas que estuve aquí hace cosa de un año, durmiendo en esta misma habitación, tal como estamos ahora mismo, tú en la cama y yo en la colchoneta?

–Tu voz me suena.

–Cómo no va a sonarte si soy Raimundo Pache, tu primo. Aunque, por otro lado, lo raro es que te suene, porque yo entonces no hablaba casi nada. Era muy vergonzoso, y apenas tenía experiencias ni vocabulario. ¿No te acuerdas de cómo era yo entonces, de cómo iba vestido?

Y sí, entonces me acordé. Era un hombre joven, guapo, de ojos claros, vestido pobremente de domingo, de maneras tímidas y torpes, que en los dos días que estuvo en casa apenas se atrevió a levantar la mirada del suelo. Parecía apesadumbrado. Tenía la piel curtida, y las manos rudas, aparatosamente inmóviles, porque no estaban hechas para la ociosidad. Había nacido y crecido en el pueblo de mi padre, y ahora salía de allí por primera vez para trabajar una temporada en Madrid. Era el único pariente que tenía por parte paterna y yo quería buscar en él los rasgos del hombre a quien no conocí. De pronto se echó las manos a la chaqueta y nos enseñó la foto de su novia. Se llamaba Hortensia y posaba formalmente junto a una gran avioneta de cartón. Mientras mi madre y yo mirábamos la foto, él nos contó que su plan era juntar dinero para volver al pueblo y comprarse una casa, o una tierra, o poner un negocio. Luego se casaría. Nosotros continuamos mirando a la novia: llevaba un vestido blanco cerrado hasta el cuello por una botonadura muy menuda, y lo único memorable en su expresión era el hermetismo un tanto huraño con que defendía la intimidad de su rostro ante la cámara. Dos días después, encontró pensión y se marchó. Lo vimos irse con la cabeza baja y con el mismo aire de pesadumbre con el que había llegado. Y ya no volvimos a saber más de él. Suponíamos que habría vuelto al pueblo y que se habría casado con Hortensia.

–Tu madre me ha dado cobijo por esta noche y llevo ya esperándote un buen rato. Ya empezaba a dormirme cuando te oí llegar. ¿De dónde vienes a estas horas, primo?

Me olí las manos, como si los dedos fuesen una flauta y me dispusiera a tocarla, primero una y luego otra, y al final las dos juntas.

–Del taller y de la academia.

–¿Entonces sigues de aprendiz de mecánico?

–Sí.

Me tumbé en la cama y cerré los ojos, y la voz siguió fluyendo desde la oscuridad.

–También yo trabajaba en un taller de chapistería. Qué mala cosa es ésa, primo, de desperdiciar la juventud trabajando en esos sitios tristes. Pero eso fue entonces, al principio. Ahora ya no. Ahora tendrías que verme y aprender de mí. Ahora visto como un marqués, me levanto tarde, voy perfumado, tomo el aperitivo, me desplazo en taxi y soy cosmopolita. Y ya ves con qué soltura y variedad hablo y me expreso, sin vergüenza ni miedo a equivocarme, y lo mismo delante de un general que de un pelanas. ¡Ay, compañero, cuántas cosas extraordinarias podría contarte yo ahora mismo! ¿A que no sabes, sin ir más lejos, de dónde acabo de llegar?

–¿De dónde?

Me ofreció a tientas un cigarrillo rubio americano y lo encendimos en la oscuridad. Las brasas alternadas crearon como un clima propicio para las confidencias.

–¿De dónde? De París. He vivido allí todo este tiempo. Y ya no me llamo Raimundo Pache. Ahora tengo otro nombre, más bonito y mucho mejor puesto.

–¿Otro nombre? ¿Qué nombre?

–Bueno, eso tiene su historia, como todo en la vida, y hay que empezar por el principio. ¿Tú te acuerdas que yo era campesino? Bueno, pues era campesino, sin tierras propias, de peón, y lo mismo que a tu padre, a mí tampoco me gustaba el campo.

–¿No le gustaba el campo?

–¿A tu padre? Ni verlo. El campo para las culebras, decía.

–¿Y cómo era mi padre? ¿Tú lo conociste mucho?

–Yo era entonces muy joven, casi un niño, y lo vi pocas veces, pero era alto y triste, como tú, y le gustaba mucho mirar a lo lejos. Lo de cerca no le llamaba la atención. La vida siempre estaba un poco más allá de donde él estuviera. ¿Sabes lo que creo? Que él en la vida metió a buscar presa y le salió caldo. Y por eso era triste y miraba a lo lejos. Y lo mismo me pasaba a mí. También a mí las soledades del campo me amargaban. De tanto ver las mismas cosas, uno llegaba a aborrecerlas. Y luego aquel silencio sin principio ni fin. Más extenso que el cielo y más hondo que el mar. Allí el pensamiento no hacía pie, ni encontraba asidero, y al rato de pensar ya estaba uno metido en fantasías. Y así es como me fue entrando en la cabeza la idea de emigrar, de barajar de nuevo las bazas de mi vida, de irme lejos, de conocer otros lugares, aunque sólo fuese para poner luego en el pueblo un bar o una ferretería. Eso es. Me haría comerciante. Y entonces hablé con Hortensia. Le dije: «Mira, he pensado que me voy a ir a Madrid, o adonde sea; allí se gana mucho, y cuando junte unos ahorros, vuelvo y nos casamos». «¿Y cuánto tiempo estarás por ahí?», me dijo ella. Y yo le dije: «Sólo una temporada». Y ella: «Está bien; ya que estás tan decidido, márchate. Tú verás lo que haces. Yo te esperaré aquí hasta que Dios quiera». Ése fue todo el parlamento que tuvimos. Y me vine a Madrid, como ya sabes, y trabajé un tiempo en un taller de chapistería. ¿No quería ruido? Pues allí lo había para atronarse. De sol a sol, todo era un mismo concierto de yunques y martillos, de sopletes, de cinceles y sierras, y al día siguiente otra vez a empezar, hasta que una tarde oí hablar de Francia, de que allí se ganaba mucho más, y como yo ya conocía el oficio, me dije: ¿Por qué no? Así volveré antes con Hortensia. Aunque yo creo que fue el destino lo que me dio valor para dar ese paso. Hice unas gestiones, rellené unos papeles, firmé un contrato, y un día me dieron una dirección y un billete de tren y así llegué a París. ¿Qué te parece?

–¿Y de verdad te fuiste?

–Sin pensarlo dos veces.

–¿Y cómo es París?

Encendimos otro cigarro y, durante un rato, fumamos en silencio y escuchamos los rumores de la ciudad y de la noche.

–¿Cómo es París? –dijo al fin Raimundo–. Pues al principio no me enteré de nada. Al principio estaba nevando y hacía mucho viento. El viento trizaba la nieve, formando remolinos, y había que andar encogido y con la cara vuelta. Y además me alojaron en un altillo muy pequeño con un ventanuco por donde sólo se veían tejados y palomas. Aquel barrio se llamaba el Faubourg Montmartre. Trabajaba por allí cerca, en un taller muy grande de chapistería, y en cuanto acababa me volvía al altillo a toda prisa. Allí leía mil veces la hoja arrugada y sucia de periódico en que había traído envueltos unos comestibles. La hoja hablaba de las malas actuaciones de la selección española de fútbol. A mí no me gustaba el fútbol, ni lo entendía, pero no me cansaba nunca de leer aquella hoja. La gente estaba decepcionada. Había una encuesta popular y unos achacaban los fallos del equipo a que se jugaba sin extremos. Otros echaban en falta un organizador, un cerebro. Pero la mayoría opinaba que a la selección le faltaba raza, que habíamos perdido nuestra identidad. ¿Tú conoces esa palabra, *identidad*?

—Más o menos.

—Pues yo era la primera vez que la oía, pero a fuerza de leerla acabé adivinándola. Cuando dejaba de leer, me ponía de puntillas y me asomaba al ventanuco. Miraba los tejados, las palomas. Y, cuando dejó de nevar y llegó el buen tiempo, un trocito de cielo entre dos chimeneas. Luego me ponía a pensar en Hortensia, hasta que me iba subiendo la tristeza y tenía que contenerme para no llorar. Y comía siempre lo mismo: salchichón y queso de bola. Y después, a esperar que oscureciera y me viniera el sueño. Ésa fue al principio mi vida. Parecía un ratón yendo a por trigo y corriendo luego a su agujero.

—¿Y no salías a pasear? ¿No tenías amigos?

—Bueno, ahí está precisamente la llave del misterio. Verás lo que pasó. Nada más llegar, uno del taller me cogió aparte y me dijo que me anduviese con cuidado, porque en Francia había ahora un brote de xenofobia.

¿De qué? Yo no conocía tampoco ese término, creí que era una enfermedad contagiosa o algo así. Y sólo de oírla, aquella palabra ya de por sí me daba miedo. Sonaba como a perros rabiosos. Luego me la explicaron. En los últimos tiempos habían tirado al Sena a un español, a tres turcos, a dos portugueses y a no sé cuántos moros. Y a otros los habían apaleado con cadenas y estacas deportivas. «¡Pues estamos buenos!», dije yo. «¿Y quiénes?» «Jóvenes fascistas. Ándate con ojo, Raimundo», me dijeron, «que no noten que eres extranjero, y sobre todo no te acerques al Sena, que es por allí por donde ellos campean.» ¿Tú sabes nadar, primo?

–Yo no.

–Pues yo tampoco. Las aguas hondas siempre me han dado mucho miedo. De niño me caí a un pozo y me sacaron medio ahogado. Así que decidí no acercarme al Sena. Es más: no me atrevía siquiera a salir del altillo. Y si salía, siempre con la cabeza baja, como queriendo no existir. Y eso que yo no soy nada cobarde, primo, pero el coraje, que nos hace valientes, si no va contra nada, luego nos cansa y nos afloja. Y ahí es donde yo descubrí que no hay nada peor en el mundo que vivir con miedo. Ése es el peor pecado que hay contra la vida, y la más triste de todas las miserias. Más que las enfermedades y el hambre, y hasta más que la cárcel. Y un día, otro compañero del taller, un portugués arrayano, me dijo: «Haz lo que yo. Córtate el pelo, aclráratelo, date unos polvos en la cara y lleva siempre en la mano, bien a la vista, un libro en francés». No era el único que lo hacía. Quien más quien menos andaba ya metido en esos simulacros. Así que me corté el pelo, que lo llevaba siempre charolado y con rizos, y me lo aclaré, y uno me prestó un libro en francés con las letras del autor y del título bien grandes y visibles. Aquel libro se llamaba *Poèmes*, y el autor era Víctor Hugo. Y yo iba con él a todas partes, como si fuese un santo y seña. Tú que eres estudiante, a lo mejor conoces ese libro. ¿A ti no te gusta la poesía?

–Sí.

–A mí también.

–Y las novelas.

–Pues entonces tiene que gustarte a la fuerza mi historia, que es una mezcla de ambas cosas.

Durante un rato estuvimos callados.

–¿Te duermes, primo?

–No, qué va, estaba dándole vueltas a ese nombre, Víctor Hugo. Fue un poeta romántico, pero yo no he leído nada suyo.

–Ni yo tampoco, pero iba con él a todas partes. O, mejor dicho, a ninguna. Porque a pesar del libro y la cosmética, yo seguía viviendo con miedo y sin atreverme apenas a salir del altillo, y mucho menos a acercarme al Sena. A lo más que llegaba era a entrar en un bar y a pedir un café, cuyo nombre no difiere del nuestro. Y cada vez era más grande la nostalgia que yo sentía de mi novia y de España. Y luego, el agua. Estaba obsesionado con ella, y algunas noches soñaba que me tiraban al Sena desde un puente y me despertaba embarullado, lleno de sudor y al borde de la asfixia. Y una noche, y aquí llegamos al centro de la historia, verás lo que pasó. Yo había hecho horas extras y, cuando salí del taller, ya era muy tarde. Hacía mucho frío y apenas había gente en las calles, sólo viandantes sueltos, y a ratos el silencio se extendía más allá de los dominios del oído. No se oía nada, ni siquiera el runrún de la ciudad. Y yo pensé entonces en el silencio de los campos, aquel silencio que tanto me había descorazonado en otras noches como ésa, y que ahora volvía para llenarme de pesares. No tenías que haber salido de tu casa, me decía a mí mismo, y me iba llenando de saña contra mí. Madrid se te hizo poco y te tuviste que venir a estas tierras donde te hacen de menos y eres sólo un extraño. Tu lugar estaba allí, junto a los tuyos, y no que ahora mira por dónde vas, con un libro en la mano, sin cenar, sin identidad, tiritando de frío, pelón y medio cano, sin conocer a nadie, sin otro refugio que el altillo, ni más compañía que las palomas, y expuesto a que te tiren de cabeza a las aguas profundas, ahí tienes lo que has hecho con tu vida, y a ver ahora cómo vuelves con las manos vacías, qué les contarás a los tuyos, y a Hortensia, y a ti mismo, tendrás que bajar la cabeza y vivir avergonzado el resto de tus días. Y mientras hablaba y hablaba así conmigo mismo, me había puesto a caminar sin rumbo, buscando las calles más silenciosas y apartadas. Y cuando quise darme cuenta, me había perdido por completo. No sabía dónde estaba. Entonces me entró miedo de haberme acercado mucho al Sena, y me paré medio escondido en un portal y me puse a escuchar por si oía el son del agua. ¿Y sabes lo que oí?

–¿Qué?

–Intenta adivinarlo.

–La sirena de un barco.

–No.

–¿Qué entonces?

–Ahora te lo digo, primo, pero antes toma un cigarro, que esto pide una pausa, y tenemos toda la noche por delante.

2

¿Sería cosa de la imaginación? Porque muy lejos se oía una voz que le era oscuramente familiar. A veces se borraba, pero si cerraba los ojos y afinaba el oído y se quedaba inmóvil y al acecho, otra vez volvía a oírla. Parecía la voz de alguien que cantaba. ¿O no serían más bien fantasías del silencio y estaba percibiendo como real lo que sonaba sólo en la memoria? O quizá aquél era el modo en que se encarnaban los fantasmas del miedo, de la nostalgia, del cansancio. Paso a paso, como un cazador que sigue un rastro, orientándose por las rachas que le llegaban de aquel remoto canto o de su propio anhelo, se fue acercando hacia la voz. Caminaba cada vez más aprisa, cada vez más seguro de que perseguía una pista real. Hasta que finalmente se detuvo en seco al llegar a una esquina. Ahora la voz se oía más cerca, ya clara e inequívoca. Y también una guitarra, y baile, y palmas y castañuelas y jaleos.

–¿A ti te gusta el flamenco, primo? ¿Sí? Pues a mí me enloquece; es mi pasión. Siempre me gustó la música. Ya de niño iba dentro de mí. De niño, me hacía un cañuto de forraje y con una nota sacaba todo tipo de música. Y además yo siempre canté bien, y luego un merchante me enseñó a tocar la guitarra, un poco de rasgueo y unas falsetas de pulgar. Y un trémolo que más que otra cosa era arañar muy deprisa las cuerdas, a lo que saliera. Todo muy sucio, pero muy sentido. Y es que las manos tampoco me daban más de sí. Tenía los dedos gordos y cepones, y las uñas partidas, y todo encallecido, de tanto sachar y arrancar jaras. Al pulsar una cuerda, raro es que no tropezara también con las de al lado. Así que las falsetas difíciles, de arpegios y cejilla y picados, yo las tocaba a trochimochi, haciendo que hacía, con un floreo de notas revueltas, como el visto y no visto de los juegos de manos. Que cada cual pensara si lo que estaba oyendo era virtuosismo o sólo alarde. Pero me sonaba bien, y al escucharme algunos se sobrecogían, porque yo tocaba con emoción auténtica y expresaba a mi modo las honduras del alma. En el silencio de los campos, yo era como los niños, que con un balbuceo expresan más de lo que saben.

Dos farolitos de latón, uno a cada lado, alumbraban y realzaban el nombre del local: BARCELONA. RESTAURANTE

ESPAÑOL. En la vitrina había adornos folclóricos, y muchas fotos de artistas, casi todas de estudio, y algunas ya descoloridas por los años. Aquello parecía una capillita con exvotos y estampas milagreras. Raimundo supo que la vergüenza no le iba a permitir entrar, pero tampoco la esperanza a marcharse, de modo que caminó arriba y abajo de la acera hasta que de pronto recordó que estaba perdido y que tarde o temprano tendría que preguntar a alguien por el camino del altillo. ¿Dónde mejor que allí?

No lo pensó ya más. La luz era difusa, y el lugar, aunque no era pequeño, tenía algo de angosto y oprimente. A un lado había una barra para acoger a seis o siete bebedores, y al otro, separadas por una pared encalada con dos vanos de arcos morunos, las mesas, diez o doce, todas mirando a un tabladillo redondo donde un hombre cantaba acompañado por un guitarrista y dos palmeros. Habían atenuado la iluminación general y un foco de luz roja destacaba y aislaba a los artistas. Sólo quedaban ya diez o doce clientes, y en la barra había otros dos, mirando el espectáculo, y todos parecían ya cansados de mirar y escuchar. Todos con la mirada floja, como derrotados por el cante y la noche. Dos camareros, ataviados con camisa blanca con chorreras y alamares de nácar, pantalón negro y faja roja, se apoyaban en la pared del fondo, trasnochados y ociosos.

Luego, enseguida, vio a la mujer. Tenía ya sus años, y estaba sentada tras la barra, en un taburete muy alto, vestida toda de flamenca. Había apoyado la mejilla en la misma mano en que sostenía como olvidado un cigarrillo que elevaba hasta muy alto una inmóvil columna de humo azul. También ella parecía fatigada, y tenía cierta expresión de fastidio, pero al ver a Raimundo con su aire desamparado y su pobre traje de domingo, hizo un gesto de asombro y lo miró sin prisas, repasándolo bien de arriba abajo.

–Entonces yo, primo, al verme descubierto y que me observaba con tanto ahínco, me acerqué para explicarle quién era yo y por qué estaba allí, y ya en mis andares iba anticipando las disculpas, porque yo era muy tímido en aquel entonces. Pero ella esperó a que yo llegara para llevarse un dedo a los labios fruncidos y señalar con los ojos adentro a los artistas, y otra vez me miró y me remiró a fondo, cada vez más divertida y extrañada conmigo, y sin descomponer la figura ni quitarse nunca el dedo de la boca. Así que yo me dediqué a mirar y a escuchar. Se estaba bien allí, y más cuando la mujer, sin yo pedirlo, me puso delante un vasito de vino y me ofreció un cigarro rubio. Yo dejé entonces sobre la barra el libro de Víctor Hugo y ella al verlo se extrañó todavía más, como si ya no diera crédito, y se echó un poco atrás para abarcarme en panorámica. Me llamo Tal y Tal y me he perdido, iba a decirle, pero ella volvió a imponerme silencio y a señalar a los artistas. Y era verdad que allí se estaba bien, calentito, entre compatriotas, bebiendo vino y oyendo cantar. Era emocionante. El cantaor tenía mucha voz pero muy poca gracia. No cantaba propiamente flamenco. Era un señor trajeado que movía las manos como si estuviese cantando ópera. Y es que era precisamente tenor, como luego supe. A los lados, dándole palmas, tenía a un hombre ya mayor y muy flaco, que vestía de campero, con botos y zahones, y a un gitano con un traje oscuro de rayas, impecable, muy serio, muy elegante, muy suyo, como son los gitanos. Detrás, el guitarrista, con la barbilla apoyada en la caja y una gran cabellera rubia vertida alrededor. Cantaron, bailaron un poco y se fueron viniendo a ritmo hacia la barra entre el aplauso general. Entonces la mujer me dijo: «Ese que viene ahí delante es mi marido. Habla con él». Se refería al hombre mayor vestido de campero. «¿Yo? ¿Qué tengo yo que hablar con él?», le dije. Y ella: «¿Es que no vienes por el anuncio?». Y ahí yo no supe qué decir. ¿Qué anuncio sería aquél? Entonces me sentí inspirado, primo, y pensé si no sería el destino el que andaba detrás de aquel equívoco. Bajé la cabeza, como otorgando, y en ese momento llegaron los artistas. Eso es exactamente lo que pasó, lo recuerdo muy bien –y otra vez me ofreció tabaco y durante un rato estuvimos fumando en la oscuridad, oyendo sólo el rumor del silencio. El eco de las palabras en la mente.

–¿Y qué quería decir eso del anuncio?

–El anuncio estaba puesto en la vitrina pero yo no lo vi, y era que se precisaba un camarero. «¿Sabes servir, has trabajado de camarero, tienes experiencia?», me preguntó el marido. Como yo no quería decir la verdad, pero tampoco mentir, le contesté a bulto: «Yo sé hacer un poco de todo». «Y, además, es poeta», dijo la mujer, y señaló el libro. «¿Eres poeta?» «No.» «¿Y entonces ese libro?» Y yo dije: «Es que no sé nadar». Todos se quedaron callados, sin saber qué decir, hasta que la mujer dijo: «Este hombre, aunque no haga versos, tiene alma de poeta». «¿Sabes francés?», me preguntó el marido. «Sé algunas palabras.» Y otra vez ellos se quedaron callados y mirándome como un caso digno de ver, y como aquel silencio duraba ya mucho, y yo me sentía deudor, me vi en el deber de decir algo más. «Me gusta mucho el flamenco», dije. «Me hace llorar.» Y nadie se rió, y menos que nadie el marido, que miró al suelo con tanta brusquedad que los cuatro pelos que le cubrían la calva se le cayeron todos por la cara. Parecía agobiado por los recuerdos.

–¿Y te admitieron?

–Luego te lo diré. Pero antes voy a contarte qué clase de hombre era el marido. A ver si lo consigo, porque no es fácil de explicar. Se llamaba José Manuel Burriac. Era el dueño del negocio. Tenía unos sesenta años, o más, y era muy delgado, descarnado, con la cara de pájaro. Alto, un poco combo, con las venas y arrugas muy marcadas.

Era catalán. Se había exiliado con la Guerra Civil y hablaba ya el español entreverado de francés. Era muy intelectual, y sabía mucho de todo, y más que nada de política, pero los conocimientos se le habían ido pudriendo con la experiencia y con los años. Su nombre artístico era Pepe Reus. En Francia había luchado contra los nazis y lo habían herido, nadie sabía dónde, aunque todos sospechaban el sitio. En pago, le habían dado la Legión de Honor. A veces bailaba con ella prendida en la pechera, y una noche yo lo vi que se la puso en la bragueta, para menoscabarla.

–¿Era comunista?

–Yo creo que lo había sido, pero ya no.

–Pero ¿tú conociste allí a algún comunista?

–Yo sí. Allí iban comunistas, republicanos y de todo.

–¿Y cómo eran?

–¿Quiénes, los comunistas? No tenían nada de particular. Como otros cualquiera, ¿qué más da?

–¿Y tú eres comunista?

–¡Yo qué voy a ser! Y tampoco lo contrario. Yo no le debo nada a nadie, primo, y a mí nadie me ha regalado nunca nada. Pero el señor Burriac sí que era muy político, aunque ya se había desengañado. De la política y de todo. Y por gustar no le gustaba ni la vida. Hablaba de ella con desprecio, como si le diera asco. Cuatro veces había intentado suicidarse, y las cuatro se había salvado por casualidad y de milagro. Una vez se tiró de un quinto piso, rebotó en un toldo y cayó sobre la capota de un coche. Tenía en las muñecas marcas de navaja. Y bebía sin tasa. Allí mismo, esa noche, en un rato se bebió qué sé yo la de copas de vino de Jerez. Al poco tiempo, la mano ya no le obedecía y el vino se le derramaba por las comisuras y le caía por la garganta. Iba despechugado, como los legionarios, y el pecho todo revuelto y montuno de pelo duro y cano. Y, según bebía, la boca, que ya de por sí la tenía algo torcida, se le iba torciendo todavía más en una mueca de cinismo. Porque era muy cínico. Se burlaba de todo, y también de sí mismo. Todo en él parecía el sobrante del suicidio, como si fuese ya un ánima en pena y nada tuviera que temer. Y nada que perder o ganar. Todo le daba igual. Le gustaba armar broncas. Y para él no había valores, ni creía en las ideas. No creía en nada pero hablaba de todo con pasión. Aquel hombre tenía fe en el desencanto. Hablaba llenándose la boca. Y no de esto o de aquello, de Fulanito o Menganito, sino de todo, y más que de todo, de Europa y de la historia. De Europa hablaba como de una furcia que él conociera bien. Y de la historia, como si la hubiera vivido desde la antigüedad. El mundo entero era su compadre. Había leído, había vivido, y sabía bien lo que decía. A Franco le llamaba de muchas maneras, el Cuatrero, el Gánster, el Usurpador, el Proscrito, el Felón, nunca por su nombre, pero cuando se le calentaba la boca, hacía rasero de todo y no había presidentes, ni jefes, ni Papas, ni monarcas, ni Estados ni regímenes, y ni siquiera dioses o diablos, de los que no hablara con espanto. Con espanto y hartura. Los grandes discursos, las ceremonias, los honores, sólo le merecían desdén. Se reía a carcajadas, con la boca torcida hasta la oreja, y las palabras le salían afiladas como cuchillos. Y no admitía términos medios. En todo lo que hacía, había un gran desperdicio de personalidad. Luego, de pronto, se abrochaba la camisa, se componía el peinado y se iba él solo aparte, y en muchos días no volvía a hablar más de lo preciso.

–¿Y todo eso por qué?

–Quién lo sabe. Era un enorme escéptico. La guerra y el exilio, y aquella herida secreta que tenía, lo habían enrabietado contra el mundo. Pero creía en el arte, y respetaba a los artistas. De esas cosas, no se reía nunca. El arte era sagrado, el corazón del hombre era sagrado para él. Yo aprendí mucho del señor Burriac. Aprendí a admirar muchas cosas y a burlarme de otras que antes me impresionaban y hasta me daban miedo. A reírme del mundo y a ponérmelo por montera. Él me abrió los ojos y me enseñó algunos secretos de la vida. Así era aquel José Manuel Burriac. El mismo que se puso muy serio cuando yo dije que me gustaba el flamenco, y que me preguntó: «¿Sabes cantar?». «Sí.» «¿Y qué tal cantas?» «A tono y con mucho sentimiento.» «¿Y a compás?» «Si no todo a compás, por lo menos a ritmo. Y también toco algo la guitarra.» «¿Con esas manos?» Todos miraron a las manos y yo no sabía qué hacer con ellas, dónde ponerlas. Y es que cuando no trabajaba, las manos eran un estorbo más que otra cosa. Y me admitieron, primo. Me admitieron a prueba de camarero. Por cuarenta francos nuevos diarios más la cena y propinas. Y yo acepté, porque aunque era menos de lo que ganaba en la chapistería, a mí me pareció que todo aquello era traza del destino, y que allí empezaba yo una nueva vida, que quién sabe a qué alturas me podría conducir. Y me llevó muy alto, primo, más de lo que yo nunca pude imaginar.

3

La voz de Raimundo fluía desde la oscuridad, igual que ahora fluye desde el fondo del tiempo. Era para mí una voz nueva. Había en ella una música nunca oída hasta entonces. Una voz que parecía rendida de antemano a los prodigios que contaba y que aún le quedaban por contar. Yo había escuchado o soñado la voz irónica y abstracta del profesor de filosofía, y ahora, algunos días después, me salía al encuentro esta otra, más próxima y sencilla, más cálida, más llena de fe, y que poco a poco se iba convirtiendo en monólogo, porque a veces Raimundo parecía hablar para sí mismo, para su propia y absorta y maravillada memoria, todavía no convertida en conciencia, poblada de hechos no hollados aún por la palabra.

Aquel local tenía su historia. Lo había fundado en los años veinte un tal Ferrer, al que todos llamaban el Gran Ferrer, o más sencillamente el Fundador. Ya el primer día la mujer le dijo: «Ven que te enseñe algo», y lo llevó a un cuartito que servía de vestuario y camerino, y le mostró el Libro de Oro. Era muy grande, con cubiertas de terciopelo, y estaba lleno de dedicatorias, de firmas, de fotos, de dibujos. La historia del Barcelona desde su fundación. «Éste es Picasso», le fue diciendo la mujer, «y éste, Unamuno»; «y éste, Gene Kelly»; «y éste Hemingway»; «y ésta es Greta Garbo»; «y éste es Manuel Azaña». Y le dijo: «Apréndete bien estos nombres porque ellos son el orgullo del Barcelona y pronto serán también el tuyo. Estos nombres te acompañarán el resto de tu vida, y en los malos momentos velarán por ti, los invocarás y ellos te devolverán el orgullo y te ayudarán a estimarte a ti mismo, que es el único y verdadero secreto de la felicidad».

–Eso me dijo. Y el Libro de Oro estaba todo lleno de celebridades. Y también aparecían allí, en antología, los mejores artistas que habían pasado por el Barcelona. Aquel lugar había sido muy famoso en París, y todavía lo era. «Ahora ya sabes dónde estás, y el respeto que debes a esta casa», me dijo la mujer. La mujer se llamaba Dorita Salvat, y llevaba casada más de veinte años con el señor Burriac. Formaban pareja artística desde entonces. Pepe Reus y Dorita Salvat.

–¿Y era guapa?

–Qué va. Iba ya camino de los cincuenta años y era más bien fea, muy poquita cosa, y lo único llamativo en ella era la cara, que parecía de niña. Y unas pestañas que le ponían un mirar hondo y misterioso. Y era y hablaba también como una niña. A mí me decía que estaba loco. «¡Estás loco, Raimundo!», me dijo en el cuartito, bajando la voz. «Lo que pasa es que tú no lo sabes, porque los locos son los últimos en enterarse. Pero, en cuanto te vi, me di cuenta de que estabas loco y de que tienes alma de nómada.» Otra palabra que yo no conocía. «¿Y sabes lo que también descubrí nada más verte? Que eres un seductor. Lo supe desde que entraste por la puerta. Con esa cara campesina que tienes y esos ojos azules. ¿O es que no sabes todavía que eres un seductor?» Yo estaba confundido con aquellas palabras. «¿Lo sabes?» Creí que se estaba burlando de mí. «No.» «Pues lo eres. A mí me sedujiste a la primera, en cuanto te miré y te vi allí parado con ese aire de loco y de nómada que tienes. ¿No lo notaste? ¿No notaste que me quedé embobada al verte?» Y yo qué iba a decir. Estábamos muy juntos, sentados en banquitos bajos, con el Libro de Oro abierto sobre nuestras rodillas. Pero luego de pronto le cambió la voz y la expresión. «Pero conmigo no debes usar tus artes de donjuán. No debes tocarme, nunca. Prométeme que no intentarás nunca tocarme. Porque el día que lo hagas, te ocurrirá alguna desgracia.»

–¿Eso te dijo?

–Eso mismo. Luego me dio el traje de camarero y se fue del cuartito para que me vistiera. Y cuando me vio vestido y con la faja bien ceñida y el pecho todo esponjado de encajes, se puso muy seria y volvió a decirme, como si me lo echara en cara: «Eres un seductor». Y luego: «Un miserable seductor».

–¿Y te hiciste camarero?

–Sí, y esa misma noche empecé a trabajar. Servía mesas, fregaba platos y perolos, barría, y cuando me di cuenta todo el mundo, para abreviar, me llamaba ya Raimon. La especialidad era la paella, unas grandes paellas mixtas, tan rojas y amarillas que se veían venir de lejos, pero antes, al retirar los aperitivos, se juntaba todo el elenco de artistas y hacían una ronda por las mesas cantando un popurrí de coplas regionales, muchas españolas, pero también otras francesas y algunas catalanas, y si era el cumpleaños de alguien y sus amigos querían festejarlo, avisaban en secreto y los artistas iban luego a la mesa y le cantaban *Las mañanitas*, sacaban una tarta con velas, apagaban las luces, y todos alrededor entonando y meciéndose, y resultaba todo tan emocionante que siempre había alguien que acababa llorando. Luego se servían las paellas y, cuando el plato iba mediado, comenzaban las actuaciones. Los artistas eran en total cinco. Estaban Dorita y el señor Burriac; estaba Puchi Puchi, el guitarrista de cabellera rubia, que era francés, muy joven, y tocaba flamenco como si fuera clásico, y siempre encogido y con un pie en el palo de la silla; estaba el tenor, Navarro, que era muy serio y educado y cantaba *Granada*, *Valencia*, y algunas piezas de zarzuela; y por último un gitano que se llamaba Rafael. ¿Me escuchas, primo?

–Sí, un gitano que se llamaba Rafael.

–Rafael. De este gitano aprendí yo algunas cosas. Cantaba y tocaba algo la guitarra, y tenía una guitarra muy buena, de Ramírez, de pinabete y palosanto, barnizada como un caramelo, una auténtica joya, pero a ese hombre siempre le pasaba algo y, por una cosa o por otra, raramente actuaba. Eso sí, siempre estaba allí, dejándose ver, apartado de los demás, en un recodo de la barra que ya era suyo y todos respetaban. Allí vivía bien arranchado. Y siempre iba impecable, con traje de corte, corbata, zapatos como espejos, brillantina en el pelo, gemelos, pasador y sortija. Y siempre limpio como un escarlate. Era un espectáculo verlo. Estaba allí como expuesto, embebido en sí mismo, con la barbilla desdeñosa, sin dignarse mirar a los demás. Y no había día que no le ocurriera algún percance. A veces no podía cantar porque andaba mal de la garganta. Se la señalaba, carraspeaba, intentaba arrancarse y, como no le salía, meneaba la cabeza y volvía a engolfarse en su rincón. Su garganta era un caso. Incluso cuando no quería o no le convenía hablar, se tocaba también la garganta y hacía una morisqueta de dolor. Y, para demostrarlo, sacaba una pastilla de la tos, la enseñaba para que se viese que allí no había trampa ni cartón, se la echaba a la boca y se ponía a chupar. Y mientras chupaba, si le exigían algo, él se sacaba la pastilla en la lengua y se la señalaba con el dedo. Así que nadie le exigía nada ni se atrevía con él. Y cuando se veía en la obligación de cantar, lo hacía muy bajito, como esbozando, y el guitarrista tenía que acariciar sólo las cuerdas y apartarse del micrófono para no comerle la voz. Eso sí, tenía mucha gracia, y una hondura que daba escalofrío escucharlo. Así que, a las dos por tres, tenía que sustituirlo Navarro, que cantaba con grandes facultades pero con impostados y floreos de ópera, y entre él y Puchi Puchi hacían un flamenco muy raro, bonito pero raro, y como decía el señor Burriac cuando se ponía borracho y farfantón, aquello era como dos emisoras de radio que se interfieren y mezclan músicas de distintos países. Y, con la guitarra, le pasaba lo mismo. Hasta que se ponía a tocar, pasaba un mundo. Primero tenía problemas con las uñas. Entonces sacaba una lima y se las retocaba, pero siempre le quedaba alguna rebaba y no había modo de encontrar el punto. Y luego estaba la afinación. Ésa era otra. Podía estarse muy bien diez, quince, veinte minutos, afinando. Pero como era muy exigente, siempre había algo que no le convencía. Si afinaba los primeros trastes, le desafinaban los últimos. «Hace mucha humedad», decía. Si afinaba en *do*, le desentonaba en *la*. «Es el ambiente, que está muy cargado.» Si conseguía afinar por fin todo bien y a su gusto, al poner la cejilla se le volvía a destemplar. «Es que las cuerdas están todavía nuevas.» Y a empezar otra vez. Así que el público terminaba desentendiéndose de él. Y había noches en que decía: «Se ha destronado», y eso era ya lo máximo que se podía decir, y contra eso nada se podía hacer. Total, que a veces sólo tocaba las palmas, pero aun así con muchos escrúpulos, bajito, en sordina, y con la cara vuelta porque le parecía que los otros no iban bien a compás. De modo que muchas noches estaba allí sólo de adorno. Pero el señor Burriac decía: «Es un artista y necesita inspiración. Dejadle, que cante y toque cuando él quiera». Y por eso lo toleraba. Porque, por lo demás, era muy orgulloso. Más de una vez salía a cantar, o a tocar, y enseguida se mosqueaba porque la gente no atendía ni respetaba el arte sino que iba a lo suyo: hablaba, reía, comía, se removía, chupaba el marisco, y él se callaba entonces hasta que se hacía un gran silencio en el salón, todos desconcertados, y él miraba al público por encima, con desprecio, y luego se retiraba sin prisas, lleno de pompa y majestad. No le gustaba nada aquello de tocar en un restaurante, donde la gente iba a comer y a beber, y todavía menos actuar en el popurrí de apertura. Para él aquello era rebajarse. Cuando yo llegué allí, él había conseguido ya el derecho de no engrosar la ronda. «Sólo participa», me dijo una vez un camarero, «cuando viene el Holandés. Entonces sí.» Fue la primera vez que oí hablar del Holandés. «¿Y ése quién es?», le pregunté yo. Y él se echó a reír. «¿Que quién es? ¡Mira lo que pregunta éste, que quién es el Holandés! Ya te enterarás cuando venga», y se alejó riendo. ¿Te va gustando mi historia, primo? ¿A que parece una novela?

–Sí.

–Pues espera, que todavía no ha llegado lo bueno. En cuanto a los números, los había de baile, de cante y de guitarra, y mixturados entre sí. Dorita Salvat bailaba una soleá ella sola, con Rafael o Navarro al cante y Puchi Puchi a la guitarra, y unas sevillanas y una guajiras con el señor Burriac. Las guajiras eran bonitas de verdad. El señor Burriac salía de habanero, con un sombrero de paja y una camisa de colorines cerrada sólo con un nudo, y todo era alegre y lleno de nostalgia. Rafael y Puchi Puchi hacían luego un solo de guitarra, a dos voces, que era un vals peruano bastante fácil de tocar, todo en la prima y sin apenas bajos. En fin, que allí todos iban saliendo y cada cual hacía lo suyo. Pero el número estrella era el zapateado de José Manuel Burriac. Era el gran momento de la noche, y sólo lo hacía cuando había mucho público y el ambiente era bueno. Se vestía de campero, con botos y zahones tachonados de plata, cascabeles en la chaquetilla, y muchos colgantes y fanfarrias, y en la faja una fusta con la que, en determinados pasajes, se golpeaba los botos, como si fuese galopando. También, remetida en la faja, una gran navaja cabritera. Y una manta zamorana terciada al hombro, con la que bailaba los primeros compases y de la que luego se desprendía tirándola a un lado, adonde cayera. Y el zapateado duraba exactamente cincuenta minutos de reloj. Era una verdadera prueba de resistencia. Primero Puchi Puchi le hacía un preludio muy suave de arpegio, mientras él salía y se quedaba quieto, perfilado y en pose, en el centro del tabladillo. Luego daba un taconazo y la guitarra se callaba y callada seguía hasta que, ya muy al final, en el último minuto, se incorporaba a la apoteosis para cerrar juntos el número. Era algo digno de verse, y se hacía en todo el local un gran silencio. A los quince minutos empezaba a sudar, por el esfuerzo y por los focos. Allí, en el zapateado, echaba afuera toda su furia y el desencanto de la vida. Toda su biografía, la historia de sus penas y de sus más lejanas ilusiones, la niñez, las dos guerras, la nostalgia y la rabia de España, todo se concentraba y concurría en ese número estelar. Era un alarde de fuerza y virtuosismo. Un día le oí decir: «El baile es la inconsciencia razonada. Todo es desorden y todo va a compás». Tiene miga la cosa, ¿eh? Era un filósofo, primo, te lo digo yo. Y un atleta. A veces un sostenido de tacón podía durar tres o cuatro minutos. Cuando se quitaba el sombrero y movía la cabeza, como torturado por un drama interior, salpicaba de sudor a los espectadores, los platos de comida, las copas, los manteles... Lo ponía todo perdido. Pero a la gente eso no le importaba. Le gustaba incluso. Le parecía auténtico, y que el sudor confirmaba la verdad sincera de aquel baile. Con la cara flaca y angustiada, y aquellos brazos resaltados de venas, recordaba a Cristo en sus últimos trances. Detrás, oculto por la cabellera esparcida, que parecía de oro, Puchi Puchi esperaba, inmóvil como estatua. Luego José Manuel Burriac, aquel gran Pepe Reus, se iba despechugando poco a poco y sacaba la fusta y, dándose con ella, divagaba por el escenario y por entre las mesas zapateando enrabietado. Pero después se sosegaba. Se quitaba la chaquetilla y bailaba con ella en la mano, muy suavemente. Cada vez más, cada vez más, haciendo con las puntas de los pies apenas un susurro. Y cada vez más. Hasta que casi no se oía. Todos aguzábamos la oreja y conteníamos la respiración para seguir aquel como cuchicheo, que luego iba creciendo, también muy lentamente. Y ahora más y más, y parecía que nunca iba a acabar de crecer. Y, de pronto, arrojaba la chaquetilla y el sombrero lejos, donde cayeran, y entonces era la apoteosis. Daba un grito ronco, feroz, entraba la guitarra con toda la fuerza del rasgueo, se encendía otro foco, taconeaba el bailaor que no se le veían los pies, gritábamos y palmeábamos todos desde dentro, jaleándolo, el público se erguía emocionado en sus asientos, hasta que de repente daba dos vueltas de vértigo y caía a plomo con las dos rodillas en tierra y la cabeza sumida en el pecho desnudo. El éxito era unánime. Y, con ese número, se cerraba la función muchas noches. Primo, tú no te puedes imaginar lo que es el éxito en el arte. Cuando te aplauden todos a rabiar, y gritan tu nombre, uno piensa: «Después de esto, ya me puedo morir» –y se quedó callado, como sobrecogido por la evocación.

4

—Pero ¿tú llegaste a actuar en público, a vivir todo eso?

—¿Que si llegué, que si viví? ¡Ay, Emilio, si tú supieras hasta dónde! ¿Por qué crees si no que te estoy dando tantos detalles de la historia? Ya verás como todos los pormenores tienen más tarde su porqué. ¿No te dije antes que ahora me llamo de otra forma?

—¿Raimon?

—No, no, ése es sólo el preámbulo. Ahora verás lo que pasó. Un día, Navarro tenía ronquera, la primera vez en muchos años. Llegó la hora de la ronda y allí Navarro quería cantar y no podía. Vez que lo intentaba, vez que se quedaba paralizado en un gran gesto mudo, como si hiciera figuras de orador. Rafael había sacado ya una pastilla y la chupaba en su rincón. Y el público esperando, y los artistas sin saber qué hacer. «¿Por qué no sale Raimon?», dijo entonces Dorita. Estaba en el taburete revisando las comandas y no levantó los ojos del papel, como si lo dicho no tuviera importancia. Y añadió: «Seguro que se sabe el repertorio». Y era verdad. Yo me lo había aprendido todo de memoria, y además con sus tonos y acordes. El señor Burriac me miró entonces de través, y con la misma mirada enfiló luego a su mujer, que seguía en lo suyo, y otra vez me miró a mí. «¿Te atreves?» «Yo sí.» «Pues andando», dijo él. Y salí. Me prestaron un guitarrucho que estaba colgado de adorno en la pared. Yo iba vestido de camarero, como es natural. Para remediarlo, alguien me puso un sombrero cordobés. Las paellas ya estaban en su punto y había que darse prisa. Salimos, hicimos la ronda, y al retirarnos todos me felicitaron y comentaron mi actuación. «Este Raimon tiene buena voz», decían. «Y flamenca.» «Y resulta gracioso.» «Está sembrao.» «Tiene un don.» Y Dorita: «Es un artista nato».

–Se ve que esa Dorita estaba enamorada de ti.

–Quién sabe. Pero el caso es que, desde ese día, salí todas las noches con la ronda. Y aunque al principio yo actuaba escondido en el grupo y con la cabeza gacha, muy pronto empecé a levantarla, y a destacarme, y a atreverme cada día a más. Incluso a veces los demás se callaban y me dejaban solo para que se oyera bien mi voz. Y yo me lucía con un garganteo, sin vergüenza y sin miedo al ridículo, y hasta daba unos pasos de baile en la rumba final, volteando la guitarra y arrastrando una pata como si la tuviera de momia. Y la gente me aplaudía a mí más que a los otros. Y luego, cuando me ponía otra vez de camarero, me llamaban y me entretenían en las mesas para darme la enhorabuena, y a veces me dejaban en la mano una propina al despedirme. Ése fue el principio. Porque un día el señor Burriac (yo ya lo veía venir) me dijo: «¿Te atreves a actuar tú solo?». ¿Y qué crees que le respondí yo, primo?

–Que sí.

–Y sin dudarlo ni un momento. «Pues prepárate un número.» «Ya está preparado.» Eran unos tanguillos de Cádiz con una letra picante que me sabía desde chico, y que yo mismo me acompañaba a la guitarra. A la noche siguiente, debuté. Y ahí, Emilio, es cuando yo comprendí verdaderamente lo que significaba aquella palabra: identidad. Comprendí que yo era un artista y que hasta entonces había vivido sin saberlo. Descubrí que había dentro de mí una fuerza secreta, un poder innato, una identidad que sólo ahora, al verme las caras con el público, bajo la luz exclusiva de un foco, vestido con un traje que me habían prestado y rodeado de silencio, y ya sin vuelta atrás, me salió afuera y me llenó de inspiración y de valor. Canté y toqué de pie, con la vista alta y descarada. Cada vez más seguro, más consciente de mis facultades, de mi poder. Gustándome a mí mismo y recreándome en el número. De pronto me sentí audaz, me salí del tabladillo y me mezclé con el público, repartiendo la canción entre todos. Una mujer muy guapa, una belleza, se volvió en el asiento para verme pasar y yo me detuve y me incliné hacia ella y le canté a ella sola, en voz baja, para que no se enterasen los demás, y ahí la gente lo celebró con aplausos y risas, de modo que yo me animé y, sin haberlo ensayado, guiado sólo por la potencia del instante, me puse a esbozar un bailecito, un pasito aquí y otro allá, enseñando la punta del zapato y recogiéndome el vuelo de la chaqueta, insinuando filigranas que se quedaban en desplantes, y a voltear la guitarra y a pasármela por la cintura, y así me fui retirando hacia la barra entre el aplauso entusiasmado y general. ¿Qué te parece mi debut, primo?

–No sé, que es extraño, así de golpe, sin haberlo hecho nunca.

–Tú lo has dicho muy bien, es extraño. ¿De dónde me habrían salido a mí todos esos recursos, toda esa inspiración? Si hay milagros, Emilio, ése fue uno de ellos. Lo que hay dentro de uno, ¿quién lo sabe? Ahí descubrí yo lo que puede llegar a valer un hombre si él mismo pone el precio. En un momento, dejé de ser camarero y me hice artista. Mejoré mucho con la guitarra. Estudiaba cuatro o cinco horas diarias. Aprendí bien los palos y el compás. Aprendí falsetas que les cogía a unos y a otros, o que me inventaba yo mismo. Y Dorita me proporcionó unas cremas para las manos y me enseñó a cuidármelas. Pero, sobre todo, descubrí el secreto de tocar bien. Porque la guitarra tiene un secreto y todo el negocio consiste en dar con él. Si encuentras el atajo, la mitad del camino ya está hecha. En poco tiempo amplié el repertorio. Ahora tocaba y cantaba rumbas, bulerías, tangos, colombianas, y cuplés y boleros aflamencados, que tenían mucho éxito.

Y el vals peruano, que a veces tocaba a dos voces con Rafael o Puchi Puchi, y también hacía una cajita de música con armónicos que llenaba de emoción al público. Pero el número estrella era una rapsodia de canciones y poesías de García Lorca que se llamaba precisamente así: *Rapsodia lorquiana.* Allí cantaba yo *Los cuatro muleros*, el *Anda jaleo, El café de Chinitas, La Tarara, El zorongo*, y entre medias recitaba fragmentos de romances. Un número que duraba unos quince minutos, y que hacía llorar y reír al auditorio, y tanto a los intelectuales como a la gente popular. A ti que te gusta la poesía, te hubiera gustado la *Rapsodia.* Ya me la escucharás. Y a veces, ya puestos, hasta me echaba un párrafo sobre el origen y el porqué del flamenco. Y el público, las burguesitas sobre todo, se quedaban embelesadas con mi disertación. Y más cuando les hablaba del padre del flamenco, de un músico de la Córdoba mora, un tal Ziryab, que quiere decir «pájaro negro», «*oiseau noir*», les traducía yo, «*oiseau pour livre, noir pour tragique*». ¿Me has entendido, primo?

–Sí.

–Pues ahí se hacía un silencio como religioso, que yo aprovechaba, después de sostenerlo, para dar un acorde lento con el pulgar, cuerda a cuerda, poniendo así colofón al suspense. Y para que veas cómo son las cosas. Una noche, en medio de tanto éxito, uno me dijo: «Tu arte vale poco, sólo eres un impostor». Eso me dijo, un impostor. Y el señor Burriac, que estaba presente, dijo: «No señor, es un heterodoxo, nunca un impostor». Pero así y todo yo me di cuenta de lo poco que valen muchos triunfos contra un solo fracaso. Y me dije: «Bueno, ya te salió un crítico; mayor razón para crecerte». Y seguí adelante. Ahora, ganaba más, sesenta francos por noche más propinas. Me compré un par de trajes, camisas con pecherín, zapatos de charol. Y, según me iba sintiendo cada vez más artista, también una sortija, como Rafael, y luego un anillo, unos gemelos para la camisa, un reloj dorado, una pulsera, otro anillo, una cadena para el cuello, y brillantina para el pelo, que ya lo tenía otra vez abundante y lustroso. El artista, Emilio, lo primero debe parecerlo, y darse a valer ya en el aspecto. Y, con el nuevo aspecto, me cambió también la personalidad. Me hice más expansivo. Amplié el vocabulario. Y ahora hablaba en alto, decía lo que pensaba, gastaba bromas y miraba de frente a todo el mundo. No había quien me conociera. «Has sufrido una metamorfosis», me comentó Dorita. Y yo pensé: «Otra palabra al bote». Y una noche alguien me dijo, para que todos lo oyeran: «Tendrás que buscarte un nombre artístico; Raimon ya no es bastante». Se empezó a debatir allí cuál me vendría mejor. Cada cual propuso su apelativo. Dorita dijo «El Nómada», Navarro «El Españolito»; un camarero, llamado Ismael, «El Emigrante», y otros dijeron otras cosas, hasta que de pronto el señor Burriac, después de mirarme y aquilatarme mucho, me señaló con el dedo y dijo... ¿A que no sabes qué dijo?

–¿Qué?

–Me señaló con el dedo y dijo: «*L'Enfant Brillant!,* ¡El Niño Brillante!, porque fijaos todos cómo brilla y reluce». Y en ese mismo momento yo me vi en un espejo al fondo de la barra y me di cuenta de que brillaba de verdad. Brillaba con luz propia. Estaba lleno de destellos. Las manos con la sortija y los anillos, el pelo pavonado, los gemelos, la pechera con sus botones de diamante, centelleaban a la luz de las lámparas. Al otro día me presentaron ya por mi nuevo nombre: El Niño Brillante, *L'Enfant Brillant.* Y a mí me pareció que tuve más éxito que nunca, porque los nombres, si están bien puestos, realzan al artista, y el público se deja hechizar enseguida por ellos. Y como el nombre no era en vano, sino que yo brillaba de verdad, la gente al verme confirmaba un prodigio. Esa noche, mientras su marido bailaba el zapateado, Dorita

Salvat me susurró al oído: «¿Has visto cómo eres un seductor y tenía yo razón?». Y sí, esta vez me lo creí de veras. Yo era un loco, un nómada y un seductor. Había sufrido una auténtica metamorfosis. Y recuerdo que cuando nos íbamos, artistas y empleados juntos, ya de madrugada, en la puerta del local alguien dijo: «El Holandés se va a llevar una buena sorpresa con El Niño Brillante». «Ya pronto llegará», dijo otro. Yo volví a preguntar: «¿Quién coño es ese Holandés?». Pero ellos se echaron a reír, se dieron las buenas noches y, todavía entre risas, cada cual tiró para su casa. «¡Adiós, Niño Brillante!», me dijeron de lejos. Y yo me quedé solo. Entonces me dio por pasear con mi nuevo nombre y hacer balance de mi vida. ¡Cómo había alzado el vuelo en poco tiempo! ¡Qué gran metamorfosis la mía! ¡Y cómo había encontrado mi verdadera identidad! Ayer mismo vivía en la soledad triste de los campos y hoy paseaba por un bulevar oyendo los pasos quedos de mis zapatos de charol. Pero el silencio ya no me angustiaba porque yo estaba lleno de mis pensamientos y del orgullo de ser alguien. «¡El Niño Brillante!», pronuncié en alto. Y me parecía que esa noche comenzaba mi vida de verdad. Y así fue. Porque luego ya todo vino como rodando. Me hice fotos de estudio, tarjetas de visita, unos afiches. Me subieron el sueldo. Me compré una guitarra de primera, de Esteso, blandita, un poco ceceante, y muy flamenca. Con Pepe Reus y Dorita Salvat hacía bolos y galas los domingos, que era el día de cierre del local. El señor Burriac tenía un nombre en Francia, un caché, y no le faltaban los contratos. Íbamos a ciudades y a pueblos de los alrededores de París, actuamos en Chartes, en Arrás, en Reims, en Orleans. Firmaba autógrafos. Actué en la radio muchas veces, y algunas en la televisión. Me hicieron entrevistas. Yo contaba mi vida, adornándola, explicaba mi concepto del arte, y cómo el flamenco es un lenguaje universal. Ejercía de teórico. Y aprendí francés, primo. No me preguntes cómo, pero lo aprendí. Quizá por la fe que me tenía a mí mismo. Lo hablaba a mi manera, y por señas, y me entendía con todo el mundo. En las actuaciones, a veces para aligerar gastaba bromas, en francés, o hacía una introducción erudita sobre lo que me disponía a cantar y traducía un poco la letra de las coplas. La gente se ponía contenta y aplaudía agradecida. ¿No te habrás dormido, primo, que te veo tan callado?

–No, qué va, si te estoy escuchando.

–Pues no te duermas porque ahora viene uno de los episodios mejores de la historia. Verás. Una noche, una clienta del restaurante, una señora bellísima aunque ya casi anciana, en el momento de marcharse se dirigió a mí para decirme que le gustaría recibir clases de guitarra. Lo dijo de pasada, más como una suposición que como una propuesta, y enseguida se desinteresó del tema, como si ya todo estuviera resuelto. Se veía que estaba acostumbrada a mandar. Era muy elegante. Llevaba un vestido negro de noche, largo hasta los pies, y sostenía contra su pecho un bolsito hecho todo de cuentas de azabache. Tenía los labios pintados de plata. Por el tono, por la manera en que me miró y apartó luego la mirada, pero sabiéndose ya contemplada por mí, y por el propio absurdo de que aquella mujer pudiera interesarse por el arte flamenco, por todo eso, yo empecé a sospechar que había algo más detrás de sus palabras. Para entonces había dejado ya el altillo y vivía en un estudio de por allí cerca, con baño completo, cocina y dos balcones a la calle. Le ofrecí mi tarjeta. Luego le dije: «Madame», y me incliné y la besé en la mano, sin dejar nunca de mirarla a los ojos. Y así comencé mi carrera de profesor. Pronto se corrió la voz y les di clase a otras. Te pagaban a lo mejor cuatrocientos, quinientos francos mensuales, te hacían buenos regalos, alhajas sobre todo, pero también un albornoz, un traje, una botella de licor. Las recibía y atendía en mi estudio, y ellas venían con su guitarrita para que todo fuese de lo más aparente. Llegué a tener al mismo tiempo nueve alumnas, y más de una vez se cruzaba una con otra en la escalera, haciéndose las ignorantes, pero las dos con su guitarrita, cada cual a lo suyo.

–¿Quieres decir que te acostabas con ellas?

–¿Acostarme? Les hacía de todo. Eran burguesas, muchas medio viejas, casadas, y buscaban sangre joven y audaz. Yo las recibía como a señoras que eran, pero al rato ya las trataba como a putas. Eso les gustaba, que las chulearan, que se tomaran libertades con ellas. Todas tenían sus caprichos, y cada capricho tenía un precio. Una de ellas, por ejemplo, traía siempre una botella de champán, se lo echaba helado por las tetas y yo lo recibía y se lo bebía en el coño. Un coño viejo y calvo, sumido, seco como el esparto, pero eso sí, distinguido y selecto, a juego con la lencería sutil que usaba. No sé por qué, pero hasta ahí se nota el poder del dinero.

Por un momento, yo creí que me había dormido y que estaba soñando aquella historia.

–¿Eso hacías?

–Y qué si no. ¿Es que tú nunca has chupado coños, primo?

–¿Yo?

Yo apenas había tenido experiencias eróticas reales. Sólo una acaso, pero fue muy confusa y prefería no recordarla porque me producía vergüenza y hasta un poco de vértigo. Para mí no había misterio más intrincado que el cuerpo de la mujer. Así que yo escuchaba a Raimundo sin conseguir pasar del todo de las palabras a la realidad.

–¿Y te pagaban por eso?

–Me dejaban el dinerito en cualquier parte, muy delicadamente, para no ensuciarnos con él. Si me parecía poco, o si quería más, yo me quejaba de lo caro que estaba todo en Francia, de lo difícil que era el arte, de lo duro que se me hacía vivir lejos de España, y ellas comprendían enseguida porque eran señoras de verdad y estaban habituadas a hablar del dinero sin nombrarlo.

–¿Y todas eran viejas?

–No, las había también jóvenes y de mediana edad. De todo. Y a algunas se lo hacía de balde, por amor. Ganaba mucho, hasta cuatro y cinco mil francos nuevos al mes, pero también gastaba mucho, sin reparar en precios.

–¿Y Hortensia?

Raimundo hizo una larga pausa. Parecía desconcertado, como si hubiese perdido el hilo de la historia.

–Bueno –dijo al fin, vagamente, y su voz ya no brotaba de la oscuridad con la fluidez de antes. Ahora era lenta e indecisa–. Nos escribíamos. Ella creía que yo trabajaba de chapista. Le mandaba un poco de dinero para la cartilla que teníamos a nombre de los dos, y le iba dando largas. Yo ya ni me acordaba de mis planes de volver al pueblo y hacerme comerciante. ¿Cómo iba a ser yo comerciante con la carrera que llevaba? Pero eso es algo que por ahora, primo, mejor lo dejamos. Quizá te lo cuente otro día, si soy capaz y tengo ganas. Porque yo sólo quería ya ser artista. Yo soy un bohemio, un romántico, y nada me gusta más que el arte y andar de nómada por el mundo. ¿Y sabes una cosa? Que el arte y el amor no pueden ir juntos mucho tiempo. Tarde o temprano, salen tarifando. Eso es algo que he descubierto en los últimos meses.

5

Se calló, y me dio la impresión de que le había perdido el gusto a la historia. Esta vez fui yo el que le ofrecí un cigarro y le di lumbre en la oscuridad.

–¿Y el Holandés aquel? ¿Quién era? –pregunté por preguntar algo.

–Uno que tenía una fábrica de tabaco allá en su tierra. Cuando venía a París, siempre iba al Barcelona, desde hacía muchos años. Todos hablaban de él como de un personaje de leyenda. «Pronto llegará el Holandés», decían. Y siempre estaba a punto de llegar y todos estaban preparados siempre para recibirlo.

–¿Y cómo era ese hombre? ¿Qué tenía de particular?

–Eso quisiera saber yo. Nadie sabía o quería explicarlo. «Ya lo verás, ya te enterarás por ti mismo», decían. Parece ser que, cuando se marchaba el último cliente, él se quedaba en el Barcelona y allí se iniciaba otro tipo de fiesta. La noche volvía a empezar, pero a su modo. Con otros decorados y otros trajes que él mismo traía, y otros cantes y bailes. Y hasta otro menú y otras conversaciones. Y todo era siempre exactamente igual. Por lo que oí y deduje, parece que intentaba revivir una noche de amor que pasó en España hacía ya muchos años. Era una especie de teatro. Y era muy rico y dejaba unas propinas de escándalo. Pero no me preguntes más porque no lo sé. Yo nunca llegué a verlo.

–¿Y por qué no? ¿Es que no apareció?

–Aparecería, pero yo no lo vi. Y te voy a contar la razón. Una noche, cuando el señor Burriac llevaba sólo unos minutos del zapateado, Dorita Salvat se levantó del taburete con mucha parsimonia, rodeó la barra, donde yo estaba estribado y bebiendo, y se fue hacia el cuartito. El mismo cuartito en que me había enseñado el Libro de Oro, y que estaba al fondo de un pasillo. Yo moví los ojos para verla pasar y alejarse, no por nada, sólo porque no tenía otra cosa mejor donde posarlos. Pero ella, cuando se disponía ya a entrar, se volvió desde el quicio de la puerta entornada y se detuvo allí, demorada a propósito, y mirándome de perfil por el filo de las pestañas. A mí Dorita no me gustaba salvo por ser mujer. Y ya se sabe que, con las mujeres, donde no hay deseo, basta con la ocasión. Así que al ver de qué manera me miraba, ¿a que ya has adivinado lo que hice, primo?

–Ir detrás.

–Tú lo has dicho. Seguí un ratito en la barra sin saber qué hacer pero sabiendo de sobra lo que ya no quedaba más remedio que hacer. Enseguida me fui para el cuartito. «¿Qué haces aquí?», dijo Dorita con un hilo de voz apenas me vio entrar. «¿A qué has venido?» Estaba sentada y muy erguida en la silla del tocador con un peine en la mano. Toda vestida de flamenca. Y con el pelo recién suelto. «He venido porque viniste tú», le contesté. «Yo he venido a peinarme», dijo ella. «Sólo a eso. ¿Es que no lo ves?» «Entonces, me voy», le dije yo. «¿Y te vas a ir así, sin contestarme a la pregunta?» «¿Qué pregunta?» «A qué has venido.» «Yo no he venido a nada; he venido sólo por venir.» «¡Mentiroso! Entonces, ¿por qué me miraste?» «¿Yo?» «¡Tú! Cuando pasé a tu lado me miraste que me ceñías, y cuando iba por el pasillo noté tu mirada en la espalda, y cuando llegué a la puerta y me volví, allí seguías mirándome. ¿Tendrás valor para negarlo?» «Sería por casualidad.» «¿Y también me has seguido y has entrado aquí por casualidad?» Y ahí ya no supe qué decir. Nos quedamos mirándonos y oyendo a lo lejos el taconeo furioso del zapateado. «¿No contestas?», me dijo, en voz tan baja y tan desalentada que me obligó a avanzar hacia ella para oírla mejor. Según avanzaba, ella fue levantando la vista, hasta mirarme a la cara desde muy abajo. Tenía los labios entreabiertos y enrabietados de carmín. Cuando me paré, supe que no tenía ya escapatoria. Pensé en besarla, ése era el momento, pero me sentí cansado y sin ganas, falto de iniciativa, y lo único que se me ocurrió fue ponerle una mano en el hombro. No sabía si era el final o el principio de algo. Si traía la paz o anunciaba la guerra. «No debes hacerlo», dijo ella, y bajó los ojos. «No lo hagas. No debes.» Yo seguí con la mano en el hombro, flojo y desganado.

«¿Qué es lo que no debo?» Y ella: «No deberías tocarme. Prometiste no hacerlo», y al decirlo se echó adelante y se llevó las manos al rostro, como si sollozara. Tenía un poco bajada la cremallera del vestido y se le veía el arranque del espinazo. Las vértebras duras y resaltadas y la piel tensa, sin sangre, en torno a ellas. Aquella visión me dio pena y me entristeció. «¿Por qué lloras? ¿Qué te pasa?», le pregunté, y le acaricié muy suavemente el pelo. «Lloro por ti», dijo ella. «¿No te advertí que si llegabas a tocarme te ocurriría alguna desgracia? Quería ponerte a prueba, y ya ves lo que has tardado en venir hasta aquí para tratar de seducirme. Eres un bobo y un malvado. ¿Y ahora qué vas a hacer?» «No lo sé. ¿Qué quieres tú que haga?» «Tú verás. Ahora eres libre de tocarme todo lo que quieras, porque el mal ya está hecho y no tiene remedio. Yo era como la manzana prohibida del Edén, y ya le has dado el primer mordisco y ahora puedes comértela o tirarla, ya da igual.» Eso me dijo, primo, y yo no supe qué pensar, si estaría loca, o qué andaba buscando con tanto misticismo.

–¿Y tú qué hiciste?

–Pues hice más o menos lo que debía hacer, y pasó más o menos lo que tenía que pasar. Y ella todo el tiempo diciendo: «Pobre Raimundo», «pobrecito Niño Brillante». Y siempre con el zapateado sonando allá al fondo. Y ya al final ella me dijo: «¿No lo oyes cómo zapatea, con qué rabia? ¿No te da miedo oírlo?». Luego se arregló el vestido y el pelo y se subió la cremallera y se pintó los labios, mientras por el espejo del tocador me miraba y cabeceaba como si me tuviera compasión. El zapateado ya estaba acabando. Pero antes de salir me enseñó el Libro de Oro. Y allí estaba yo, en la última página, en una foto donde se me veía en plena actuación. «Ya formas parte de la historia del Barcelona», me dijo. «Que eso te sirva de consuelo.» Y otra vez me miró con pena. «¡Ay, qué loco has sido!», me dijo, y se fue.

–¿Y por eso te marchaste de allí?

–No exactamente. Pero dos noches después, un sábado, para que veas de qué modo combina las cosas el destino, ocurrió lo siguiente. Ocurrió que Puchi Puchi estaba enfermo y que Rafael no lograba afinar la guitarra. Llegó la hora del zapateado y dijo que él no tocaba con la guitarra destemplada. Le ofrecí la mía. Él la rechazó escandalizado. «Mi pulsación es otra», dijo. Y se negó a salir. A todo esto, el señor Burriac estaba ya vestido de campero, con los zahones y los botos, y la manta al hombro, y la navaja y la fusta en la faja. Había una gran expectación. «Yo puedo hacerlo», dije yo. «¿Tú sabes cuándo tienes que entrar y que salir?» Y yo: «A la perfección». «Pues vamos allá.» Y salimos. Hice el preludio de arpegio, se puso en pose él, dio el taconazo de silencio y yo me callé y me quedé en reserva, inmóvil en lo oscuro. Ahora él tenía que bailar solo durante casi cincuenta minutos. Era ya muy tarde, casi las tres de la madrugada. Yo entonces, por distraerme, empecé a acordarme de la infancia. Me acordaba del viento que en verano se levanta en las eras, y de cómo otros niños y yo corríamos muy ligeros, como llevados por el aire en volandas. Había apoyado la mejilla en la guitarra y, entre el calorcito de los focos y el sonsonete del baile, empecé a adormecerme. Soñé que llegaba a París y que estaba nevando. Soñé con el altillo y con los martillazos de la chapistería. Y entonces el zapateado se convirtió en pasos que me perseguían y el sueño se hizo pesadilla. ¿A que no sabes qué soñé?

–¿Qué?

–Soñé que me tiraban al Sena. Debió ser el sudor que me salpicaba. Sentía la angustia de las aguas profundas y que empezaba a hundirme. Entonces el zapateado llegó a la apoteosis. El señor Burriac me dio la señal de entrada y, como yo no reaccionaba, la repitió, y se puso a pegar taconazos a mi lado y a jalearme y a darme gritos de reclamo. Yo sentí que me hundía sin remedio y que me faltaba el aire para respirar. Con un tragantón de asfixia me desperté y me incorporé y, sin saber dónde estaba ni qué hacía yo allí, solté la guitarra y me tiré sobre el señor Burriac y me abracé a él para no ahogarme. Y, con el impulso, rodamos por el suelo los dos. La gente creía que aquello estaba preparado y reían y aplaudían y celebraban lo original del número. «¿Qué haces, hijo de puta?», me dijo el señor Burriac. Pero yo me abracé a él todavía con más fuerza porque aún no había salido del todo de la pesadilla. Y él entonces sacó la fusta y empezó a golpearme. Me daba bien fuerte, lleno de rabia, buscándome la cara, y yo me defendía con los brazos hasta que al fin conseguí agarrarle la fusta y se la arranqué de las manos y la tiré lejos. Y ahí fue cuando desperté por completo. Pero él ya se había echado la mano a la faja y sacó la navaja, que era grande y ornamental, y la abrió en toda su extensión. No lo pensé dos veces. Agarré por el gollete la primera botella que vi, la quebré contra el canto de la mesa y le enseñé los filos haciéndole amagos. Y entonces los dos nos encogimos y nos pusimos a girar y a buscarnos las vueltas. Y él me decía: «Te voy a rajar, españolito de mierda. ¿Crees que no sé que andas poniéndome los cuernos?». Y la gente aplaudía y nosotros girábamos tirándonos avances, saltando como gatos, y parecía que estábamos bailando, haciendo un número de ensayo, y a uno de los clientes le oí comentar que se trataba de una coreografía de la Guerra Civil. Hasta que de pronto él tiró la navaja, se abrió a dos manos la camisa y me ofreció el pecho desnudo: «¡Mátame, hijo de puta! ¡Hazme ese favor, Niño Brillante! ¡A ver si tú consigues lo que no pude ni yo ni los fascistas!». Se hizo un gran silencio. Yo miré alrededor. Allí estaban Navarro, Rafael, los camareros, el cocinero con su gorro, y Dorita Salvat, todos quietos y como expuestos en sus posiciones de asombro y de temor. Y yo entonces solté la botella, recogí la guitarra, la metí en la funda, todo muy despacio, y recuerdo que de pronto un cliente, creyendo que allí acababa el número, se levantó muy tieso y se puso a aplaudir. Y a punto estuve yo de saludar y recoger aquel aplauso. O, mejor dicho, no yo, sino el artista que yo llevaba dentro. Luego salí dando un traspiés. A uno, que se me quiso interponer, le di un revés en el hocico. Y me fui, y nunca llegué a conocer al Holandés. Eso es lo que pasó, y ésa es la historia que tenía que contarte.

6

Encendimos el último cigarro.

–¿Y fue entonces cuando te volviste a España?

–No. Continué allí un tiempo, actuando y tocando en otros locales españoles de la competencia. Uno que se llamaba Don Quijote, y otro que era Chez Pedro. Y haciendo galas. Y seguía dando clases de guitarra, y nunca me faltaban alumnas. Y triunfando y viviendo a lo grande.

–¿Y luego?

–¿Luego? Pues luego volví a España y aquí estoy.

–¿Y por qué te viniste?

–Bueno, eso es ya otra historia, y ya va siendo tarde para contarla. Cosas de la vida.

–¿Y ahora qué vas a hacer?

–Pues seguir siendo artista. Yo no sé ya hacer otra cosa.

–¿Y Hortensia lo sabe?

–Nooo. Ella sigue creyendo que yo soy chapista. Pero ¿y tú, primo?, ¿qué vas a hacer tú? ¿Piensas ser mecánico toda la vida? ¿Es eso lo que quieres? ¿No te da pena desperdiciar la vida por tan poco?

–¿Y qué más da? –Yo me acordaba del profesor de

filosofía y de lo poco que vale el vivir–. Total la vida da lo mismo. Se haga lo que se haga, siempre es un mal negocio.

–¡Qué dices, primo! –dijo Raimundo escandalizado–. La vida es lo más grande que existe. Te levantas por la mañana y parece que el día no va a acabar nunca. La vida es muy bonita y tiene muchas caras. No se apura con un trago ni dos. Nos moriremos, y estaremos todavía comenzando a vivir. Tú lo que tienes que hacer es encontrar tu identidad.

–¿Y qué puedo hacer yo para eso?

–Ser guitarrista. ¿No te gustaría ser guitarrista?

–¿Yo? Pero eso es muy difícil.

–Eso depende del maestro. Yo sé el secreto de atajar camino y de llegar a ser figura en poco tiempo. Y tú vales para artista.

–¿Yo?

–Tú. Tú tienes alma de artista. Se te nota en el modo triste que tienes de quedarte callado. Y además, ya eres medio poeta.

–Yo no soy poeta.

–Es igual. Si tú quieres, yo haré de ti un gran guitarrista.

–Pero, si no tengo tiempo ni guitarra.

–Yo te regalaré una guitarra. Y, en cuanto al tiempo, déjalo también de mi cuenta. También tengo algunos remedios para eso. Junto con la guitarra, te voy a regalar tiempo para tocarla. Serás guitarrista en unos pocos meses. Harás viajes, ganarás dinero, serás famoso, seducirás mujeres, y nunca tendrás jefe. ¡Al carajo los jefes! ¿O es que a ti te gusta vivir de mensualidades, siempre con un fijo?

–No...

–Pues ya está. La vida no es para los cobardes, primo. Y ya se nos ocurrirá un nombre artístico que te vaya bien. ¿No te gustaría llamarte de otro modo?

–No lo sé –respondí sin saber qué decir, y se me escapó un bostezo.

–¿Te duermes, primo? –y él también bostezó.

–Sí.

–Pues duérmete, que ya tendremos tiempo mañana de seguir hablando de estas cosas. ¿Te ha gustado mi historia?

–Ya lo creo –y entonces pensé que, en una posible *Enciclopedia Universal del Género Humano*, de Raimundo podría hacerse un artículo bien largo y bien lleno de datos–. ¿Y no llegaste a cruzar el Sena? –pregunté casi desde el sueño.

Pero Raimundo se había dormido ya. O por lo menos eso parecía. En las rendijas de la ventana había ya un principio de luz. Entonces yo me puse a pensar y a llenarme de fantasías y de esperanzas. ¿Por qué no?, me dije. Y me dormí con el ojo derecho, pero con el izquierdo seguí soñando despierto con aquel futuro prometedor que se abría de repente ante mí. Y recuerdo, no sé por qué, que antes de hundirme en el sueño oí cantar a unos pájaros cerca de la ventana y que me pareció que con sus trinos se atareaban en algún asunto laboral: estaban haciendo la mañana con los hilos de luz que salían de su canto. Cuidar del mundo y asegurar su orden. Luego se fueron, volando, alborotando, y me pareció que justo en ese instante el alba todavía remota se perfilaba en la ventana. ¿Por qué no?

Entonces me dormí, pero al rato oí como un estruendo el susurro apremiante de mi madre: «¡Émil! ¡Émil! ¡Arriba! ¡Date prisa, que ya vas con retraso!».

III

1

Y ahora es domingo por la tarde y estoy tocando la guitarra en la habitación donde ha vivido durante más de un año el último huésped fijo que hemos tenido en casa y que se ha marchado para siempre hace sólo unos días: otra de esas vidas que se entreteje un tiempo con la tuya y que luego desaparece sin dejar otro rastro que este aroma a membrillos y a higiene de convento o de clínica que entristece la música. Alguna vez entré en su cuarto y había en él una pulcritud excesiva, inhumana. Su ropa estaba muy limpia y muy bien doblada y colgada en sus perchas y estantes. Camisas y suéteres juveniles, pantalones de género muy altos de cintura, que le dejaban los tobillos al aire, andarines y alegres, un par de trajes negros, una gabardina de líneas y ángulos violentamente quebrados como en ciertas pinturas cubistas, y un abrigo rígido de mezcla, y todas las prendas parecían conservar, como mi pelliza, los gestos del dueño, y hasta algo de su modo de ser.

Siempre estaba alegre y presumiendo de alegría, pero de la misma manera que siempre estaba limpio o su mesa siempre despejada. A veces en su mesa sólo había un lápiz afilado a conciencia. Y en un cajón, una agenda, donde tomaba con el lápiz breves notas que decían, por ejemplo: «6,27. San Mateo. 13°. ¿Eres un hacedor o un crítico? Perfección igual a parálisis. Disfruta de tus logros. ¿Quieres el mundo? Tómalo. Sé osado en la súplica. Corazones partidos, yo no los quiero». O bien: «6,27. Niebla. 1°. Santa Elisabet. ¿Crees de veras que piensas por ti mismo? ¿Adocenarte? ¿Tú, Claudio Burguillos, un hombre del montón? ¡Arriba, gentilhombre! De cumbre en cumbre. Volar en alas de la pleitesía. Morir de Amor en los palacios. Sé infante y mariscal». Y otras de ese estilo. Y todo eso estaba escrito en español corriente, pero con caracteres griegos, no sé si para esconder el mensaje o para resaltarlo.

Sobre la cómoda tenía su biblioteca, así la llamaba él, mi biblioteca, mi pequeña y selecta y servicial biblioteca, compuesta por siete libros alineados de canto entre dos membrillos de olor, los siete forrados con papel de mapa y con los títulos y autores rotulados cuidadosamente en una tira de papel blanco adherida al lomo. Dos eran de tema religioso (uno de ellos de monseñor Escrivá de Balaguer), otro de psicología divulgativa, un pequeño diccionario ilustrado de lengua española, un código de Derecho Mercantil, un callejero de Madrid y un compendio de Historia Universal. Eso era todo. Antes de comer, se lavaba concienzudamente las manos. El contacto del agua debía de excitarlo muchísimo porque emitía grititos de placer y de escándalo. O cantaba. Cantaba sin abrir la boca, muy suave, pero en un tono agudo que se oía en todo el piso. Luego (al menos los sábados y domingos, que es cuando yo lo veía) leía en alguno de sus libros, de pie, el libro sostenido ante el rostro con la mano abierta y ofrecida en atril, y el índice de la otra posado levemente en la boca chafada, en una actitud de responsable asombro. Dejaba la puerta entreabierta yo creo que para que lo viésemos en ese trance ejemplar de leer. Nunca leía más de un par de minutos, lo que tardábamos nosotros en poner la mesa, pero aquellas pocas frases debían de llegarle muy hondo, porque cuando se sentaba a comer se quedaba todavía unos instantes con la vista perdida en una lejanía espiritual (tenía unos hermosos ojos verdes y unos labios gruesos muy bien delineados, como en caligrafía), solemne de tan serio, todo él trascendido y envuelto por lo que acababa de leer. Parecía que las frases eran dardos que lo hubiesen mortificado y que aún estaba bajo los efectos de la laceración. Luego ladeaba la cabeza y nos sonreía luminosamente, como si de verdad quisiera con su sonrisa iluminarnos, y comprendernos, y ofrecernos gratis y entera su luz, su simpatía y su indulgencia ilimitada. Como si mi madre y yo fuésemos chiquilines y él nos aceptara a pesar de nuestra bobería, de nuestra pequeñez.

Estoy tocando la guitarra y acordándome de ese hombre, y algo en él me recuerda de pronto a don Osorio, el jefe del taller. Y entonces me siento desasosegado, lleno de un vago malestar. ¿Qué querría de mí? Me ha citado para mañana, lunes, un poco antes de las ocho, y que vaya con la guitarra, y limpio y bien vestido, y los otros aprendices, Mario sobre todo, se habían burlado de mí mientras subíamos por la rampa. «No te fíes, chaval, ve con cuidado que ése ya sabes lo que busca.»

Quizá el parecido entre don Claudio y don Osorio es la impresión que dan de ser seres afortunados, felices porque sí, sin arte y sin esfuerzo. Aunque Claudio Burguillos no se conformaba sólo con ser feliz. Era un fanático de la felicidad, y hacía proselitismo. Quería, exigía, que también los demás fuesen felices como él. A mí me reprochaba a veces la tristeza. Y un día que le conté la visión de la vida que tiene Schopenhauer, tanto bregar para lograr tan poco, él me dijo: «¿Quién eres tú para juzgar a las criaturas? ¿Qué sabes tú de los designios del Creador? ¿Crees que por parecer triste resultas más interesante? Aprende de mí. ¡Qué rica comida! ¡Qué fresca la gaseosa! ¡Qué delicioso día! ¡Qué maravillosa aventura es vivir!». Decía cosas así, y para demostrar que la alegría era un hecho, hacía música con el cubierto en el vaso o en cualquier otro objeto cantarín. «¡Y qué hermoso idioma el nuestro!», decía también a veces, «que nos permite expresar nuestra dicha y también, por qué no, nuestras desavenencias.» Aunque no tenía el bachillerato, había estado en un seminario y sabía algo de latín. Conocía el origen de muchas palabras, y no había modo de hablar de nada porque él enseguida interrumpía la conversación para referir la etimología de un vocablo. La contaba como si fuesen anécdotas. Y de ésa saltaba a otra, y luego a otra, de forma que al rato ya era imposible retomar el hilo del diálogo. «La gente es muy irresponsable», decía dolido. «Usa las palabras sin conocer su raíz ni su significado exacto, como si las palabras fuesen suyas y pudiesen hacer con ellas lo que quieran.»

Hablaba, y a veces tardaba mucho en encontrar la palabra justa y nosotros teníamos que esperar y estar atentos al suspense, porque si nos distraíamos, o aun peor, si alguno aprovechaba el silencio para decir lo suyo, entonces él se iba ensombreciendo, en sus ojos verdes aparecía un brillo de acero, y en la frente una arruga de contrariedad, y apretaba los labios y los ponía finos de rencor, y luego despachaba la comida en unos pocos bocados displicentes, hacía una flor con la servilleta y la metía en el servilletero, la tiraba sobre la mesa, se levantaba muy despacio y, antes de retirarse, de pronto torcía servicialmente la cabeza y ofrecía gratis su sonrisa y se quedaba así, sonriéndonos desde lo alto, iluminándonos, abrumándonos con el homenaje de su simpatía y de su comprensión. Una de esas veces que se enfadó, dijo: «Mansedumbre de oveja, ironía de león: en esa fina anchura campea la aristocracia». Y se retiró, sin dejar de sonreírnos y de sustentar en la sonrisa los efectos de su frase enigmática.

No llegué a saber mucho más de él, y si forma parte de esta historia es por la misma razón por la que a veces aparece en las fotos algún intruso al fondo. Esa gente casual, o voluntariosamente asomadiza, que pasaba en ese instante por allí y que allí permanece, agregada a la historia de la familia ya para los restos, como uno más de nuestros antepasados, de nuestros muertos, al cabo de los años. Y ahora me pregunto cómo sería aquel hombre al que la memoria ha descarnado hasta dejarlo convertido en inscripción borrosa o en silueta. ¿Con qué criterio la memoria selecciona los rasgos que han de sobrevivir y representar todo cuanto en su tiempo fue completo y real? ¿Elimina quizá, destruye sin escrúpulos lo que el conocimiento no logra amar o comprender? ¿O es al revés, y sólo tiende a perdurar lo que una vez nos asombró y, en cierto modo, sigue siendo para nosotros un enigma? Esto es lo que recuerdo, lo que aquel hombre me legó o yo le arrebaté para mi mundo de experiencias. Unas frases, algunos gestos, los títulos de sus siete libros, su modo de vestir, su nombre y poco más. Ésos son los datos que yo podría reunir, rescatar del olvido, para un posible artículo en ese libro infinito que sería la *Enciclopedia Universal del Género Humano*. Eso y muy poco más.

2

Así que hoy es domingo y yo estoy tocando la guitarra en la habitación donde ha vivido Claudio Burguillos durante más de un año. La tarde se ha puesto inverniza, está lloviendo y hace un viento helado y belicoso que bate con furia las persianas y salpica los cristales de gotitas de nieve. No hay nadie en la calle. Nadie tampoco en el jardín del sanatorio. ¿Cómo será morirse en un día así? Que te saquen aprisa, a empujones, por una puertecita falsa, y te lleven también aprisa a través de una ciudad lluviosa y te metan debajo de la tierra empapada y te dejen allí para la eternidad. No para un año o para un siglo sino para la eternidad. Mi padre, por ejemplo, a quien no llegué a conocer, y de quien apenas sabía nada porque mi madre nunca quiso hablarme de él. Sólo que trabajaba en una fábrica, y que antes había sido campesino, y que se había muerto casi al tiempo de nacer yo. «Eso es todo lo que hay que saber.» Y a veces yo pensaba que quizá se había suicidado y mi madre no quería que yo me enterase. O que la había abandonado para irse con otra, y que vivía y que quizá cualquier día viniera a verme, a conocerme. A lo mejor incluso alguna vez me había seguido por la calle, espiándome, lleno de extrañeza y de nostalgia por mí.

Así que de él tengo menos datos aún de los que llegué a reunir sobre Claudio Burguillos. ¿Y qué estarán haciendo, en una tarde de perros como ésta, él y doña Manuela? Porque Claudio Burguillos se ha ido de huésped con doña Manuela. «Estoy perdiendo calidad de vida», dijo. «El sonsonete de la guitarra no me deja dormir ni concentrarme en la lectura. Estaré mejor en otro sitio.» Y se marchó. Recogió su ropa y su biblioteca y se marchó.

También mi madre y yo estamos solos en casa. Ella está en su cuarto, cosiendo y escuchando la radio. En las pausas de la guitarra se oyen muy lejos las voces, la música, el rumor de seda de la máquina de coser. Quizá están oyendo llover y hablando de etimologías y de desgracias. ¿Se afligirá ella y él la consolará? ¿Se abrazarán compungidos los dos? ¿Y en qué momento, y cómo, pasarán de la palabra al acto, del abrazo fraterno a la caricia maliciosa, de los lamentos a los goces? ¿Se habrán atrevido ya a hacer el amor o estarán buscando todavía el modo de hacerlo? Y ella, por cierto, ¿será virgen? Seguro que sí. ¿Y qué hará entonces, qué dirá cuando vea su propia sangre derramada en las sábanas? ¡Qué misterioso, y qué dulce y terrible era todo ese mundo!

Rencor y asco, y también envidia, eso es lo que siento en este momento por los dos. Al fin y al cabo, ella me había inspirado las primeras experiencias eróticas reales de las que era consciente. Yo nunca me había fijado bien en aquella mujer. Vivía en el barrio, era clienta y medio amiga de mi madre y a veces venía a casa a estar con ella, a sincerarse, a hacer el recuento de los males que la afligían a todas horas. Porque siempre le dolía algo, siempre alguna nueva adversidad venía ya de camino. Parecía una heroína de tragedia, y el escenario y el conflicto eran su propio cuerpo, que lo tenía grande y como reventón. Era de una madurez todavía joven, aunque la actitud siempre quejosa y el modo serio de vestir le daban un aire ya otoñal. Y no había día que no trajese la noticia de una nueva desgracia. Estrenaba dolencias como otros estrenan vestidos o ilusiones. Nadie ha sabido como ella llevarse con tanto arte y dolorida gracia una mano a la frente y trazar con sólo ese gesto el esbozo de un drama. De pronto sentía una punzada en las profundidades de la carne y cerraba los ojos y se estremecía y suspiraba como si la traspasase el filo de un presagio. Y apuraba con tanta avidez los detalles más crudos y escabrosos cuando hablaba de enfermedades y de muertes, que por momentos los ojos y los labios se le encendían y ensangrecían de voluptuosidad como las mujeres vampiras al asomar el plenilunio. Por las noches, sola en la cama y en su casa, a veces su cuerpo no paraba de enviarle mensajes alarmantes. Cualquier ocasión era pintiparada para abrir el bolso y enseñar la foto de la sepultura que tenía comprada a perpetuidad en el cementerio del Este. «¿Verdad que es bonita?», decía. «¿Verdad que está bien situada, ahí en ese altito, a la sombra de las acacias?» Y los ojos se le humedecían al contemplar aquel paisaje tan acogedor, tan bello, tan sombrío.

Luego un día, una tarde de primavera, yo estaba con fiebre y ella por primera vez reparó en mí. Se sentó a mi lado en el sofá y me interrogó a fondo sobre los pormenores de mi mal. Por conmiseración conmigo mismo, por solidaridad, por cortesía, yo los exageré hasta donde pude.

Entonces ella, en reciprocidad, se puso a contarme sus últimos trastornos. No tenía ningún órgano lo que se dice sano, cuando no le dolía el corazón le palpitaba el hígado, o se le ponía una pesadumbre en el estómago, o de pronto se tragaba un suspiro que no había modo de expulsar y que durante días andaba por todo el cuerpo como loco buscando una salida, o una mañana amanecía con la sangre floja y desazonada y se le quitaban de golpe las ganas de vivir y ya sólo quería acostarse y abandonarse a la anchura del tiempo, a la negra aventura de los siglos, y corría las cortinas y tapaba bien todas las rendijas para no ver la luz, como si ya estuviese instalada en la tumba a perpetuidad, y no sé cómo ni en qué momento pero de pronto me vi abrazado a ella, los dos medio llorando y yo un poco asfixiado por el abrazo y el catarro, mezclando las lágrimas y los suspiros, igualados en edad y en condición por la fragilidad de nuestros cuerpos y la tristeza de nuestros destinos.

Desde entonces ella dio por hecho que yo era un muchacho enfermizo, y yo acepté el papel, y me inventaba achaques y congojas, porque a aquella mujer sólo se la podía seducir así, a través de la desgracia y el dolor. Un día me llevó a conocer su tumba. Con cuánta inútil compasión amanecía en los cementerios. El sol encendía las acacias, que ya empezaban a granar, cantaban los pájaros, vibraban los insectos, y sobre los rostros pálidos de los muertos las nubes seguían su curso, y aquel ir y quedarse era la esencia de la vida. Dejó en la lápida el ramo de flores que llevaba para sí misma y luego se abrazó a mí y muy tristemente me acarició la cara, y con sus manos me peinó el pelo revuelto por el viento. «Prométeme que me traerás flores, Emilito.» Se lo prometí, y ella volvió a abrazarme y me dijo al oído: «¡Ay, qué pena de vida! ¡Qué pena de nosotros!».

Alguna vez iba a su casa a hacerle algún recado y ella me recibía con un saludo halagador: «Qué desmejorado te encuentro». Durante un tiempo compartimos las graves dulzuras de los convalecientes. Yo le hablaba de mis males ficticios y ella me apretaba contra su pecho y allí me consolaba y protegía; le contaba que en el mar de Mármara se había hundido un barco y no había supervivientes, y ella se mordía los labios y me acariciaba la cara como sanándome una herida; que había oído decir que el fin del mundo era inminente, y ella desfallecía con un hondo suspiro; y de los sufrimientos del infierno, y emitía un quejido de mimo infantil; y de un hombre que había descuartizado a su mujer y a sus tres hijos, y ahí cerraba los ojos para apurar a fondo aquel espanto; y de enterrados vivos, y de atropellos y suicidios, y para entonces ya estábamos trabados en un embrollo de brazos y piernas y cabellos y lágrimas donde yo no conseguía encontrar lo que buscaba ni que ella se atreviese a buscar lo que yo anhelaba y temía que acabase encontrando. Era algo agotador. Pero bastaba una frase animosa, de alguien que le había tocado la lotería o celebrado algún aniversario, para que el hechizo cesara de repente. Se apartaba, se ordenaba la ropa y el pelo, dignificaba el gesto, se ponía rígida y se convertía en la mujer pudibunda y distante que en realidad era, y que nunca había dejado de ser.

Y eso fue todo lo que ocurrió, y nunca logré pasar de los lamentos a los goces, ni llegué a distinguir del todo el dolor del placer.

«¿Es que vas a estar toda la tarde con esa murga?», oigo la voz de mi madre. «¿Por qué no estudias un poco?» «Sí, ahora enseguida estudio», le digo, y con un trocito de esponja pongo en sordina la guitarra, y abro un libro de gramática latina y ahora estudio y toco y recuerdo a la vez, como si hiciera juegos malabares.

3

«Qué hombre más fino», dijo ella la primera vez que lo vio en casa. «Cuánto sabe, qué bien habla. Y qué limpio y qué educado es.» Y después de un suspiro: «Y qué confortativo».

Así que ahora estarán juntos, los dos solos en casa, oyendo la lluvia y haciendo a saber qué. ¿Y cómo se las arreglarían para hacerlo? ¿Él encima de ella? ¿Ella con las piernas abiertas? ¿Muy abiertas o sólo un poco? ¿Desnudos del todo o a medio desnudar? No sé por qué pienso en árboles junto a un río, en juncos mecidos por aguas susurrantes. O quizá de pie, contra la pared o contra algún mueble. O tumbados en el sofá. ¿Y a cuatro patas, como los perros? ¿Era posible hacerlo así? ¡Qué difícil y enmarañado era el cuerpo de la mujer! Sin embargo, en un dibujo que tengo escondido en la gramática latina y que a veces miro como si intentase descifrar un jeroglífico o el plano de un tesoro, todo aparece muy clarito, todo viene perfectamente desglosado, y por eso el misterio resulta aún más desconcertante, porque nada oculta en apariencia sino que la única máscara es la propia obviedad.

Se trata de un dibujo didáctico donde se muestra tal cual el sexo femenino con todos sus pliegues y repliegues, y sus concavidades y escondites, y sus entradas y salidas, unas falsas y otras verdaderas, y todas combinadas como en un laberinto. Arranqué la hoja hace unos días de un libro que Claudio Burguillos tenía escondido en lo más hondo del armario, debajo de la maleta, y que se titulaba *Vida sexual sana*, aunque en el forro ponía a mano: *Aspectos de la mitología pagana*. Aquél era el octavo libro de su pequeña y selecta y servicial biblioteca. Y allí venía el dibujo. Era la primera vez que yo veía el mapa exacto de esa parte desconocida del mundo. Seguro que él echó en falta la hoja pero no se atrevió a protestar. A lo mejor ésa es la verdadera razón por la que se ha ido a casa de doña Manuela. ¿O se pondrían de lado? ¿Las piernas entonces enlazadas y formando un arco? Parece fácil pero no. Yo lo sé porque una noche estuve a punto de hacer el amor, o a lo mejor lo hice y ni siquiera me enteré.

Fue el pasado verano, poco después de mi otra experiencia, y ellos eran emigrantes, gentes del pueblo de mi padre, y llegaron al anochecer con sus grandes maletas de cartón piedra y de madera, y sus cestas y bultos y sus enseres desparejos y arcaicos, y al otro día de madrugada siguieron camino hacia las grandes ciudades industriales del norte. Eran unos quince, la mitad de la misma familia, y a mí me tocó dormir, con otros, en la habitación de mi madre. Habían tirado el colchón al suelo para aprovechar el somier y añadido además, aquí y allá, algunas colchonetas y petates de mantas, de modo que el conjunto final era un lecho irregular y muy grande, que ocupaba casi todo el espacio, y que resultaba incomprensible en la oscuridad.

Yo llegué tarde, más que de costumbre, y encontré una nota en la cocina donde mi madre me explicaba lo que debía hacer. Me desnudé y me puse el pijama en el pasillo y entré en el dormitorio y me orienté a gatas y a tientas hasta encontrar mi sitio de dormir. En el ambiente se percibía la densidad de otros cuerpos, y el aire estaba usado pero no sucio, y el sueño colectivo producía como un rumor efervescente, que enseguida pasó a formar parte del silencio. Había allí una tibieza profundamente acogedora, una blandura que se parecía mucho al abismo de lana o de plumas en que yo solía hundirme durante mis devaneos diurnos. Era como haber encontrado una forma definitiva de descanso, un oasis de tiempo donde no existía la amenaza del futuro, ni dolían los recuerdos, porque una fina capa de inconsciencia y de olvido había aislado el presente de todo cuanto no fuese su puro y grato acontecer.

Todos dormían plácidamente, con una lisura maravillosa, y yo cerré los ojos y no sé si llegué o no a dormirme porque en cualquier caso soñé que estaba allí, en aquel lugar y en la misma actitud que tenía en la vigilia, y por tanto era igual estar despierto que dormido, y así continuamos hasta que al rato, o quizá horas después, alguien empezó a agitarse en sueños, y a suspirar, y a querer decir algo, y a cambiar de posición y luego de sitio como escapando de una pesadilla. También los demás nos sobresaltamos y removimos y hubo un reajuste general y, cuando volvió la calma (yo me acordé de los mapas de Europa que vienen en los libros de textos para ilustrar el antes y el después de las guerras), me encontré muy cerca de otro cuerpo, quizá el de la pesadilla, que en su huida se había juntado, casi abrazado a mí, porque me había puesto una mano en el hombro como buscando protección, y no parecía dispuesto a renunciar fácilmente a ese asidero que le ofrecía la realidad.

Por el peso y el tacto y la temperatura y la gracia en reposo de la mano, y aún antes por el desamparo que me produjo la evidencia, supe que se trataba de una mujer. Parecía joven, incluso muy joven, a juzgar por la pureza de su aliento y por la tibieza tierna que irradiaba su piel. Pero no tardé en detectar un nuevo matiz, una cualidad más inquietante que la de la inocencia, algo que insinuaba la íntima fragancia de una carne cuya madurez, cuya sabiduría, cuya perversión tal vez, agravaron mi angustia y al mismo tiempo mi esperanza. Supe que no iba a atreverme a ser audaz, y que el remordimiento habría de acompañarme ya siempre. En ese punto, abrumado por la cobardía, rendido de antemano a la culpa, se me escapó un suspiro de contrariedad, muy débil, pero que fue bastante para renovar en la mujer el recuerdo de la pesadilla, porque de pronto dio una alentada de zozobra y con un impulso desesperado de náufrago se abrazó aún más a mí.

Ahora la mano había resbalado bajo la sábana hasta mi cintura, y un mechón de pelo me hacía cosquillas en los labios. Yo me quedé muy quieto porque temía que cualquier movimiento desbaratase aquel frágil prodigio, que aún no tenía del todo claro si era cosa del sueño o de la realidad. Me sentía como el equilibrista que sabe que su mayor peligro es la súbita conciencia de las destrezas de su oficio. Nadie es culpable cuando sueña, pensé; el sueño es tan libre o más que el pensamiento, y entonces fingí un sobresalto y arqueé el cuerpo y muy suavemente dejé que ella notara en su vientre la ansiedad apremiante del mío. Yo nunca había tenido una experiencia erótica tan próxima y real, ni desde luego tan impúdica. ¿Qué había que hacer a continuación? Porque aquello no resultaba nada fácil. Sobre todo cuando me di cuenta de que ignoraba por completo contra qué pujaba yo por allí abajo, si contra sus piernas, o contra sus rodillas, o contra su cadera, o contra su pubis, o contra algún burujo de ropa o contra qué.

Esa noche comprendí mejor que nunca lo complicado que resulta el cuerpo de la mujer. Pensé que era como uno de esos secreteres lleno de cajoncitos, unos verdaderos y otros falsos, y de gavetitas y de puertecitas y de resortes secretos, y de compartimientos escondidos que lo hacen poco menos que inextricable. Todo está allí muy bien guardado y sin embargo siempre a mano, y no hay nada que no esté expuesto en el escaparate y al mismo tiempo asegurado y oculto en la trastienda. En el transcurso de esa noche, y como aquel cuerpo me resultaba incomprensible, yo intenté imaginármelo muchas veces y apoderarme mentalmente de él para tratar al menos de descifrarlo en la ficción. Pero el modelo inventado resultaba tan hermético como el real. En una ocasión, exasperado por la pujanza estéril, deslicé una mano, o más bien la abandoné a su libre albedrío, amparado en la impunidad del sueño, para que se arriesgase a entrar en aquel vago territorio prohibido que había bajo la sábana.

Con los nudillos, y luego con la yema de un dedo, rocé y acaricié una superficie ligeramente áspera que al principio confundí en mi anhelo con el vello púbico pero que resultó ser sólo el entramado de una tela, quizá la sábana, o el camisón de ella o mi propio pijama. ¿Y más abajo? Más abajo, nada, formas impenetrables, fragosos yermos de fibra y algodón, y luego un brusco desnivel, algo inhóspito como un promontorio (acaso la cadera peraltada), que nada sugería, y que ya de antemano se adivinaba sorda a las caricias. ¿Y hacia arriba? Quizá encontrara por allí algún punto que me permitiera orientarme en aquella maraña. Pero ella debía de haber decidido esa noche que nada estuviera en su lugar, porque cuando subí la mano hasta mi pecho calculando que a esa altura encontraría el relieve de los senos, sólo me topé con la dureza hostil de lo que parecía un hombro, ni siquiera desnudo, y alzado contra mis artes de merodeo como un bastión inexpugnable. Probé entonces a adelantar una rodilla. Un pliegue de las sábanas me lo había aprisionado como una camisa de fuerza. Así y todo, y durante un rato, estuve forcejeando, primero en busca de fortuna y luego intentando ya únicamente liberar la pierna, escapar de aquella situación claustrofóbica, porque además su abrazo empezaba también a agobiarme, y tenía la impresión de estar inmovilizado por una triple llave de yudo. Y de pronto un pensamiento atroz. ¿Y si con todo aquel trajín se despertaba y se ponía a gritar, y alertaba a los otros, y encendían la luz y se enteraba todo el mundo? Todos alrededor mirándome como a un sátiro, como a un fenómeno, y más con aquella erección que tenía, que parecía que me estuviesen despellejando vivo.

Asustado, desorientado, desengañado ya del todo, aflojé el abrazo, me relajé e intenté pensar en otra cosa.

Enseguida empecé a quedarme dormido. Y entonces ocurrió el milagro. La mujer hizo un movimiento en apariencia imperceptible, apenas nada, sólo un mínimo cambio de posición, pero que bastó para desenredar todo el embrollo y resolver en un instante el laberinto de su cuerpo. Se estiró en lo que parecía una actitud gustosa de abandono y entonces sí: entonces sentí sus formas entregadas y abiertas en un acto rendido de impudor. Como por arte de magia, lo duro se hizo dúctil; lo informe, armónico y exacto; lo inerte, palpitante; fácil lo arduo y accesible lo hermético. Unos dedos bajaron buscando entre el pijama y casi al mismo tiempo sus senos desnudos brotaron de repente en mis manos, como las palomas que hacen aparecer los magos en las suyas. Estaban vivos y tenían la calidez un poco febril de las gallinas cluecas. Y yo me quedé así, sin atreverme a más, con las manos abiertas y ofrecidas. Luego ella se echó atrás y me dejó con las manos vacías, pero al instante volvió muy suavemente, incitándome a la caricia. Y otra vez se apartó y otra vez me buscó, y en cada ofrecimiento renovaba el apremio y la entrega. Y, sin embargo, parecía actuar en sueños, acaso reservándose así una última prenda de decoro. Iba y venía, olvidadiza y luego codiciosa, invitando y rehusando, creando la ilusión de un juego puramente azaroso. ¿Y si estuviera de verdad dormida? Pero no: alguien se levantó para ir al baño, y durante un rato una franja de luz entró en el dormitorio. Ella se detuvo y esperó a que la habitación estuviese otra vez sosegada para reanudar la actividad.

Y entonces, cuando yo estaba resuelto a corresponder a sus caricias, seguro ya de que había entre los dos un lazo de complicidad, de pronto otra sospecha aún más atroz. ¿Y si fuese mi madre? ¿Y si ella me estuviese confundiendo con otro? Quizá con alguno de aquellos emigrantes de paso, algún hombre hecho y derecho que le hubiera gustado y al que hubiera decidido entregarse esa noche. En algún lugar de la conciencia, esa hipótesis inaudita pugnaba desesperadamente por hacerse real. Permanecía inmóvil, aterrado, a la espera de algo. Y, si era ella, ¿lo estaba sabiendo y provocando? ¿No me había dejado en la cocina una nota donde me explicaba mi sitio de dormir? No, no, era absurdo. Y además, incomprensible, porque era incapaz de imaginarme un acto así. ¿Y cómo de grande y de imperdonable sería el pecado de acostarse uno con su propia madre? Pero no tuve tiempo de pensar más porque de pronto ella, en lo que parecía un arrebato de cólera por mi pasividad, se me encimó, y durante unos instantes yo tuve la sensación de que flotábamos en la oscuridad azul del dormitorio, sobrevolando a los otros durmientes. ¿Sería aquello hacer el amor? Pero a mí enseguida me volvió el horror de mi madre y empecé a aflojarme, y a rehuir el abrazo, y a forcejear y a querer estar lejos de allí, hasta que ella me rechazó con un suspiro de fastidio, se bajó violentamente el camisón, se dio la vuelta y se puso a dormir.

Al otro día de madrugada vi en la cocina al grupo de emigrantes. Estaban de pie, desayunando aprisa, listos para marcharse. Sólo había tres mujeres. Una era una vieja enlutada. Las otras dos eran madre e hija. La hija debía de tener unos doce años y llevaba trenzas y calcetines blancos y unos zapatitos de charol desconchado que se abrochaban con un botón de nácar. Tenía tanto sueño que los ojos se le habían cuajado en el aire y no conseguía fijarlos en un punto real. Sostenía en el regazo un cabás de lata decorado con viñetas ingenuas de animales. En cuanto a la otra mujer, no era guapa ni con ganas de serlo, era menuda y seria, y se veía de sobra que para ella la vida era un asunto estrictamente laboral. Ninguna de las dos reparó en mí. Se fueron, y yo me quedé todavía en la cocina, a solas con mi madre, sin atreverme a levantar los ojos del café.

4

De eso me acuerdo en esta tarde de domingo, mientras toco la guitarra, desde hace rato otra vez sin sordina. Esta habitación, sobre todo ahora que está vacía y desacostumbrada al ruido, tiene muy buena acústica. Las notas salen limpias, redondas, y uno oye cómo se van hundiendo en el silencio hasta que sólo queda un resto de vibración que ya no se sabe si es ilusorio o es real. Yo intento tocar como si las manos me fuesen ajenas, manos sólo prestadas, voluntad rendida a la música, tal como me enseñó Raimundo. «Deja que la guitarra suene sola, no fuerces la mano, deja que cada cosa haga su oficio.» Y sí, suena bien la guitarra, y eso que todavía no toco bien ni tengo apenas repertorio: cuatro sevillanas, falsetas fáciles de soleares y fandangos, una farruca, unas alegrías en *mi* menor, un trémolo donde aún las cuatro notas no llegan a trabarse, el vals peruano, y compás, mucho compás, cuyos tiempos yo voy marcando con el pie, despacio, dando un buen zapatazo en cada acento para no esparramarme, un-dos-trés, cuatro-cinco-séis, siete-ócho, nueve-diéz, un-dós.

Eso es todo lo que hasta ahora me ha enseñado Raimundo. Al sábado siguiente de contarme su historia, se presentó en casa por la mañana con la guitarra prometida: «No es gran cosa, primo, pero aquí está encerrada toda la música que existe. Y ahora que tenemos la herramienta, ya sólo queda aprender el oficio». Pero al principio yo apenas la miré porque estaba remirándolo a él. Era la primera vez que lo veía a plena luz y en todo su esplendor y enseguida entendí por qué su nombre artístico era El Niño Brillante. Iba impecable, con un traje oscuro de rayadillo bien cruzado y ceñido, camisa gris plata, zapatos de charol relucientes, sortija, anillos, gemelos, alfiler de corbata, reloj de oro, una pulsera, brillantina en el pelo ondulado y con bucles. Era guapo, pero sus rasgos tenían algo de toscos y se intuía que su atractivo iba a ser pasajero. Por el modo de moverse y de hacer suyos los lugares, parecía que el mundo, la vida, habían dejado de tener secretos para él. Traía también su guitarra. La funda estaba toda decorada con pegatinas de salas de fiestas, de hoteles, de recordatorios turísticos de ciudades francesas. Y aunque su mundanía resaltaba sobre un fondo de cierta rudeza campesina, y a pesar de su elegancia equívoca, había algo de fascinante y de auténtico en toda su persona. Era quizá la fe, la manifestación de la fe en algo tangible, la fe revelada y encarnada en aquel hombre que creía en lo que hacía sin modestia ni alarde, y que acaso por eso actuaba con tanta naturalidad y convicción.

Inmediatamente, nos encerramos en mi cuarto y empezamos con el aprendizaje.

–Y ahora, primo, escúchame bien y retén bien en la memoria lo que voy a decirte. Luego, con el tiempo, conocerás a otros y todos vendrán a darte cada cual su teoría, a enseñarte sus trucos, a ofrecerte gratis sus consejos. Tú escúchalos, pero desconfía de ellos, porque de cada diez, nueve vendrán con la intención de confundirte, y muchas veces de que vicies el toque. Hay mucho malaje y mucha guasa en el mundo del arte. Así que tú hazme caso a mí, que como guitarrista no soy de los mejores, aunque tengo mi gracia, pero como maestro poseo el don de enseñar muchísimo más de lo que sé. Porque el buen maestro no es el que sabe mucho, sino el que sabe enseñar mucho. Esto, primo, es todo preámbulo. Y ahora, lo primero hay que mirar las manos. Fíjate en las mías. Son bastas, sin sensibilidad, con los dedos ceporros, porque trabajé desde chico en el campo y luego en el metal. ¿Ves?

No las puedo cerrar del todo y se me quedan como en garra. Por eso, y porque empecé tarde, yo no podré llegar nunca a figura. Seré siempre un heterodoxo. Pero tú eres joven, tienes muy buena edad, y tus manos están todavía nuevas. Desde ahora, tendrás que cuidarlas como si fueran de mujer. Y lo mismo las uñas.

–Las tengo astilladas y rotas del taller –y me las olí.

–Yo te daré recetas para fortalecerlas, y te enseñaré a hacerte uñas postizas con pegamento Imedio. Y ahora recuerda otra cosa, también como preámbulo: hay que darse a valer. Mientras no estés seguro, mantén el misterio sobre el alcance de tu arte. Si hay varios guitarristas juntos, cosa que pasa muy a menudo en las guitarrerías y academias de baile, no toques tú el primero. Y, si te ves en el compromiso de hacerlo, dedícate a afinar. Porque, si tocas mejor que ellos, los ofenderás; y si peor, se burlarán de ti. Tú haz como el gitano Rafael. Dale mucho al bordón y a la prima y pon un poco cara de vinagre, que se vea que eres muy exquisito con la afinación, porque una guitarra nunca está templada del todo, y siempre, por poco que sea, se puede mejorar. Y las uñas, lo mismo. Las uñas nunca están en su punto, nunca les viene mal un toquecito con la lima. Pero, si por lo que sea, tocas una falseta, siempre ladeado y haciendo bulto para que los otros no te la vean y te la roben, porque las falsetas se sacan más con la vista que con el oído. Pero recuerda que todo lo que calles, ahí lo tendrás como patrimonio íntegro y sin usar, y que nunca tocarás mejor en vivo que en la fantasía de los que no pudieron escucharte. Ahí comienza uno a darse a valer, y a hacerse un nombre y una imagen, y hasta un principio de leyenda. ¿Tú entiendes, Emilio, lo que quiero decirte?

Hablaba como un patriarca, autorizándose con el índice y haciendo de cualquier frase una sentencia.

–Bien, pues ahora vamos con lo que te prometí. Voy

a confiarte el secreto de tocar bien la guitarra. Esto es algo que he descubierto por mi propia experiencia, dándole muchas vueltas al misterio de por qué unos aprenden mucho en poco tiempo y a otros en cambio nos cuesta tanto dar un paso al derecho. Hay algunos que, de la noche a la mañana, salen tocando limpio y fácil, como los propios ángeles. A otros sin embargo nos sale sucio y dificultoso, por mucho que nos empeñemos. Por eso yo creo que tiene que haber un secreto, un atajo, y que todo consiste en dar con él. Y yo estoy en el camino de lograrlo. Te lo voy a contar con la condición de que esto quede entre nosotros y no lo vayas diciendo por ahí. ¿Estamos?

–Estamos.

–Pues bien, la cosa es muy sencilla. O muy difícil, según. Vamos a ver si consigo explicártelo. Es una cuestión psicológica. ¿Tú no has visto lo perfecta que suena la música en la mente? Allí todo es fácil y nunca te equivocas. ¿No es verdad? Pues el secreto está en trasponer esa música de la mente a los dedos. Todo está aquí –y se señaló la frente–. No se trata de tocar con los dedos, sino con la cabeza. No se trata de tocar la guitarra, sino de que ella toque por sí misma. Eso sí, primero hay que estudiar mucho para adquirir digitación. Sin estudio, no hay milagro que valga. Pero una vez que los dedos se han desenredado y saben los caminos, entonces hay que dejar la mano muerta, sin voluntad, como hace el zahorí con el péndulo o la vara de olivo, concentrarse en la música y esperar a que la fuerza de la mente se traslade a las manos y obre el milagro en ellas. Entonces las manos comienzan por su cuenta a tocar, con la pulsación exacta que les corresponde, y a su vez la guitarra se vale de los dedos para expresarse y echar fuera de sí toda la música que encierra. Ése es el secreto final de la maestría: poder mental para lograr que las cosas hagan solas su oficio. ¿Tú no has visto a los hipnotizados y a los poseídos, cómo flotan y hacen cosas que un rato antes no sabían? Esto es lo mismo: concentrarse hasta que las manos actúan como sonámbulas. Así que ya sabes, primo, deja las manos libres, que ellas de música saben más que tú, y poseen el instinto del tacto y de la pulsación. ¿Te parece difícil asimilar lo que te digo?

–No, no –le contesté, porque es verdad que yo entendía lo que quería decirme, y no me era ajena aquella experiencia de sentir milagrosamente a punto de realizarse lo que un momento antes era sólo una impresión o un sueño. Pero nunca aquellos trances habían resistido el más leve contacto con la realidad–. Pero ¿para qué sirve la fuerza mental si todavía no sé ni coger la guitarra?

–Ya te enseñaré yo. Pero no olvides nunca todo lo que te he dicho. Dale vueltas al secreto y ve haciendo tus experimentos. A veces notarás por ejemplo que la mano se te pone gorda, que pierdes el tacto y todo te sale sucio y como destemplado. Luego, otro día, las manos recuperan la finura y la riqueza del matiz. Bueno, pues eso es sólo un problema mental. Fíjate en mí –y empezó a tocar, pero nada concreto, sólo divagando un poco por las cuerdas–. Dentro de mis posibilidades, yo he mejorado mucho desde que descubrí esa técnica. Lo que pasa es que mis dedos están ya torpes para obedecer a ciegas a la mente. Pero cuando consigo trasponerme y relajarme, entonces siento como que floto y que los dedos no son míos, y que la guitarra tiene vida propia. Y hay momentos de inspiración en que yo mismo me asusto de la facilidad con la que toco. ¿Qué no sería entonces si hubiera empezado de niño y con las manos todavía sin usar? Y recuerda también, y grábatelo a fuego en la memoria: que las manos no vayan nunca más aprisa que el pensamiento. La música, primero en la cabeza y después en las manos.

A continuación me describió de arriba abajo la guitarra, y las maderas de que estaba hecha, y hasta de dónde procedía y cómo había evolucionado. Me habló de la cítara griega, y de Ziryab, el trovador islámico, y de otras cosas que supongo que eran las mismas –por la forma aprendida y afectada de hablar– que les contaba al público y a sus burguesitas de París.

Ésa fue la primera lección teórica. Luego, en la misma clase, me enseñó a colocar las manos y la guitarra –en posición flamenca, claro está, sosteniéndola en la axila y con el mástil apuntando a lo alto–. «La estampa del guitarrista tiene que ser ya de por sí flamenca, porque también en la postura hay arte. Y el semblante, impasible, aunque de vez en cuando puede traslucirse la emoción en el gesto, pero sin hacer muecas y visajes, que eso es muy feo, y más que expresar el drama interior lo que revela es el esfuerzo de la técnica y la pobreza de recursos. Y siempre erguido, y sin esconder la cara, como hacía Puchi Puchi, sólo un poquito ladeada para dominar el mástil con la vista. Y, ahora, vamos a afinar y nos metemos en faena.» Sacó un diapasón de horquilla, lo golpeó ligeramente contra una clavija, y con el índice me invitó a seguir la trayectoria acústica de la nota hasta su extinción. Y luego, «Laaa», cantó, y me hizo cantar ésa y todas las notas mientras completábamos la afinación. «Tienes buen oído, primo», dijo al final. «Si haces lo que yo te mande, en cinco o seis meses te sacas el carné, y de aquí a un par de años, eres una figura.»

Y ya, sin más preámbulo, entre el sábado y el domingo me enseñó de un tirón el picado, el arpegio, el rasgueo, el alzapúa, el ligado y el trémolo. Y seis o siete acordes y otras tantas escalas. Y también un poco de compás. «El compás es la base de todo, y cualquier fallo ahí es siempre garrafal. Eso tiene que ser como las beatas con la religión, que rezan ya de carrerilla.» Y, ayudándose con las palmas, con el pie o con los nudillos en la mesa o en la propia guitarra, me enseñó el compás de la siguiriya, del tango y de la soleá.

–Y ahora ya sabes lo que tienes que hacer: estudiar mucho y bien. Estudiar bien es estudiar despacio, fuerte, limpio y asentado. Y recuerda esto: hay que tocar muy despacio para llegar luego a tocar muy deprisa. Pero, antes de seguir, dime una cosa: ¿tú quieres de verdad ser artista? Piénsalo bien antes de contestar, porque el arte es sagrado y dura hasta la muerte –y se echó atrás, como si se hubiese convertido en espectador de una escena teatral que me tocaba representar a mí.

–Sí –dije yo lleno de convicción.

–No se hable más. A partir de ahora vas a dedicar cada día, como poco, una hora al picado, otra entre arpegio y trémolo, y otra hora de pulgar y rasgueo. Y otras dos horas de compás. Y siempre que puedas (y eso no hay más que quererlo), tienes que tocar también con el pensamiento, imaginar escalas, pulsando cada nota sin saltarte ni una, como si tocaras de verdad. Eso aprovecha tanto o más que la práctica.

–Pero ¿de dónde voy a sacar el tiempo?

–También para eso tengo yo remedio.

Entonces abrió el estuche de la guitarra y sacó de allí dos artilugios que él mismo se había hecho. Uno consistía en una maderita plana, del tamaño de un paquete de tabaco, con dos puentes de hueso en los extremos donde se anudaban seis trocitos de cuerda bien tensados. «Con esto, podrás practicar con la mano derecha a cualquier hora y en cualquier sitio. No tienes más que echártelo en el bolsillo por la mañana, y ya tienes distracción para todo el día.» El otro era un ingenio de alambre con cinco agujeros para forzar la apertura de los dedos de la mano izquierda. Parecía un instrumento de tortura. «Duerme con esto puesto, y lo llevas también en el bolsillo y así vas con las dos manos ocupadas. ¿Ves tú lo que inventamos los pobres para hacernos artistas?»

Ésa fue la primera lección. Desde entonces, él venía casi todos los sábados y domingos a casa –siempre dicharachero e impecable–, y a veces yo faltaba a la academia para ir a visitarlo y a recibir alguna clase entre semana. Vivía en una pensión ínfima por Antón Martín, pero paraba poco en ella. Le gustaba la vida nocturna y a veces se esfumaba durante varios días sin avisar ni dejar norte de su ausencia. Poco a poco, se iba abriendo paso en el mundo del arte. O eso al menos contaba él. Hacía bolos en tablaos, en fines de fiesta para turistas, en funciones de debut y despedida por pueblos de los alrededores, enrolado en grupos pintorescos que se improvisaban de un día para otro según la inspiración de algún empresario emprendedor y marginal. También tocaba y cantaba por horas en academias de baile, y a veces le salía alguna clase particular a domicilio, de «flamenco recreativo», como anunciaba en unas tarjetas que se había hecho a tal efecto.

Así vivía, de aquí para allá, del merodeo y del lucimiento, de los encuentros fortuitos, de vagos proyectos urdidos al amanecer entre las nieblas del alcohol y del sueño, de los apaños y migajas que iba encontrando en sus correrías nocturnas por los recovecos del mundo flamenco de Madrid. «Me voy ganando bien la vida, primo», me decía. «Esto no es París, pero ya mi nombre va adquiriendo alguna resonancia. Ya me van conociendo. Ya se oye hablar de El Niño Brillante. Es más: ya estoy en tratos con dos compañías de las buenas que quieren contratarme para las grandes giras del verano. Figúrate: un mes de ensayo ya cobrando, dos meses de *tournée* por España, y otros tres o cuatro entre Japón y América. Y luego, a casa, a comer el turrón con el bolsillo bien forrado, y otra vez a empezar. Todo es cuestión de ir bicheando hasta hacerse un nombre y ganarse un sitio en el escalafón.»

Aquélla era su mejor esperanza: conseguir un contrato con una compañía de altura para las grandes giras del verano. «Y quién sabe si para entonces te contratan también a ti», me decía. «Esas compañías llevan hasta tres y cuatro guitarristas, y tú podrías ser uno de ellos. En cuanto empieces a tocar un poco y domines ya el compás, yo me encargo de introducirte en el mundo del flamenco, para que vayas dándote a conocer. Quién sabe si el año que viene por estas fechas no andamos tú y yo actuando juntos en Japón o en América.»

Así que yo iba siempre con los dos artilugios en el bolsillo, haciendo dedos siempre que podía, y dedicaba todo el tiempo libre a tocar la guitarra. A veces, tocando, me quedaba dormido, y los dedos seguían en sueños haciendo escalas, subiendo y bajando por las cuerdas como la araña que se afana sin descanso en su tela. También yo empezaba a compartir aquella ilusión de la vida viajera y libre del artista.

«Al final, con tanto picoteo, no vas a ser ni mecánico, ni estudiante, ni guitarrista», me decía mi madre mientras me probaba ropa o la ayudaba a devanar. «En cuanto aprenda un poco más, dejo el taller y me dedico a la guitarra.» «Eso es para los gitanos.» «Es una buena profesión. Se viaja mucho, se gana dinero y hasta se puede llegar a ser famoso.» «Ésos son los pájaros que te ha metido en la cabeza Raimundo. Es un liante y un gandul. Más vale que trabajase de campesino o de chapista, que es lo suyo, y que se casara con su novia y se dejara de andar por ahí haciendo el zascandil. Está fachoso con toda esa chatarrería que lleva encima.» «Raimundo es un artista. Ésa es su vocación y ya está. Cada uno vive como quiere. Además, triunfó en París, y por qué no va a triunfar también aquí.» «Eso es lo que él te ha contado. Si no sabe cantar, ni tocar ni bailar. Lo hace todo y todo mal, como los patos.» «Bueno, por lo menos lleva la vida que le gusta.»

Pero luego, según yo adelantaba en la guitarra, fue cambiando de opinión. De pronto volvía a ser la mujer dulce y enigmática de otras veces. «A lo mejor no es mala idea», me dijo un día. «Ya vas tocando bien. Quién me iba a decir a mí que tendría un hijo guitarrista.» «Ya te lo dije», la animé yo y me animé a mí mismo, «es una buena profesión. Y muy difícil.» Ella me miró sonriendo por un rincón de la boca. «Vas a ser un guitarrista bien guapo. Las bailarinas se enamorarán de ti. Hasta puede que te cases con una de ellas.» Yo bajé la cabeza y sonreí también, un poco avergonzado. «Y, en uno de esos viajes que vas a hacer, podrías llevarme contigo. Yo nunca he viajado, ni he estado en un hotel.» «Yo tampoco.» «¿Y no te gustaría?» Y yo dije que sí con la cabeza, porque me pareció que mi voz estaba muy lejos, y que cuando llegara a los labios estaría ya desvanecida.

5

«¡Émil, Émil! ¡Vamos, arriba, que ya vas con retraso!» Y yo me levantaba sin despertarme todavía del todo, obnubilado por el sueño, pero ya con un punto candente en la conciencia, una señal de alarma que me empujaba febrilmente a la acción, y no porque fuese a llegar tarde al taller sino porque quería acudir cuanto antes a la cita que tenía pactada ya con el futuro. O con la esperanza, o con el destino, o como se llamase a la cualidad que yo poseía ahora para entrever en la niebla del tiempo venidero, más allá de los días comunes, como si el presente careciese de otro valor que el de la espera o el del trámite purgativo para acceder a una vida mejor. Corría y corría, me apresuraba hacia el futuro ya desde antes del amanecer, cargado con la tartera, los libros, los cuadernos, y a veces también con la guitarra, porque quizá a la tarde fuese a ver a Raimundo para que me enseñase un poco más. «A este paso, primo, pronto me vas a echar la pata por cima, y ya no tendré nada que enseñarte», me decía, y era verdad, yo avanzaba muy rápido, y en un rato aprendía y memorizaba cuatro o cinco falsetas, y pocos días después las tocaba a compás y mejor que el maestro. Por las mañanas, en el trayecto hacia el taller, en el vestuario, en esos momentos en que la vida mostraba su cara más odiosa, yo pensaba en mi porvenir de guitarrista cada vez menos lejano e irreal, y tenía que reprimir la crecida de la ilusión para que no se desbordase en un instante, para no gastarla toda de una vez, para que me durase a lo largo del día y pudiera llegar con ella a casa después de medianoche, y que me acompañara aún hasta hundirme en el sueño. Luego me desnudaba, me ponía el mono e iba saliendo hacia mi puesto en el taller.

Éramos en total tres oficiales de primera, dos de segunda, cuatro aprendices y el dueño, don Osorio. Los oficiales tenían cada uno su mesa de trabajo, aislada por un foco de luz, aunque a menudo bregaban directamente en los coches, bien desde un foso, bien arriba, bajo el capó, alumbrados por unas bombillas portátiles forradas de tela metálica, y ayudados a veces por un aprendiz. Los focos y las bombillas creaban en la perspectiva un tanto lúgubre y desaforada del espacio algo así como islitas de luz. Una de esas islitas, al fondo de la nave, era la oficina del jefe.

Don Osorio era un hombre extraño, difícil de calificar y hasta de describir. ¿Qué edad tendría? ¿Cuarenta años? ¿Cuarenta y cinco? ¿Cincuenta tal vez? Imposible saberlo, porque era lampiño y orondo, y no tenía ni siquiera cejas, y sí la piel tersa y sonrosada, y la voz fina, de tiple, y parecía mucho más joven, pero de una juventud anómala y hasta un poco inquietante, sin datos ni atributos precisos, como un hombrón recién nacido. Era serio hasta donde lo permite un rostro inexpresivo y una actitud vagamente beatífica. Los rasgos de su cara estaban mal definidos, como desdibujados, y costaba hacerse una idea exacta de su fisonomía. Uno acababa de verlo, y aun así no conseguía visualizarlo bien en la memoria. Era como intentar evocar algo entrevisto en la bruma de un sueño.

Aunque, por otra parte, se le veía poco en el taller. Se pasaba casi todo el tiempo en la oficina, que era apenas un chiscón sombrío atestado de papeles y piezas de recambio. Pero a veces, de pronto, salía precipitadamente y vestido de calle, como urgido por un grave designio, y se ausentaba del taller durante mucho tiempo. Y nadie sabía adónde iba ni cuándo iba a volver. «¿Adónde? A echarle un polvo a su mujer; ¿adónde va a ir si no con esas prisas?», comentaba Mario sin alterar la expresión huraña de su rostro. «Él follando y nosotros currando, así es la puta vida.» Porque don Osorio estaba casado desde hacía poco tiempo con una mujer mucho más joven que él, y muy guapa, según un rumor que todos daban ya por bueno. Y lo único que sabíamos de ella es que se llamaba Adriana, nada más.

Una tarde, poco antes de que yo empezara a tocar la guitarra, al verme salir con los libros y los cuadernos, me dio con la mano para que me acercase. «¿Adónde vas con eso, chaval?», me preguntó, y me miró de arriba abajo. Tenía las manos gorditas, y los dedos cortos y glotones. A veces los movía como si estuviese ejercitándolos para un escamoteo. Medio disculpándome, le dije que estudiaba el bachillerato en horas libres. «¿Tienes novia?» No sé por qué, me pareció que no debía decirle que no. «Más o menos», le dije. «¿Y cómo se llama?» «María», se me ocurrió decir, como si acabara de inventarme el nombre. «María», dijo él, y se quedó cabeceando como ante algo digno de admiración. «¿Y eres un chico serio, un chico responsable?» Yo me encogí de hombros sin saber qué decir. «¿Eres hablador?» «No.» «¿Atrevido?» «No sé, según.» «¿Romántico?» «Sí...», dije en un tono hipotético. «¿Apasionado entonces?» Pero no esperó mi respuesta. Me miró otra vez de arriba abajo y hasta entornó los ojos para mirarme todavía mejor. «¿Y te llamas?» «Emilio.» «Emilio», dijo él, haciendo memoria, y se acarició la barbilla lampiña como si tuviese una gran barba de respeto. «¿Y estás contento en el taller? ¿Es bueno el trato y el jornal?» «Sí.» «Bien, pues entonces ya te puedes ir. ¡Hala, adiós!», y chascó los dedos para que me fuese dando prisa.

Yo pensé entonces si no sería marica. Primero me llené de furia y después de temor. Y luego de esperanza. ¿Y si se lo contara a mi madre? El jefe es marica y anda detrás de mí. Seguro que ella se indignaría y me ordenaría abandonar de inmediato el taller. Y durante algún tiempo yo estuve esperando alguna insinuación para acudir a mi madre clamando contra él. Pero no volvió a preguntarme nada, ni a reparar siquiera en mí. O eso al menos creía yo entonces. Y la vida en el taller siguió como siempre, cada cual en su puesto, y cada día igual a los demás.

6

En cuanto a los aprendices, no aprendíamos de ningún oficial concreto: todos podían mandarnos. Montábamos y desmontábamos neumáticos, parcheábamos pinchazos, atornillábamos y desatornillábamos, lubrificábamos, cambiábamos bujías, tensábamos frenos, lavábamos y encerábamos, hacíamos recados, petroleábamos piezas de motor. Para petrolear nos instalábamos en un pequeño patio interior con una claraboya en lo alto de cristales muy sucios, pero que era la única luz natural que llegaba al taller. Aquel lugar era nuestro territorio. Allí los cuatro aprendices nos sentábamos en latas vacías de aceite y en torno a una enorme bandeja llena de petróleo, y con trapos y con pinceles y con las manos armábamos un gran chapoteo hasta dejar las piezas relucientes. En los días crudos del invierno, hacía tanto frío en aquel lugar que era un gusto hundir las manos en la bandeja y dejarlas dentro como en un rescoldo de ceniza. Quizá era allí donde se me metía en la piel aquel olor constante a grasa y a petróleo. Todo estaba resbaladizo por una pringue que parecía rezumar de las paredes, del suelo, del aire gris y helado, de la misma luz. Pero en aquel rincón nos sentíamos un poco aparte, y eximidos de peores servidumbres. Eran quizá los mejores momentos de la jornada laboral.

Aquél era también el lugar donde reinaba Mario. Trabajaba metódico y sin prisas, sin apartar los ojos de la bandeja ni el cigarrillo de la boca, ni alterar nunca la expresión de su rostro. Sus comentarios eran siempre breves y rotundos, y los demás, ante aquel alarde de firmeza, le rendíamos de inmediato un homenaje de adhesión. Rafaelito sobre todo se quedaba mirándolo alelado, quizá porque nunca se enteraba de nada y vivía en un perpetuo estado de estupor. Había en sus ojos una inocencia atónita de animal. Era flaco, enfermizo, y tenía siempre pupas y sabañones en los labios, en las orejas, en las manos. Continuamente se rascaba y se sorbía los mocos, y andaba encogido y como acobardado, pegado a las paredes y a todas horas tiritando de frío.

Bernardo era otra cosa. Una vez, recién llegado él al taller, yo vi cómo Mario le pegó, no sé por qué, supongo que por un acto puro de fuerza y de dominio. Le retorció el brazo, lo abofeteó metódicamente, sin pasión y sin saña, y luego lo fue rindiendo a pulso hasta amontonarlo en el suelo pringoso del patio, sin quitarse siquiera el cigarrillo de la boca. «¿Quieres más? ¿Quieres que te siga dando hostias?», le dijo en voz baja y serena. Lo tuvo así un buen rato, esperando a que el silencio del otro fuese definitivo. Pero luego lo ayudó a levantarse y le dio una palmadita en la cara: «No ha sido nada, chaval», le dijo. «Tranquilo.»

Desde entonces, Bernardo sentía por él auténtico fervor. Lo imitaba en todo, en los gestos, en el peinado, en la manera de vestir, de fumar y de andar, y hasta en la opacidad hostil de sus silencios, como si fuese su doble.

Enseguida hicieron los tres un grupo homogéneo y aparte. Yo me mantenía un poco al margen y no me trataba con ellos fuera del taller, pero un día Mario me invitó con mucho misterio a compartir la tarde de domingo, como si me hiciera un gran favor, y yo fui para no desairarlo, y quizá también porque en el fondo tenía cierto miedo a enemistarme con él. Fueron cinco o seis tardes desangeladas y superfluas, pero secretamente apasionantes. Mario traía a otros amigos suyos, gente esquiva y lacónica como él, y al principio nos instalábamos y nos hacíamos fuertes en un banco o en una esquina de algún barrio de lujo y nos dedicábamos a vigilar y a reivindicar aquel sector del mundo que habíamos elegido como escenario y territorio donde celebrar el rito del domingo. No hacíamos nada relevante, pero los actos más nimios adquirían una cierta solemnidad litúrgica. Fumábamos, escupíamos, nos estribábamos contra la pared, intercambiábamos gestos que valían por largas confidencias, nos abandonábamos a la tristeza como a un privilegio de la juventud, mirábamos a los hombres con una fijeza pendenciera que derivaba enseguida hacia el desdén, sopesábamos y tasábamos con ojo apático y experto el valor de las hembras prohibidas, y luego seguíamos y abordábamos, siempre en un tono exasperado de burla, a las muchachas pánfilas de nuestra edad, y finalmente nos poníamos a caminar a buen ritmo por las calles del centro, formando ya un grupo compacto y exaltado por el fracaso del día pero también por las promesas intactas de la noche, cada vez más furiosos según avanzaba la tarde y el mundo mostraba su desprecio y su usura ante las energías de una juventud espléndida y condenada sin embargo a la esterilidad y la inacción.

Mario abría el cortejo. Tenía dos o tres años más que nosotros y era bajo y rubio, un poco patizambo, y muy fuerte, y en la boca sustentaba una mueca perpetua de menosprecio y saciedad. Miraba el mundo y a la gente como entreviéndolos en la lejanía, y salvo la mirada, no había ni un solo rasgo resaltado en su cara. Reía apenas, y siempre para adentro, sin abrir la boca ni echar afuera la alegría. Le gustaba hablar sin decir todo lo que pensaba, reservándose silencios cargados siempre de sombrías omisiones.

Y allí íbamos todos, formando una marcha solemne, caminando sin rumbo y sin noción del tiempo, broncos y eficaces, como si integrásemos una comitiva de gánsteres en misión de respeto. No hablábamos, no vacilábamos en el paso, la vista siempre al frente, Mario abriendo el cortejo con las manos hundidas en los bolsillos de la cazadora, y los otros agrupados alrededor pero ligeramente rezagados, alejándonos más y más hacia ninguna parte pero sin dudar nunca en el trayecto, como si todo aquello respondiera a un plan trazado minuciosamente donde los actos arbitrarios en apariencia habrían de cobrar al fin un sentido hasta entonces secreto. A mí a veces me parecía que, como Josué y su pueblo elegido, estábamos rindiendo por desgaste, y por un puro acto de fe, una ciudad amurallada.

Creo que fue al tercer domingo cuando aquel éxodo concluyó al fin. Tras una larga caminata, llegamos a una zona residencial de las afueras y nos detuvimos ante una calle densamente arbolada con chalecitos dispersos a los lados. Era ya de noche. Reanudamos la marcha y en cierto momento, sin ponernos de acuerdo pero actuando como si hubiésemos ensayado muchas veces la escena, rompimos el cristal de un coche, arramblamos con algo y echamos a correr. Eso fue todo. Recuerdo que corrimos desenfrenados por descampados y desmontes, incansables bajo la luna llena, separándonos y reuniéndonos, gritándonos consignas, hasta que al fin escalamos un alto desde donde se veían en panorámica las luces lejanas de Madrid y allí nos detuvimos, exhaustos y felices, reivindicados al fin en nuestra condición ultrajada de jóvenes. Porque ante todo estaba la lealtad, el rito inviolable de la lealtad hasta la muerte, la convicción de que las penurias y agravios sufridos por cada uno durante la semana habrían de ser reparados por el grupo la tarde de domingo. En otra ocasión asaltamos un pequeño quiosco y huimos con un confuso botín de chucherías y de juguetes baratos (había un montón de caretas de animales feroces), que tiramos luego en cualquier parte porque no sabíamos qué hacer con él. Y eso fue todo. Y seguíamos con nuestras caminatas purificadoras hasta después de medianoche.

Pero luego yo empecé a poner pretextos y a faltar a las citas, en parte porque tenía que estudiar y en parte porque prefería quedarme en casa leyendo novelas de aventuras, que me resultaban más reales y excitantes que las aventuras de verdad, y aquellas infidelidades me fueron desligando del grupo de aprendices. Algo de aquellas tardes, sin embargo, del rito de la lealtad y la vindicación, se renovaba ahora entre nosotros en el patio interior. Porque, desde que decidí hacerme guitarrista, también yo compartía el silencio denso y solidario, la muda apelación a un futuro pactado ya con el destino, y cuya penosa travesía hacia él no era otra que las caminatas del domingo y las miserias de los días laborales. Yo les contaba ahora más o menos lo mismo que me había contado a mí Raimundo sobre el porvenir que me aguardaba. Allá para el verano, dejaría el taller. Sería guitarrista. Me enrolaría en una gran compañía, viajaría por el mundo, ganaría dinero, seduciría mujeres, me haría quizá famoso. Yo trabajaba y petroleaba ahora con guantes de goma, y aquella novedad le daba a mi discurso un cariz de evidencia. Los otros escuchaban serios, reconcentrados, solidarios, como si mis palabras los desagraviaran también a ellos de alguna grave ofensa. Rafaelito temblaba y se limpiaba los mocos con la manga del mono. Mario fumaba inexpresivo, con aquella mueca fija de desprecio a la que el humo del cigarrillo en la cara le añadía un cierto aire siniestro. Bernardo, a su lado, trabajaba también lento y metódico, entregado a la causa, y su silencio parecía el eco del silencio de Mario, pero vacío ya de contenido y amplificado teatralmente por el fanatismo.

Tampoco de ellos llegué a conocer mucho más. Sólo sus siluetas sobre el fondo desvaído del tiempo, y algo de la breve –y magnífica y absurda– trayectoria que esbozamos juntos alguna tarde de domingo.

A la salida, se iban los tres montados en una moto de baja cilindrada, una pequeña Derbi que chillaba como una rata y apenas podía con el peso, Mario pilotando, los otros ayudando con los pies hasta que la moto cogía un poco de velocidad y luego con las piernas de pelele dobladas y colgando, acelerando a fondo hacia las promesas todavía intactas de la noche. Yo los veía irse (y todavía se siguen yendo en la memoria, cada vez más lejos, apenas un puntito borroso ya en el horizonte), y luego me olía las manos y, abrazado a la tartera, a los libros, a la guitarra, me apresuraba también hacia mis cosas.

7

Y así un día y otro día y un mes sobre otro mes. Pero hoy es domingo y estoy tocando la guitarra e intentando recordar con exactitud lo que ocurrió el viernes pasado, anteayer mismo, cuando al salir del taller me crucé en la rampa con don Osorio y él, que venía embalado por la cuesta, sosegó el paso, hizo un remanso y volvió sobre el hombro la cabeza para mirarme fijamente, hasta que al fin se detuvo del todo y con una mano me ordenó que me acercara. Yo iba bien vestido, con el único traje que tengo, aunque con la pelliza, y me había peinado a conciencia porque esa noche había quedado con Raimundo para ir a una peña flamenca, para que fuese conociendo ese mundo y que también yo me diese a conocer. «¿Adónde vas con eso?», y señaló la guitarra. «Estoy aprendiendo a tocar», me disculpé. «Entonces, ¿ya no eres estudiante?» «Sí, también. Estudio y toco.» «¡A ver entonces esas manos!» Se las enseñé. Las llevaba limpias y cuidadas, y él las tomó entre sus dedos golosos y gorditos y las examinó al revés y al derecho, y hasta se inclinó para observarlas bien de cerca. Luego se echó atrás y se metió las manos en los bolsillos, en una actitud muy desahogada. Iba siempre con mono y alpargatas de cáñamo. Tenía una buena panza y quizá por eso parecía que te miraba siempre desde una posición ventajosa.

«¿Y qué género tocas?» «Flamenco.» «¿Sevillanas?», y subió los brazos y rizó los dedos en un floreo de baile. «Sí..., y otras cosas.» Don Osorio se quedó entonces profundamente pensativo. «¿Y qué tal está María?», preguntó de repente. «¿María? ¿Qué María?» «Tu novia.» «Ah, María. Bien, está bien.» «¿Y es guapa?» «Sí.» «Entonces haréis una buena pareja», y se quedó esperando una respuesta. Pero yo no supe qué decir. «Tú eres, por lo que veo, poco hablador.» «Sí...» «¿Te tratas mucho con los otros aprendices?» «No sé, normal.» «Entonces eres, digamos, un joven...», y se puso a pensar adjetivos y a descartarlos con sus dedos gorditos hasta que al fin se decidió: «... discreto». Yo hice apenas un gesto de escepticismo. «¿Y no tienes otro tipo de prenda de abrigo, ni un traje más moderno o más nuevo?» «No.» «Bien, vamos a hacer entonces una cosa. El próximo lunes, y procura llegar un poco antes que de costumbre, te presentas directamente en la oficina con la guitarra, tal como vas vestido ahora, y muy bien peinado y aseado. ¿Estamos?», y sin esperar más, tomó rampa abajo y desapareció.

Y yo seguí subiendo, sólo que ahora la cuesta me pareció más larga y empinada porque yo iba más lento, al ritmo de un pensamiento difuso que me llenaba de zozobra. Desde entonces, no he dejado de pensar en ese algo inconcreto y desazonador. ¿Qué me querrá don Osorio? ¿Será marica de verdad e intentará proponerme a saber qué tipo de indecencias? ¿Intentará tocarme con sus dedos cortos y gorditos? ¿Y yo? ¿Qué haría yo entonces? ¿Huir, ir corriendo a esconderme entre las faldas de mi madre y abandonar para siempre el taller? ¿Detenerlo con una mirada de dureza? ¿Golpearlo, darle por ejemplo una buena patada en los huevos? Pero había otro pensamiento que escarbaba y escarbaba no estaba claro si queriendo salir o esconderse aún más. ¿Y si cediera a sus requerimientos por miedo, por debilidad o, lo que era peor, por una oscura atracción morbosa? «No te fíes, chaval, ve con cuidado que ése ya sabes lo que busca», me había dicho Mario mientras salíamos juntos de la rampa.

Así que hoy es domingo y estoy tocando la guitarra y dándole vueltas a ese incidente misterioso. Pero la mente se me dispersa y no consigo fijar el pensamiento. Cuando quiero darme cuenta, ya estoy pensando en otra cosa. Y así llevo toda la tarde, dando saltos de un sitio para otro, como si hojeara al azar un libro, la *Enciclopedia Universal del Género Humano* por ejemplo.

–Pero ¿todavía sigues con la guitarra, Émil? ¿Es que no vas a estudiar en todo el santo día?

En la voz de mi madre hay una nitidez remota que expresa muy bien la desolación de los espacios en la casa vacía. Sigue lloviendo y ya es de noche. He vuelto a poner la sordina y, mientras hago trémolos y escalas, leo una novela del inspector Maigret. Pero ya no sé bien ni lo que leo ni lo que toco. ¿Y si viniera de huésped una mujer?, se me ocurre de pronto. Pero no: ahora recuerdo que mi madre ya tiene medio apalabrada la habitación a un hombre del que lo único que sabe es que se llama Rodó, Nosequé Rodó. Y sigue lloviendo sin parar. Me duelen los dedos de tocar tanto la guitarra, y el compás del tres por cuatro se me ha metido en la cabeza como una saloma de forzados al remo. ¿Dónde estarán ahora Mario, Bernardo y Rafaelito? ¿Caminando sin rumbo, heroicamente, debajo de esta lluvia de invierno? ¿Y Raimundo? ¿Y Claudio Burguillos y doña Manuela? ¿Y aquellos emigrantes que pasaron una noche en casa y al otro día se fueron para siempre? ¿Qué habría sido de ellos? Vidas que rozan un momento la tuya para trazar apenas a su paso el signo de un enigma. Y de pronto me acuerdo de mañana, de don Osorio, y entonces el anochecer del domingo y la amenaza ya inminente del lunes se juntan en un único sentimiento de angustia. El rumor de la lluvia y del compás es ya una misma cosa.

–¿No me oyes, Émil?

–Sí, ya voy –le respondo con un hilo de voz.

IV

1

Tal como me había ordenado don Osorio, el lunes me presenté en su oficina un poco antes de las ocho. Iba lleno de un valor contenido y estaba dispuesto a gastarlo todo de una vez, en un único envite de coraje, a la menor insinuación.

–Por fin has venido –dijo al verme, y se recostó y se arrellanó en el sillón para mirarme con más comodidad. Pero al entrar yo tuve tiempo de ver que estaba jugando apasionadamente con un bolígrafo y una bolita de papel. Con el bolígrafo golpeaba la bolita para intentar meterla entre dos tornillos puestos en vertical sobre la mesa. La oficina, que era también almacén, estaba atestada de piezas de repuesto. Olía a nuevo, a cajas de cartón sin abrir y a goma y a acero sin usar. Don Osorio me observaba con cierta curiosidad crítica. Como si poco a poco su pensamiento fuese cobrando forma carnal en mí. Finalmente, hizo un gesto de conformidad.

–Bien, bien –dijo–. Ya veo que has cumplido bien la orden. Lo que ahora no recuerdo es si te hablé o no el otro día del motivo por el que te he mandado venir.

–No.

–Se me olvidaría. Aunque quién sabe si tú no lo habrás adivinado por tu cuenta. Tienes cara de perspicaz.

Su mirada parecía complacerse en un enigma ya de antemano felizmente resuelto.

–¿No lo has sospechado?

–No... –dije en un tono brusco de obviedad.

–¿Y has hablado de esto con alguien del taller?

–No.

–Mejor así. Nadie tiene por qué saber nada de un asunto que, por otra parte, carece de importancia. Éste es el encargo que voy a darte: quiero que impartas clases de guitarra a mi mujer –y enlazó beatíficamente los dedos sobre el pecho.

Yo iba con la pelliza y cargado con todas mis cosas y sólo pude expresar mi desconcierto con la cara.

–¿Yo?

–¿Y quién si no? Es una cuestión de lógica –y adelantó una mano y modificó ligeramente la posición de los tornillos en la mesa–. Tú tocas la guitarra y mi mujer necesita justamente un profesor de guitarra. Por otra parte tú trabajas aquí, eres mi empleado. ¿Para qué voy a buscar entonces fuera lo que ya tengo dentro? Ya ves con qué facilidad se ajustan a veces unas cosas con otras.

–Pero es que yo no soy aún profesional...

Él se removió en el asiento, gordo y pueril, y siguió hablando como si no me hubiese oído. Hablaba sin entusiasmo pero con convicción.

–Ella tocó hace ya mucho tiempo, se acompañaba canciones –e imitó un tosco repicar de bandurria–, pero luego lo fue dejando, se fue abandonando, y ahora dice que le gustaría intentarlo de nuevo. Las mujeres siempre andan metidas en algún laberinto.

Mientras hablaba, sus manos jugaban con objetos que cogía de la mesa: los tornillos, el bolígrafo, la bolita de papel, una arandela, una goma elástica. Daba la impresión de que todo le divertía y regocijaba, y cuando no enredaba con las cosas, jugaba a entrelazar y a hacer figuras con los dedos. Los dedos parecía que llevaban una vida aparte, como niños traviesos que andaban siempre ideando trastadas. Absurdamente, me recordaron a los Hermanos Marx.

–Así que he pensado que seas tú quien le dé clases de guitarra. Por lo menos hasta que se desengañe.

–Pero, no –moví yo la cabeza–. Yo no tengo experiencia. No he dado nunca clases y mi repertorio es todavía escaso. Y sólo sé tocar flamenco.

–¿Y qué tiene de malo el flamenco? Es una música como otra cualquiera. A ella además le gusta todo, el flamenco, lo moderno y lo clásico. Para entretenerse, no para nada más. Así que, cuando no tengas mucho que hacer aquí, te acercas a casa y le das una clasecita.

Se quedó pensando y, de pronto, chascó los dedos, y con una agilidad impropia para sus años y su peso, se puso en pie y rodeó la mesa avanzando hacia mí.

–Es más –dijo por el camino–, vas a ir ahora mismo.

Yo quise decir algo pero él detuvo con una mano mi objeción.

–Siempre será mejor tañer la guitarra que trabajar en el taller. Te daré además una propina. Déjame que te vea. A mi mujer no le gusta el olor a grasa ni la suciedad. Es muy exquisita.

Se acercó tanto para examinarme y husmearme que sentí casi el contacto frío y como muerto de su piel. Porque por un instante me pareció que había algo en él que carecía de vida. Quizá era por sus ojos, que tenían el mirar inerte de los peces, o por su piel, tan tersa y sonrosada que no se le notaba la vejez, aunque tampoco infundía una impresión de juventud. O por sus dedos, que no dejaban de moverse, como gusanos ciegos y glotones... Además, parecía no oler a nada, ni a carne, ni a sudor, ni a perfume ni a nada.

–Mi mujer se llama Adriana. Como la vas a conocer enseguida, mejor no te hablo de ella. Ya la verás. Anda un poco mal –y se tocó la cabeza–, nada grave pero un poco enferma, con trastornos. Por cierto –dijo, como si recordara un encargo menor de última hora–, ¿tú eres un chico observador?

–¿Yo? Pues, no sé... Normal.

–Debes ser observador. Debes fijarte bien en todo.

–¿Fijarme en qué?

–En todo cuanto veas y oigas, por pequeño que sea. Es posible que luego te pregunte a ver qué tal has cumplido mi encargo. Pero a ella no le digas nada de esto. Bastantes obsesiones tiene ya. Y te estás allí todo el tiempo que ella quiera. Los libros y la tartera, déjalos aquí. Y también la pelliza. Irás más ligero sin ella.

–Pero hace frío... –protesté.

–¿Y qué? Tú eres joven y atlético. Si andas aprisa, entrarás en calor.

Me dio un papel con la dirección y me explicó por encima el trayecto.

–Y ahora, date prisa, chaval, y no te entretengas a hablar con nadie. Y, cuando vuelvas, vienes directamente a la oficina. Y recuerda que debes fijarte bien en todo. ¡Hala, corre, que ya vas con retraso! –y agitó sus deditos en el aire como expulsándome de allí.

2

El portero me salió al paso nada más traspasar el umbral.

–¿Adónde vamos con la música tan temprano? –me preguntó de lejos con voz desaforada.

–A casa de doña Adriana; me manda don Osorio.

–¿Y cómo sé que es cierta toda esa historia que me cuentas?

–Él me ha mandado. Trabajo en el taller. Si quiere, puede llamar por teléfono.

–¿Y cuál es el teléfono? Si lo sabes, te dejaré pasar; si no, seguiré preguntándote hasta asegurarme bien de ti.

Le dije el número de corrido.

–Ése es, en efecto –dijo con pesar–. Ahora puedes subir. Último piso letra A.

Era un inmueble moderno de aire señorial. Había maderas enceradas y grandes maceteros con plantas exóticas de interior, y el suelo del vestíbulo brillaba tanto que daba un poco de vértigo caminar por él. Entre el frío y los nervios, yo llevaba las manos ateridas, y me las estuve frotando y calentándolas con el aliento mientras subía en el ascensor. Cuando llamé al timbre, todavía me temblaban un poco. ¡Qué situación más extraña era aquélla! Es verdad que todo parecía muy lógico, como había dicho don Osorio. La mujer del jefe quería aprender guitarra y daba la casualidad de que uno de los empleados era guitarrista. Pero, por otro lado, ¿cómo podía saber don Osorio si yo tocaba lo suficiente para ser profesor? ¿Lo haría para ahorrarse dinero? No, él era rico y no iba a pararse en esa mezquindad. ¿O quizá es que su mujer estaba enferma, como había sugerido, y lo único que buscaba era un poco de distracción? ¿Era por eso, por la enfermedad, por lo que me había dicho que me fijara bien en todo? Y también era raro que me enviara en horas de trabajo, y además tan temprano, porque faltaban todavía unos minutos para las ocho y media. Y allí dentro no respondía nadie. Incluso por la manera de sonar y extinguirse las dos notas musicales del timbre, uno sabía ya que el mensaje era en vano. Llamé otra vez y nada. Silencio total. Pero a la tercera, cuando la espera empezaba ya a convertirse en tedio, y yo notaba que me iba adormeciendo con el ojo izquierdo, oí unos pasos muy leves y enseguida una voz que preguntó al otro lado de la puerta:

–¿Quién es?

–Me manda don Osorio; vengo a lo de la guitarra.

–¿Qué guitarra?

–A dar clase a doña Adriana.

–¿A mí? ¿Clases de guitarra?

Su voz era juvenil y un poco chillona.

–Eso me ha dicho don Osorio.

–¿Y usted es el profesor?

–Bueno –dudé, y de pronto tuve una noción muy clara de lo precario de mi situación–; sí...

–Entonces, espere un momento.

Volví a frotarme las manos. Luego me las olí. Aunque me había dado colonia, y una crema suavizante, no había modo de eliminar la aspereza y el olor a aceite y a neumático y a petróleo. Y entre las uñas y bajo la piel siempre quedaba algún resto enquistado de grasa. Todo eso me pareció un mal presagio para afrontar mi primera experiencia de profesor.

Por fin se oyeron otra vez los pasos, ahora ya fuertes y decididos. Sonó el cerrojo, se entreabrió temerosamente la puerta y apareció doña Adriana. Durante un rato nos quedamos mirándonos y compartiendo el mismo asombro. Yo sabía que era joven, lo había oído decir en el taller, pero nunca me imaginé que tanto. Apenas era mayor que yo, o quizá de mi edad, y tampoco ella parecía esperar a un profesor tan joven y con la pinta de desamparo que debía de tener yo en ese instante.

–¿Tú eres el profesor de guitarra?

Había en su rostro la felicidad un poco alelada de quien ha dormido mucho y no se ha despabilado aún del todo. Era rubia y bajita, bastante más baja que yo, y muy atractiva, y por el peinado y la mirada soñolienta, y por ciertas exuberancias que le eran como ajenas, me recordó vagamente a Marilyn Monroe. No sé por qué me pareció una mujer como de juguete, como un capricho un poco inverosímil de la naturaleza. Llevaba un albornoz de color limón y una vez bostezó mientras hacía el gesto mimoso de envolverse cálidamente en él, como si se tratase de un abrigo de pieles.

–¿Y de dónde has salido tú?

–Soy aprendiz en el taller y yo también estoy aprendiendo a tocar la guitarra –me disculpé a toda prisa–. Todavía no soy profesional.

–¿Y te ha mandado don Osorio?

A mí me hizo gracia que le llamara a su marido así, por el apellido y con el don delante, como le llamábamos también nosotros, y los clientes, y todo el mundo que iba por el taller. Me pregunté si le llamaría también así en la intimidad.

–Sí. Le he dicho que yo no he dado nunca clase de guitarra, pero él me ha mandado aquí de todas formas.

–Bueno, no te preocupes, pasa. Si total yo no sé tocar nada.

Di unos pasos adentro.

–Él me dijo que usted había tocado antes.

–¿Yo? Bueno, sí, quizá cuando era joven –y a mí me resultó muy raro que hablase de su juventud como algo ya lejano–. Pero ya no me acuerdo de nada. Entra y siéntate. Voy a buscar la guitarra, que debe estar en algún maletero. Tú espérame aquí.

El salón era enorme, con un gran ventanal al fondo, pero gran parte del espacio estaba como tomado y sojuzgado por muebles grandes y severos. Y todo era de un lujo recargado y convencional. No sé por qué me pareció un lugar inquietante, y hasta un poco hostil, como si tuviera vida propia y sólo se dejara habitar dócilmente por sus dueños legítimos. Por todas partes había objetos de adorno, mecheros de mesa, cajitas de laca y de nácar, fotografías, espejos, cuadros, floreros, bandejas, relojes, cerámica, y muchos otros cachivaches. Tantos, que la mirada se perdía por todos ellos sin posarse en ninguno. Y todo aquel conjunto daba la sensación de formar un orden cerrado, un mundo propio, con sus secretos compartidos y sus claves privadas, que lo convertían a uno en un intruso.

–Y tú, ¿cómo te llamas? –me preguntó ella de lejos.

–Emilio.

–¿Y estás de aprendiz?

–Sí.

–¿Y qué tal te trata don Osorio?

–Bien.

Saqué la guitarra y me puse a afinarla. Todavía tenía las manos destempladas. Había perdido la finura de la pulsación y las notas salían ásperas y como cascadas. No sé si fue por eso o por qué pero me pareció que las notas produjeron en los objetos una especie de estupor y de escándalo, como si se sintieran heridos en su dignidad o se hubiera quebrado la armonía del espacio.

–¿Y qué es lo que tocas?

–Flamenco.

–Ah, es bonito el flamenco. ¿Y me vas a enseñar solfeo?

–No, señora, los flamencos no sabemos solfeo.

–Mejor, el solfeo es como un poco triste. ¿Y dónde has aprendido a tocar?

–Me está enseñando un primo mío –y como me pareció insuficiente, añadí–: Ha estado mucho tiempo en Francia. Allí es muy famoso.

Seguí afinando. En una mesita baja de cristal, en un portarretratos de carey, había una foto suya. Pero ¿era de verdad ella? Me incliné sin abandonar del todo la silla para mirarla más de cerca. Y sí, era ella, sólo que parecía distinta. Había algo en su cara, en sus ojos y en su sonrisa, que no recordaba haber visto en la doña Adriana real. Entonces sentí de pronto cierto malestar, el vago deseo de estar en otra parte, y hasta tuve un poco de nostalgia al recordar el patio interior donde ahora los otros aprendices estarían petroleando alrededor de la bandeja y hablando de la ya legendaria tarde de domingo.

–Ésta es la guitarra.

Era una guitarra barata, más pequeña de lo normal, y tenía las cuerdas negras y descarnadas y totalmente sordas de tan viejas.

–Si hubiera sabido que venías, habría comprado cuerdas nuevas.

Noté que se había esponjado el pelo, y que se había empolvado levemente la cara y se había dado un ligero toque de pintalabios rosa. Llevaba una medallita de oro al cuello.

–Pero ¿don Osorio no la avisó de que yo iba a venir?

–¿Don Osorio? No, no me dijo nada.

Me pareció que las impresiones que recibía, y los pensamientos, le duraban muy poco tiempo en la conciencia. Pensé que quizá esa sensación tenía que ver con lo que me había dicho don Osorio de los trastornos mentales que sufría su mujer y de que me fijase bien en todo. Pero ¿en qué? ¿Y qué tipo de trastornos serían aquéllos?

–Pues él me comentó que estaba usted buscando un profesor de guitarra.

–¿Yo un profesor? ¡Ah, bueno, ya me acuerdo! Sí –y se puso a hacer memoria–, una vez yo le dije que me gustaría volver a tocar la guitarra. Pero se lo dije por decir, como se dicen esas cosas que se le pasan a una por la cabeza y luego se olvidan. Eso ocurrió hace ya por lo menos tres meses. Y él no dijo nada, pero se conoce que se quedó con la copla y por eso apareces tú ahora. A lo mejor al verte con la guitarra se acordó de lo que yo había dicho y quiso darme una sorpresa. Sí, algo así debió ser.

Me di cuenta de que se había cambiado las zapatillas de andar por casa por unos zapatos de tacón. Lo noté cuando acercó una silla y se sentó enfrente de mí. Noté también que, al cruzar las piernas, el vuelo del albornoz se le abrió un poco por encima de las rodillas y que llevaba medias de cristal.

Trocamos las guitarras y yo me puse a afinar la suya.

Entretanto, hice una introducción teórica. Le conté que el tono del teléfono daba la nota *sol*. Le hablé de las maderas que hacen la mejor música, del ébano, del cedro, del pinabete, del palosanto, del ciprés. Le hablé de la cítara griega, del laúd, de la vihuela, de los trovadores, de cómo antiguamente las cuerdas se hacían con tripas de carnero y a veces de león. Y de Ziryab, el músico árabe cuyo nombre significaba «pájaro negro», y cómo y por qué había llegado a tener seis cuerdas y a ser lo que era ahora. Hablaba sin apenas mirarla, los ojos puestos en la guitarra, como si leyese en un libro. Ella escuchaba embelesada y expectante. Debía de tener una gran facilidad para el asombro, porque de vez en cuando abría la boca y agrandaba los ojos con un gesto exclamativo de sorpresa.

–Es precioso todo lo que cuentas –dijo al final, con la voz un poco desmayada por la emoción–. Lo de la cítara y los trovadores, y el león y los cedros, y lo de ese pobre músico árabe... No sé, de verdad que, para ser la primera clase, lo has hecho muy bien y ha sido todo muy bonito –y se quedó absorta, con los ojos como perdidos en el horizonte de un ensueño.

Entonces por primera vez la miré sin apuro y tuve una sensación extraña. Fue una intuición que quizá analicé y comprendí más tarde, incluso mucho más tarde, pero que surgió justo en ese instante. Me pareció que, a pesar de que era guapa, e incluso muy guapa, había algo en ella que contradecía esa misma belleza. Como si su gracia y sus encantos, que aparentemente estaban a la vista, se proyectaran sobre un fondo neutro que los desdibujaba y les confería una vaga condición abstracta. Pensé en valles estériles, en jardines cerrados, en bodegones de caza y pesca, en diosas mitológicas, en plazas desiertas alumbradas sólo por la luna, y pensé en don Osorio, porque algo de él (de su carne plácida y sin vida, de su plenitud sin objeto) parecía insinuarse lejanamente en ella. Fue una corazonada, un vislumbre que por un instante me produjo un sentimiento de inquietud.

¿Estaba pensando aún en trovadores y leones, soñando acaso con el esplendor de un pasado galante y heroico? Porque cuando volvió a la realidad, aún había en sus ojos un resto de añoranza. Me pidió que tocara algo romántico.

–Me sé un vals peruano.

–Pues tócalo.

El vals se tocaba sólo con la primera cuerda, sin apenas bajos, y toda su gracia estaba en empezar muy despacio y muy dulce para ir luego picando cada vez más deprisa y más fuerte hasta crear una sensación truculenta de vértigo. Me salió sucio y estridente, pero a ella le gustó mucho y me dijo que parecía mentira que, tocando tan bien, y con tanta sensibilidad, trabajase de aprendiz en un taller mecánico.

–¿Tú quieres de verdad ser mecánico?

Yo no pude evitar entonces olerme las manos, avergonzado de ellas, mientras decía que no estaba seguro, que ya vería lo que me tenía reservado el destino.

–¿Te pasa algo en las manos?

–No, no –me apresuré a decir–, es que tengo un poco de frío. Por eso el vals no me ha salido bien.

Ella se levantó de golpe y dejó la guitarra en la silla. Luego me miró como si me fuese a decir algo muy importante.

–Voy a hacer café para los dos.

Tenía algo de niña, por la cara y por lo bajita y menuda que era. Pero al mismo tiempo daba la impresión de tener más edad, de ser casi una mujer madura, quizá porque yo la miraba como doña Adriana, señora de su casa y esposa de un hombre que era mi jefe y que a mí me parecía poco menos que un viejo. ¿Cómo sería la relación entre los dos? Me los imaginé haciendo el amor, el cuerpo gordo, viejo y lampiño de don Osorio afanándose encima del cuerpo frágil y un poco infantil de doña Adriana. La visión era ridícula y más bien lamentable. ¿Lo habrían hecho aquí, en el salón, entre todos estos objetos que parecían vigilarme y mantener un orden cerrado donde uno se sentía excluido y extraño? ¿Y por qué don Osorio no había avisado a su mujer de mi llegada? Y otra vez me acordé de su encargo: fíjate bien en todo lo que oigas y veas. ¿Qué es lo que pretendía con eso? ¿Y en qué había que fijarse allí? Entonces miré detenidamente alrededor y todo aquello me pareció vagamente perverso. Y de nuevo sentí el deseo inaplazable de huir, de estar ya en otra parte.

–¿Y qué más te dijo don Osorio? –me preguntó mientras cruzaba el salón con la bandeja del café. Tenía un tipo bonito de verdad.

–¿A mí? Nada, ¿qué me va a decir?

–¿Sólo te mandó eso, que vinieses a darme clase de guitarra?

–Sí.

–¿Seguro? –y me pareció captar en su voz un matiz de ironía.

Por un momento estuve a punto de contarle la verdad, el encargo que me había hecho de fijarme en todo lo que viese y oyese, y el impulso de aquel arranque fallido de franqueza se convirtió en un gesto apasionado de duda.

–¿Seguro?

–Sí.

Tomamos café y reanudamos la clase de guitarra.

–¿Siempre eres tan callado?

–No sé, depende.

–No pareces un chico cualquiera. Tienes pinta de artista y de estudiante.

–Bueno, también estudio.

–¿El bachillerato?

–Sí, señora.

–No, no me llames señora. Llámame de tú; llámame Adriana. ¿Y tienes tiempo para todo, para ser guitarrista, estudiante y mecánico?

–No, qué va. Siempre ando con prisas y corriendo de un lado para otro.

–Pobre –dijo ella en un tono sinceramente compungido.

Yo la miré con una mueca risueña de gratitud, y otra vez me pareció que había en su belleza como una sombra que la emborronaba y corrompía. Hubo luego un largo silencio y yo me sentí culpable porque eran horas laborales y no estaba trabajando ni en el taller ni en la guitarra. Debí de hacer un gesto de impaciencia porque ella dijo:

–Bueno, si quieres seguimos con la clase.

Le enseñé primero a colocar las manos. Tenía las uñas largas y pintadas de rojo. Le expliqué cómo había que llevar las uñas para ser guitarrista, unas un poco largas y las otras muy cortas. Ella extendió ante mí las manos para someterlas a un examen conjunto:

–¿No están bien así?

Las giró varias veces al revés y al derecho. Tenía unas manos preciosas, de dedos frágiles y tibios, y yo no me atreví a tocárselos ni entonces ni luego, cuando tuve que indicarle la posición correcta para hacer el primer ejercicio. Asomaba el pulgar por encima del mástil, y se le olvidaba arquear bien los dedos para pisar limpiamente las cuerdas, y al pulsarlas con la mano derecha apoyaba la muñeca contra la tapa haciendo palanca. Se las colocaba bien y al momento ya estaban otra vez descolocadas. Aun así, le enseñé la escala cromática, un arpegio y dos o tres acordes. La escala la tocó sólo una vez y tardó muchísimo en acabarla. Las veintinueve notas fueron compareciendo como golpes afortunados de azar, y hubo pausas que parecían ya definitivas, donde el sonido se cernía sobre el silencio como esas últimas gotas de lluvia que cuelgan de las ramas y nunca acaban de caer. Se veía de lejos que jamás aprendería a tocar nada. Que no tenía tampoco el menor interés en aprender. De modo que la situación me pareció absurda. Ni yo estaba enseñando ni ella aprendiendo, y quizá ninguno de los dos sabíamos bien qué hacíamos allí.

En una de esas largas pausas entre nota y nota, miré distraído a Adriana, y luego miré en torno, y de nuevo a Adriana, y de pronto tuve otro pálpito intuitivo y creí descubrir el origen de la sensación de hostilidad y de recelo que me había producido el lugar desde el primer momento. Fue una visión extraña. Todo en el salón aparecía enmarcado, y cada cosa ocupaba su propio espacio, que lo separaba y distinguía de los demás. Estaban primero los cuadros y las fotografías y los espejos, que había muchos y de diversas formas y tamaños, y ésa era sólo la parte más visible de algo que parecía definir secretamente el espíritu de aquella casa y de su gente. Si me echaba a un lado, por ejemplo, veía a Adriana encuadrada por el ventanal sobre un trozo de cielo gris. Muy quieta, muy puesta allí, como parada también en el tiempo. Y no había objeto que no estuviera preservado y como congelado en su marco, las mesas cada cual en su alfombra, un veladorcito del fondo en el cerco de luz que sobre él proyectaba un aplique, la lámpara del techo en su rosetón; los múltiples objetos de adorno parecían desplegados sobre la exacta geometría de las mesas como piezas activas de ajedrez; los libros se enmarcaban en la estantería, la estantería en el mueble, el mueble en la pared, y hasta las mismas paredes estaban circunscritas por unas cenefas de escayola... y todo así. Ésa fue la impresión extraña, casi de pesadilla, que tuve en ese instante. Yo mismo me vi de pronto en un espejo y allí estaba enmarcado fatalmente, y todas las secuencias de esa mañana las rescataba ahora en la memoria formando de repente viñetas vivas, inmovilizadas en instantáneas perdurables, Adriana abriéndome la puerta e inscrita en el marco como si posara para un pintor, o con los codos apoyados en la tapa de la guitarra y la cara enmarcada entre las palmas de las manos mientras escuchaba mi introducción teórica, o recortada sobre un fondo blanco cuando venía con la bandeja donde a la vez se encuadraban las tazas de café, e igualmente las cosas, que surgían ahora expuestas y aisladas y ensimismadas en su entorno como en los espacios sagrados de un museo.

Miré otra vez a Adriana. Inevitablemente, me pareció enmarcada no sólo en la ventana sino en el albornoz, y lo mismo la medallita en el escote, y su cara en las ondas y bucles del peinado, y así me imaginé también su intimidad, todo custodiado por su contexto, y toda ella definida por el aura ambigua que irradiaba su juventud y su belleza. Creo que en un instante aprendí a ver el mundo de otra manera, organizado según un orden en el que apenas había reparado hasta entonces. Pensé en la infinita cantidad de enmarcamientos que produce el hombre, y cómo ya sin darnos cuenta, amaestrados por la costumbre, vemos la realidad así, cada objeto redefinido por otro que lo abarca y confina en unos límites casi siempre artificiales o ficticios, y cómo nos cuesta entender las cosas que andan sueltas y sin su marco por el mundo.

Sin que mediara una decisión, me levanté y di por acabada la clase. Dije que por hoy era suficiente, que era tarde y que debía regresar al taller. Ella me miró boquiabierta, sin entender.

–¿Ya?

Habían pasado casi dos horas. Mientras metía la guitarra en la funda, le fui explicando sin mirarla cómo y cuántas veces tenía que hacer los ejercicios.

–Hay que estudiar despacio y fuerte, y poniendo los cinco sentidos –dije mientras me dirigía a la puerta.

–¿Cuándo volverás?

–No sé, supongo que cuando me mande don Osorio.

Me dio la mano. Su tacto era cálido y acogedor, y yo sentí que se me extendía y ramificaba por todo el cuerpo como una punzada de dolor extrañamente placentero. Entonces la miré, con su mano todavía en la mía, y estaba recortada en la puerta, muy seria, y esta vez me pareció guapísima, y sin ninguna sombra que enturbiara su belleza.

Luego, ya en la calle, no estuve tan seguro. A veces no conseguía recordarla como era en realidad sino como en la foto que había visto sobre la mesita. Veía su belleza a intervalos. Aparecía y luego se eclipsaba, y luego otra vez estaba allí, y enseguida volvía a esfumarse, pero siempre enmarcada en algún fondo más o menos exacto, y por más esfuerzos que hacía para rescatarla del encuadre y verla de otro modo, me era imposible, y cuando llegué al taller estaba extenuado por aquel trajín vano y agotador.

3

Me dirigí directamente a la oficina.

–¿Y qué? ¿Cómo ha ido la música? –me preguntó don Osorio.

Estaba clasificando un gran montón de arandelas y tuercas y otras piezas menudas que había sobre la mesa y ni siquiera levantó la vista cuando me sintió entrar. Yo me detuve en la puerta y allí me quedé inscrito como un mensajero llegado de urgencia.

–Bien, normal.

–¿Y qué tal la alumna?

–Bien. Le he enseñado un poco lo básico. Una escala y unos acordes –y me pareció que estaba dando un parte militar.

–Entonces, ¿ha aprendido bien? ¿Es aplicada? ¿Tañe a compás?

–Sí –dije sin convicción.

Don Osorio se ensimismó un instante en una sonrisa de orgullo paternal. Quizá era sólo una manía, pero me pareció que algo del ambiente enrarecido de su casa estaba también en la oficina y en su propia presencia. Ahora más que nunca me di cuenta de que era un hombre de maneras lentas y suaves, y de que nada en su aspecto sugería ni remotamente la posibilidad de un ataque de ira. Y, sin embargo, por momentos me inspiraba un profundo temor. Había algo en él apaciblemente inhumano.

–Sí, mi esposa es una mujer admirable. Todo lo relacionado con ella me interesa. Soy un erudito de su persona. Nunca me canso de conocer cosas suyas, por mínimas que sean. Así que cuéntame tu andanza sin ahorrarte detalle. Veamos. Llegaste y qué.

–Llegué y llamé al timbre.

–Y ella, ¿te estaba ya esperando?

–No, ella no sabía que yo iba a ir.

–¿No lo sabía? Pues juraría que la avisé. O quizá fue ella la que se olvidó. Porque Adriana, como ya te dije, sufre algunos trastornos, está en tratamiento, y por eso no debes contarle a nadie lo que hablemos aquí, y a ella menos que a nadie. Bien, sigamos. ¿Tardó en abrir?

–Sí, un poco.

–Lógico. Estaría acostada, y hasta es posible que no tuviera tiempo de vestirse de calle.

No dije nada hasta que el silencio me delató. Me sentí como encuadrado en la pausa.

–Creo que llevaba una especie de bata.

–¿Uno de esos vestidos chinos hasta los pies?

–No...

–¿Entonces qué? –sus dedos gorditos se movían indecisos entre la chatarrería como si eligiesen glotonamente los mejores bocados.

–Una especie de albornoz.

–Amarillo.

–Sí...

–Tampoco iría en ese caso ni perfumada ni pintada.

–No sé. Creo que no.

–¿Y llevaba medias, zapatos de tacón?

–No me fijé.

–¿No te fijaste ni siquiera en eso?

Entonces dejó de escarbar en el montón, se levantó perezosamente y se sentó en el borde de la mesa, moviendo un pie en el aire. Sus nalgas eran blandas y enormes.

–¿Y en qué te fijaste entonces?

–En nada de particular.

–¿No recuerdas al menos si llamaron por ejemplo a la puerta, o si hizo o recibió alguna llamada telefónica?

–No.

–¿Seguro?

–Seguro.

–¿Y fue ella la que dio por acabada la clase?

–No, fui yo.

–¿Y por qué?

–Ya le había enseñado bastante.

–Pero habíamos convenido que te quedarías allí hasta que ella decidiera –su voz se hizo un poco nasal y remota.

–Llevábamos ya dos horas.

Él movió la cabeza y volvió pesaroso al montón, ya no para ordenar sino sólo para ejercitar los dedos.

–Ya veo que no eres buen observador y no has cumplido bien mi encargo. Hay que fijarse mucho en todo, y sobre todo en lo pequeño. Como los virus, como las semillas, como las cerraduras, en lo pequeño está a veces lo inmenso. A lo mejor ni siquiera te has fijado en Adriana. Háblame de ella. ¿Qué te ha parecido?

–¿A mí? No sé, amable, normal.

–¿Y atractiva? ¿Te ha parecido una mujer atractiva?

–Sí... –pero como mi duda me pareció una descortesía, añadí–: Es muy guapa.

–¿Y coqueta? ¿Y..., cómo se dice, sexy?

Miré alrededor, poniendo a las cosas por testigos de mi perplejidad.

–Bueno, ya veo que no vamos a sacar nada en claro.

Se echó una mano al pecho, sacó una cartera y extrajo dos billetes de veinticinco pesetas.

–¿Está bien así?

–No hace falta que me dé nada.

Pero él me los extendió y me obligó a aceptarlos.

–Y ahora, a trabajar –me dijo–. Y de esto, ni una palabra a nadie. ¿Estamos?

–Sí.

Fui al vestuario y, mientras me ponía el mono, pensé intensamente en Adriana, y otra vez me pareció guapísima y llena de encanto y erotismo. Pero enseguida volvió a apagarse su belleza, como si una sombra la velase, como si estuviera contaminada por algo, quizá por la enfermedad mental a la que se había referido don Osorio. Pero ¿qué tipo de enfermedad sería aquélla? Supe que ese recuerdo cambiante habría de perseguirme a todas horas, y empecé a desear y a temer que don Osorio me mandase de nuevo allí con la guitarra. Quería que eso ocurriera pronto, incluso ahora mismo, pero también tenía la esperanza de no volver a verla nunca más, de que ella fuese como doña Manuela, como la mujer aquella con la que compartí un confuso episodio nocturno, como una de tantas vidas que rozan un instante la tuya y luego desaparecen sin dejar otra huella que la sensación de un aleteo, de un murmullo, de una melodía que apenas se insinuó en unas pocas notas indecisas.

4

Cincuenta pesetas. ¿Estaba bien así?

–No está mal, primo, y para empezar está muy bien. Es más de lo que ganas de aprendiz en un día. Y fíjate la diferencia entre un oficio y otro. En cuanto aprendas a acompañar un poco el baile y otro poquito el cante, dejas el taller y te ganas muy bien la vida como guitarrista. Ya verás.

Era martes por la tarde y yo había faltado a la academia porque Raimundo quería introducirme en uno de los lugares principales del mundo del flamenco. Íbamos caminando sin prisas por la calle de Atocha. Cada dos pasos, Raimundo se paraba para hablar y fumar con más calma y provecho.

–Lo que no entiendo bien es eso de que des las clases en horas de trabajo, quiero decir cuando el marido no está en casa. ¿Desde cuándo se manda al zorro a cuidar de la viña? Y más siendo él mayor y ella tan jovencita. Ya sólo falta que además sea guapa.

–Sí que lo es, pero a mí a veces no me gusta. No sé cómo explicarlo.

–Eso es porque a lo mejor no os concuerdan las pieles. Hay cuerpos que se repelen y otros que se atraen, y todo es por la piel. Es cosa de la naturaleza.

–Pero a veces sí que me gusta mucho. No sé, es una cosa extraña. Don Osorio me dijo que tiene no sé qué trastornos mentales. Yo creo que por eso me manda allí, para que la distraiga de alguna obsesión.

–Las mujeres siempre tienen alguna rutina en la cabeza. Pero no te llenes de escrúpulos por eso ni te pierdas en encrucijadas. Tú ve a lo tuyo y deja que ella te despeje el camino. ¿No ves que ellas son las verdaderas seductoras? Nosotros, los hombres, lo más que podemos hacer es ofrecernos. Así que el verdadero seductor no es el que conquista sino el que, con arte, se deja conquistar. Y con arte alza después el vuelo.

–Pero yo no quiero conquistarla. Además está casada, es la mujer del jefe.

–Salvo la propia, las mujeres son de todos. Y no la conquistes si no quieres. Tú déjala a ella, que ella sabe muy bien lo que tiene que hacer. Y enséñale poco en cada clase, para que te dure el repertorio. Porque las falsetas cuestan dinero y hay que economizarlas. Haz que repita mucho. Sácale siempre algún defecto, aquí has perdido el compás, aquí no has puesto el acento en su sitio, aquí te falta sentimiento, ese remate te ha salido sucio. Haz un mundo de todo. Prémiala a veces con un elogio, pero castígala también de vez en cuando, para que vea que miras por ella y no se olvide de quién es el maestro. Ríñela sin miedo pero siempre con temple. Luego, la perdonas, y ahí tienes una buena ocasión para el galanteo. De las reconciliaciones nacen los juegos y vehemencias. En uno de esos enfados, por ejemplo, le echas en cara su desidia, la amenazas con no volver más por allí, le insinúas que es indigna del arte, la pones como los trapos, y en un momento dado, ya en el colmo, le dices que ni siquiera ha aprendido a poner bien las manos, ni siquiera en eso se ha esmerado. Entonces te levantas y te sitúas detrás de ella y muy suavemente le vas corrigiendo la posición de los brazos, rodeándola con los tuyos, abrazándola sin apenas tocarla y endulzando la voz, pero recriminándola todavía un poco, para que sienta el bálsamo en la escocedura, y luego cada vez menos, buscándole la oreja, y dejando que el instante se alargue y parezca que no va a terminar nunca. Eso las pone muy cachondas. Y, si por lo que sea, ella te hace un obsequio, cógelo y no seas tonto. Y date a valer, y hazme caso a mí, primo, que de eso yo sé más que tú.

Durante un rato, yo me quedé absorto en la sugerencia de Raimundo, en la posibilidad insólita de seducir o de dejarme seducir por Adriana. Con asombro y temor, descubrí que aquel pensamiento ya estaba en mí desde mucho antes, y que había ido conmigo, latiendo prohibido y todavía sin forma, hasta que Raimundo me había incitado a ser consciente de él. Me quedé tan fuera de mí, tan asustado y maravillado, que me detuve, y Raimundo siguió andando unos pasos él solo.

–¿Qué pasa, primo, que te has quedado embelesado?

–No sé –y la voz me salió como un eco–. Pensaba en todo eso que has dicho.

–Y que no debes olvidar. Pero si estás dándole vueltas a lo que yo creo, entonces tengo que darte otro consejo. Mira, el amor se diferencia del arte en que el arte es libre y el amor sólo lo parece. El arte lo lleva uno consigo, y puede ir con él a donde quiera. Pero el amor no es transportable, el amor ata, y ése es un nudo que no hay quien lo deshaga.

–¿Por qué me dices eso?

–Por tu alumna. Porque si te enamoras de ella, la guitarra peligra.

–¿Yo? ¿Enamorarme yo de Adriana? Qué absurdo.

–¿Tú has follado alguna vez, primo? Dime la verdad.

–Bueno, sí, una vez.

–¿Seguro?

–Sí, creo que sí.

–¿Quieres que nos vayamos ahora mismo de putas?

–¡No!

–Mira que no tienes más que decirlo.

–No, no, de verdad que no.

–Está bien. Pero recuerda esto: no te enamores, y no vayas a confundir el amor con las ganas. Si te gusta la alumna, tú déjala a ella, que además es una mujer casada, y cuando llegue la ocasión, a poco que tú hagas, ya se encargará ella de enseñarte el resto del camino. Pero no te enamores. Los artistas deben ser libres, por lo menos hasta que lleguen a dominar su arte.

–Yo no estoy enamorado.

–¿Y tú qué sabes? En cualquier momento, y por cualquier tontería, puedes quedar preso en la red del amor. El amor a veces golpea como el relámpago. Y otra cosa que te voy a decir y que alguna vez entenderás: hay mujeres que, por mucho que jodas con ellas, siempre conservarán algo de su virginidad, algo que ningún hombre logrará poseer nunca. Y ésas son las mujeres que más enamoran y vuelven locos a los hombres.

–¿Lo dices por Hortensia? –le dije, y lo miré a la cara–. ¿No estás tú enamorado de ella?

Raimundo se puso serio como yo nunca lo había visto. Hasta me pareció que palidecía un poco.

–¿Ves? Ahí me has dado en toda la cresta. Sólo que Hortensia y yo nos hicimos novios hace tiempo, cuando yo no sabía que iba a ser artista. Es un caso distinto.

–Pero ¿piensas casarte?, ¿estás muy enamorado de ella?

–¿Enamorado? Ella es la mujer de mi vida. Las demás, todas juntas, no valen ni uno solo de sus cabellos. Y en cuanto a casarse, ya se verá. Por ahora, le voy dando largas. Ella cree que yo estoy de chapista, ahorrando para el futuro. Pero tengo mis planes para que algún día el arte y el amor puedan compenetrarse. Mira, vamos a hacer aquí una paradiña –y señaló un bar–, y seguimos hablando.

Yo sabía que aquel aparte en el camino no era sólo para seguir hablando sino también y sobre todo para beberse un coñac, y más probablemente dos. No fallaba. Cuando andábamos juntos, siempre iba haciendo paradiñas con el pretexto de tratar con sosiego algún tema. «¿Adónde vamos tan aprisa, primo?», solía decir. «¡Ni que tuviéramos que dar la vuelta al mundo!» Y esa tarde se le notaba que ya había hecho por su cuenta alguna que otra paradiña.

Entramos y nos instalamos en un extremo de la barra.

Pidió un coñac con aquel señorío campechano que formaba parte de su convicción de que el artista, antes de nada, tiene que parecerlo. Vestía un traje de color tabaco y un abrigo negro de alpaca, todo impecable y a medida. En ese momento volví a darme cuenta de que tenía un atractivo tosco pero nada vulgar. Los ojos azules ponían en él un subrayado anómalo sin mezcla de exotismo. No dijo nada hasta que nos sirvieron y echó el primer trago. No sé por qué, pero en su manera de tomar la copa y de llevársela a los labios, con la apasionada sofisticación y la sincera trascendencia de quien suele mantener un trato laboral con las cosas, me pareció ver de pronto un signo trágico. La pincelada breve que acaso resumía la trayectoria entera de una vida, hecha de tentativas, de sueños, de promesas, y condenada finalmente a la insignificancia y al desastre. Luego, chascó la lengua satisfecho del coñac, de la vida, del mundo.

Aquella tarde íbamos a visitar una academia de baile, y allí mismo empezó a explicarme la importancia que esos lugares tenían para la formación y promoción de un guitarrista.

–Allí en las academias es donde tú te vas a hacer un guitarrista de verdad. Porque ante todo tienes que aprender a tocar para el baile. Ésa es la sal del oficio. Y allí en las academias hay profesores y profesoras que contratan por horas a los guitarristas. Pagan la hora a cuarenta o a cincuenta pesetas, y a veces hasta cien, según el nivel tuyo y el de los alumnos. Pero tú ahora no puedes exigir. Lo que te den está bien, y si no te dan nada, también vale. Porque lo importante es adquirir compás y conocer bien cada baile, con sus desplantes y llamadas, sus silencios, sus escobillas, sus entradas y salidas, sus contratiempos y sus cierres. Sobre todo los contratiempos. Porque en general los bailaores no son buena gente. Son muy orgullosos y altivos con su arte, y a los guitarristas y cantaores nos tienen en poco y siempre andan buscando el modo de esparramarnos y ponernos en evidencia.

–¿Tú crees?

–Muchos de ellos, sí –y con un gesto pidió otra copa–. Y para eso se valen de los contratiempos, que a veces pueden durar un minuto o más, de silencios y síncopas, de cambios de ritmo y de otros virtuosismos. Y de verdad, compañero, que no hay nada peor para un guitarrista que perder el compás. ¡Qué vergüenza se pasa! Todos te miran y se dan con el codo, y ya tienen guasita para rato. Porque el compás es el honor del guitarrista, el pan de los hijos, su único y verdadero patrimonio. Y si te esparramas, se corre la voz, se murmura de ti. Es lo peor con mucho que te puede pasar.

Aquélla era su obsesión. Por eso a veces íbamos incluso por la calle haciendo compás con la voz o las manos, dando palmas y pitos, con contratiempos y silencios durante los cuales llevábamos la cuenta del compás con la mente, para que a mí se me grabara bien y me saliera de un modo ya instintivo y mecánico.

–A veces pasa que un bailaor, por mala fe o por lo que sea, te desafía a un duelo de ritmo y de compás, y ahí entran también a la gresca el cantaor y los palmeros, todos contra ti, y a veces todos contra todos, mirándose fijamente unos a otros, y a ver quién desparrama a quién. Pero tú, ocurra lo que ocurra, no admitas nunca que te han desparramado. Nunca. Eso es como la infidelidad, hay que negarla siempre. Si hace falta, te cagas en los muertos de quien sea. Los que se desparraman siempre son los otros, recuerda bien esto y no lo olvides. Y si en un momento dado te pierdes y no sabes por dónde vas, métete a ritmo en la espesura, haz pausas como si enriquecieras con ellas el compás, mantén la sangre fría, y eso sí, siempre muy atento por si el bailaor cierra de pronto para quedarse en pose. Ahí tú tienes que acabar a la par con él. Hay muchas artimañas por las dos partes. Un ejemplo. Metes tú una falseta y él acelera el ritmo para que no puedas con ella. Tranquilo. Él no sabe bien qué tipo de falseta es la tuya. Tú entonces la tocas con la mente, que la mente es veloz como el rayo, mientras arañas y especulas un poco con las cuerdas, y así no pierdes el compás. Y no te fíes de nadie. Trátate con todos pero no te fíes de nadie. Tú siempre en tu sitio y dándote a valer. ¿Te has enterado, primo?

–Sí.

–Pues entonces vámonos –y apuró la copa–, que con tanta paradiña y tanto hablar se nos ha hecho ya tarde.

Salimos, y enseguida con una mano me tomó del brazo para acomodar la marcha a su discurso.

–Y en cuanto a los cantaores, ésos son mejor gente, aunque te encontrarás de todo. Hay algunos que innovan, o se valen de cadencias antiguas, y a veces no hay modo de pillarles el tono. Si te hacen alguna disonancia, ahí lo único que puedes hacer es acariciar un poco las cuerdas, haciendo que te paras para que él se luzca, y esperar a encontrar el acorde madre. Y siempre a su servicio. Entre tercio y tercio, puedes intercalar una falseta para tu lucimiento personal, pero hay que tener psicología para calar al cantaor, porque hay algunos que no admiten más alarde que el suyo. Pero aquí en las academias no se aprende a acompañar el cante. Eso ya te lo iré enseñando yo y otros que yo conozco. Y recuerda también que allí, en las academias, salen muchos contratos, y de los buenos. Allí ensayan los grupos y las compañías, y se preparan las grandes giras del verano y las turnés de invierno al extranjero. Por eso ya verás que siempre hay artistas sentados y sin hacer nada, dejándose ver y a la espera de la ocasión. Mira, ya hemos llegado. Ésta es la calle Amor de Dios. Apréndete bien el sitio. Y antes de entrar, toma, ponte esta sortija –y se quitó una de las suyas y me la puso a mí, como si me invistiera de un poder–, para que la luzcas y te des a valer. Y no te andes tanto en la cara, primo, que pareces un alfarero.

Entramos en un inmueble antiguo, y algo destartalado, y recorrimos un pasillo al fondo del cual quedaba la academia. Fue empujar la puerta y estar ya inmersos en un son confuso de tacones, castañuelas, palmas, voces, guitarras y pianos.

–Todo este piso, que es muy grande, y también todo el sótano, está dividido en estudios. La gente los alquila para ensayar o para dar sus clases. ¡Escucha qué bien suena el runrún del flamenco! ¿No es mucho mejor estar aquí que en el taller o en el secano?

Había gente que iba y venía por los pasillos, bailarines de cintura sutil y botas de tacón, y bailarinas con camisetas muy ceñidas y faldas de colores almidonadas y andares graciosos y livianos. Algunos se paraban allí mismo a ensayar en sordina un paso de baile o a esbozar un giro o un desplante. Otros salían excitados y sudorosos a beber de unos botijos que estaban distribuidos en las encrucijadas de los corredores. Al cruzar ante una puerta entreabierta, acorté el paso para mirar dentro. Una mujer madura, vestida toda ella de rojo, bailaba sola con el vuelo de la falda recogido en la mano para poder observar el juego de sus pies en el espejo que cubría enteramente una de las paredes. Era un salón muy grande, y al fondo, sentados en un banco, y más que sentados, medio recostados dulcemente unos sobre otros, en una actitud de desfallecimiento o de derrota, un grupo de jóvenes vestidos de baile la contemplaban como en sueños. Uno de ellos parecía eternizado en un gesto de fascinación, con una mano en la barbilla y un dedo que se alzaba para posarse pensativo en los labios. En una silla, aparte, el guitarrista se mantenía erguido, como insomne, con la guitarra vertical apoyada en el muslo.

Más allá, los corredores se bifurcaban y extendían en hondas perspectivas, sin otra luz que la que se filtraba de los estudios o de alguna ventana de vidrios ciegos que debía de dar a algún patio interior. Y de aquellas penumbras llegaba el bullicio, con rachas lúcidas y exactas, del baile y de la música.

–Aquí –me susurró Raimundo con voz sobrecogida– ensayan grandes maestros de la danza, como Paco Fernández, María Rosa, Antonio Gades, Pilar López, Faíco, Marienma, Mario Maya, y guitarristas como Paquito Izquierdo, El Niño Ricardo, Melchor de Marchena, Serranito, Luis Maravillas, y muchísimos más. Este lugar tiene mucho de templo del flamenco.

Íbamos llegando a un ensanchamiento en el pasillo que servía de sala de estar.

–Allí están los artistas desocupados de que te hablé, esperando su oportunidad.

–¿Y tú también vienes aquí a esperar?

–A veces. Como todos. Es conveniente dejarse ver, saludar a unos y a otros, que se acuerden de ti, que sepan que sigues en la brecha. Y tú también tendrás que venir. Por lo menos hasta que te salga una clase. Luego las cosas ruedan solas. Y ahí verás también a don Juan Manuel Calvo, el dueño y encargado de la academia. Te lo presentaré, porque él es el primero en enterarse de si necesitan un cantaor o un guitarrista, y de galas y bolos, y de sustituciones, y llama a quien quiere y hace y deshace a su capricho. Por eso, es bueno que te conozca y que te lleves bien con él.

Había tres sofás de escay y una casilla acristalada que servía de recepción y de despacho. Un guitarrista hacía dedos con la punta de una bayeta puesta de sordina. Otro con una lima se arreglaba las uñas. Los dos iban vestidos con trajes oscuros y amplias corbatas de colores chillones. Otro hombre mayor, un cantaor quizá, se había adormilado en el extremo de un sofá. A su lado estaba sentada una bailarina muy joven y muy guapa, casi una niña, con el pelo negro muy bien recogido en una larga cola de caballo. Tenía el cuello esbelto, las manos largas y morenas como olvidadas en un neceser que sostenía sobre el regazo. Me pareció que aquella muchacha no necesitaba nada que no fuese su propia y soberana belleza. No hacía nada, no miraba nada, y su rostro era más bien inexpresivo. Daba la sensación de que era autosuficiente como pueden serlo esos objetos que se colman con su solo existir y no admiten bromas ni variantes, rotundos de tan obvios, un paraguas, un anillo, una columna, unas simples e inimitables tijeras. No sé por qué pero me recordó a Adriana, y de pronto me entró la nostalgia de las cosas perdidas para siempre, de los sueños que se esfuman sin dejar otra huella que la sensación de haber sido expulsado de un mundo prodigioso y feliz. Pero ya Raimundo me había agarrado del brazo y me llevaba hacia la recepción.

–Don Juan Manuel, aquí le presento a un guitarrista que va para figura.

Era un anciano menudo, de ojos astutos y piel tensa y translúcida. Alzó los párpados y sólo necesitó una mirada para catalogarme, o eso al menos me pareció a mí.

–¿Cómo te llamas, hijo?

–El Niño Triste –se apresuró a decir Raimundo.

Lo miré boquiabierto. Luego miré al anciano, que esta vez había subido la cabeza para observarme más atentamente.

–¿Y no has pensado en estudiar o aprender un oficio?

–Estoy haciendo el bachillerato.

–Pues no lo dejes, hijo, que este mundo es muy duro y, sobre todo, falso y engañoso, y de cien que empiezan, sólo uno si acaso llega a despuntar. A los demás se los traga la tierra.

–Pues éste va a ser uno entre cien, don Juan Manuel, se lo digo yo que entiendo. Ya toca lo suficiente para ir acompañando el baile. Y de aquí a un año, éste se come la guitarra. Acuérdese.

El anciano cabeceó desalentado.

–Búscate una colocación y deja la guitarra para los ratos libres. El mundo del flamenco es casi todo humo. Todos sueñan con ser figuras y nadie se resigna a la medianía ni se aviene al fracaso. En cuanto debutan y ganan cuatro perras, ya se creen genios. Y luego se acostumbran al éxito y ya no quieren otra cosa.

–No le hagas caso, Emilio, que don Juan Manuel es un filósofo malaje –dijo Raimundo en broma–. A ver si le busca usted una clasecita de baile, para ir aprendiendo y entrando en el ambiente. Ya pronto se va a sacar el carné de profesional. Y ya verá usted como éste llega lejos.

–Ya se verá –dijo el anciano, y volvió a lo suyo.

Cuando salimos, la bailarina seguía allí, como un objeto precioso expuesto en una urna, y su belleza inalcanzable saturaba de congoja el ambiente. En ese momento la llamaron de lejos: «¡Leonisa!». Ella volvió la cabeza, pero no sonrió.

Caminamos aprisa y, ya en la calle, pregunté:

–¿Por qué me has llamado así?

–¿El Niño Triste? Porque, por un lado, necesitas un nombre artístico, una identidad; y por otro porque eres triste, primo, y porque hoy estás más triste que otras veces. No sé, ha sido como una inspiración. ¿Qué pasa, que no te gusta el nombre?

–No.

–Bueno, pues se cambia y ya está. Ya buscaré yo uno que te guste.

Caminamos un rato sin hablar.

–Y respecto a todo eso que ha dicho don Juan Manuel, no le hagas caso. Son cosas de viejo. Ellos no entienden la vida moderna. Es gente que disfruta con ir dejando tierra quemada atrás. A eso le llaman experiencia y saber. Pero

¿de qué le vale al burro su experiencia cuando ya está en la noria? El oficio de artista es el mejor del mundo. De un solo golpe puedes conseguir gloria, dinero y libertad, mientras que una colocación, ¿qué saca uno en claro de una colocación? Un jefe, un horario, una rutina, y un ir echando los años al montón. Encontrarás a muchos que querrán distraerte del camino del arte. Te darán muchos consejos, todos de balde y todos ventajosos. Ni los escuches. Tú ve a lo tuyo sin mirar a los lados, y llegarás lejos. Y no te conformes con ser un guitarrista falsetero, como yo. Tú tienes que ser solista, como Sabicas, de los que hacen el toque como si todo fuese una misma falseta, ligando unas con otras como el buen torero con los pases. En eso, no debes aprender de mí. Yo empecé tarde y ya poco voy a mejorar. La gente como yo tenemos que suplir la técnica con el sentimiento. Lo mío no es la academia sino los bolos, la copla, la ópera flamenca, el fin de fiesta, la rapsodia. Y mi repertorio, con falsetas cogidas de aquí y de allá, y todas mezcladas, parece el arca de un buhonero. Pero tú todo lo tienes a favor. ¿No te has fijado en esa muchachita que había allí tan bien sentada en la sala de estar? ¿Has visto qué cosa guapa era? Cásate con una bailaora, y quién sabe si con el tiempo formáis compañía propia. Y en ese caso acuérdate de mí, primo, y llévame contigo aunque sea de palmero. Y no te preocupes por el futuro. Y si no tenemos mucho éxito, pues qué se le va a hacer. Siempre nos quedará la bohemia y el arte. ¿Somos o no somos artistas, primo?

—Sí —dije yo de corazón.

—¡Pues entonces ya está! ¡Al carajo las penas! Te voy a llevar ahora mismo a un sitio que yo conozco, y donde me conocen, y a lo mejor hasta nos emborrachamos y nos vamos luego de putas. Pero, primero, vamos a hacer aquí una paradiña y seguimos hablando, que para dar la vuelta al mundo ya habrá tiempo. Y ya sabes, lo primero es el arte. ¿Nómadas hasta la muerte?

—Sí.

—Pues dicho eso ya queda dicho todo. ¡Andando!

5

Recuerdo que esa noche llegué a casa muy tarde. Habíamos estado deambulando por peñas flamencas, tablaos y tabernas, y no sé cómo yo me fui llenando de euforia y de una inquebrantable fe en el porvenir. Debió de ser el alcohol y la sensación de impunidad de los trasnochadores primerizos. De pronto decidí que yo iba a ser un guitarrista de los grandes. Lo vi tan claro que lo di por seguro. Yo no sería como Raimundo, que se había quedado a mitad de camino y nunca llegaría a nada porque no poseía más cualidad que el puro deseo de ser artista. Y lo mismo los otros, la gente con la que él se trataba, hombres ya maduritos, y algunos viejos o camino de serlo, que no habían logrado encauzar su talento, en el caso de que lo tuvieran, y a los que ya sólo les quedaba la perseverancia en el afán, el hábito de la conmemoración y un poso de amargura que, a cierta hora de la noche, y poniéndose unos a otros de testigos, transformaban rumbosamente en testimonio y en nostalgia de un antaño feliz. Yo los miraba y pensaba en navíos desarbolados y encallados en aquellas playas por algún vendaval. No importa lo que hablasen: a todo le daban un aire dorado de leyenda. «¿Te acuerdas?», decía uno, o mejor aún: «Tú tienes que acordarte», y los otros cabeceaban dando fe, entornando los ojos para aislar en el vasto horizonte de las experiencias aquel día inolvidable. Anécdotas repetidas mil veces, selladas y autorizadas ya por la memoria colectiva, y que el auditorio acogía y celebraba como si fuesen nuevas, además de ejemplares. En algún momento, oyéndolos, yo sentí el orgullo de ser joven y de tener las ilusiones intactas y construidas sobre suelo seguro. Sí, yo sería un gran guitarrista, llegaría al final, cumpliría el destino que yo mismo había elegido para mí. «¡Adiós, figura!», me dijo uno al despedirse.

Llegué a casa iluminado todavía por el alcohol y por el prestigio de mi juventud. Nada más entrar vi al fondo del pasillo la línea de luz bajo la puerta del cuarto que reservábamos al huésped. Al pasar por ella me detuve a escuchar. No se oía nada; luego, un carraspeo y un susurro como de hojarasca. Luego ya sólo la sensación rumorosa de un cuerpo vivo ocupando el espacio. ¿Cómo me había dicho mi madre que se llamaba? ¿Y qué hacía a esas horas con la luz encendida? ¿Por qué no entrar y saludarlo? Ahora precisamente, cuando la noche convierte en cómplices a los solitarios y proscritos del sueño.

Seguí adelante. «¿Eres tú, Émil?», me susurró mi madre al pasar por su cuarto. «Sí, yo soy.» «¿De dónde vienes a estas horas?» «De por ahí.» «¿Has ido a la academia?» «Sí.» «Mentiroso. Vas a perder el curso y a ver qué haces entonces. Anda, vete a dormir, y no hagas ruido, que ya ha venido el nuevo huésped.» «¿Y cómo es?» «¿El señor Rodó? Ya lo conocerás.»

Me acosté y me puse a pensar en las imágenes y sensaciones de ese día. Quería penetrar en ellas, buscarles un sentido, arrancarles sus más secretos significados para tratar de comprender cómo era el mundo que iba a ser mi mundo, y lo que sería en él mi porvenir de guitarrista. Pero estaba aún un poco borracho, la cabeza me daba vueltas y todo lo llenaba un ritmo coral –de guitarras, palmas, jaleos, cante y zapateado–, tal como lo había oído en la academia de baile, pero ya convertido en pesadilla: un-dos-trés, cuatro-cinco-séis, siete-ócho, nueve-diéz, undós, y otra vez a empezar.

Cuando me desperté aún era de noche, y de la euforia ya sólo quedaba una vaga esperanza. ¿Dónde estaba la fe que me tenía a mí mismo? Encendí el mechero para ver el reloj. Habían pasado dos horas desde que me dormí. Me dolía la cabeza y tenía una sequedad de arena en la garganta. Me levanté para ir al baño y, al abrir la puerta, me detuve indeciso. Allí seguía la línea de luz en el cuarto del huésped. ¿Qué haría aquel hombre a aquella hora con la luz encendida? ¿Le habría sorprendido el sueño sin darle tiempo de apagarla? Me acerqué descalzo y de puntillas y escuché tras la puerta: un leve roce, el crujido de la silla, el golpe de un objeto en la mesa me advirtieron que estaba despierto y concentrado en alguna tarea.

Cuando volví a la cama, la vaga esperanza era ya sólo incertidumbre. Intenté otra vez rescatar y ordenar las imágenes dispersas de ese día, pero tenía mucho sueño y sólo conseguí recordar con precisión a la bailarina joven que había visto en la sala de estar de la academia. Sólo que ahora, sin dejar de ser ella, era Adriana al mismo tiempo. La vi enmarcada en mi pensamiento, y estaba guapísima, y ya al borde del sueño me llené de nostalgia por su belleza inalcanzable.

V

1

Yo anhelaba y temía el momento en que don Osorio me hacía de lejos una seña, o me mandaba llamar a su despacho para decirme que teníamos muy abandonada a Adriana, que ya era hora de ir a darle otra clasecita de música. Eran instantes siempre imprevisibles. Podía ser cada dos, cada tres días, o durante tres días seguidos, y una vez fui por la mañana y, esa misma tarde, después de comer, bruscamente me ordenó regresar. Así que yo tenía que andar siempre preparado, y siempre con la guitarra en la taquilla y vestido siempre con decoro. «¿Y qué, está buena?», «¿se deja?», «¿te la has tirado ya?», me preguntaban los aprendices, y hasta los oficiales levantaban la cabeza desde sus islitas de luz para mirarme con sorna cuando me veían salir precipitadamente del taller.

Yo caminaba muy deprisa pero sin querer llegar nunca, cruzaba con la cabeza baja ante el portero, y ya en el ascensor empezaban a flojearme las rodillas, y por más que respirase a fondo, sentía que me faltaba el aire para colmar la oquedad de la angustia. A veces entraba velozmente e iba derecho a mi sitio, como un escolar asustado que se apresura a ocupar su pupitre con la loca pretensión de desaparecer en él. Nos sentábamos en el salón, en el lugar convenido desde el primer día, frente a frente, y a mí enseguida me daba la impresión de haber quedado enmarcado sobre el fondo geométrico de una pared o de un espejo, y me ponía rígido y notaba la hostilidad de aquel espacio y de los muchos objetos que había en él y que parecían formar un mundo propio con sus reglas propias y misteriosas como las de una secta, y de pronto me entraba la necesidad urgente de marcharme, de liberarme de la opresión del marco en que estaba cautivo y de escapar de allí, y era una sensación tan intensa que llegaba incluso a sentir el desahogo y la nostalgia de estar ya en otra parte, lejos de Adriana, celebrando y añorando su ausencia.

«¿Qué me enseñarás hoy?» «Pues no sé, algún ejercicio nuevo, y si quieres seguimos con el vals.» Adriana apenas progresaba, y muchos días después todavía estábamos a vueltas con los ejercicios básicos de digitación y con el vals peruano, del que nunca lográbamos pasar de la primera frase. Enseguida se distraía, o le entraba calor o frío, o se quejaba de que le dolían las yemas de los dedos, o simplemente dejaba caer las manos en un gesto de rendición que parecía ya definitivo.

Volvíamos a la clase, regresábamos al principio. Yo le corregía entonces la posición de las manos. O a veces era ella quien lo pedía. «Estas manos, ¿están bien así?» Y yo muy suavemente le iba poniendo bien los dedos, y ella dejaba las manos muertas, dóciles a mis indicaciones, sin mirarnos, concentrados en esa tarea que los dos sabíamos que era inútil. «Es que no acabas de colocar bien la guitarra», le dije al fin un día, no por nada sino por acabar con la tensión insoportable de algo que yo me creía obligado a hacer desde que me lo aconsejó Raimundo, y que siempre estaba a punto de hacer y que siempre aplazaba para otro momento más propicio. Entonces me levanté, me situé detrás de ella, y desde allí le corregí la posición de los brazos, la caída de la mano derecha, la curvatura de la muñeca, el modo de tomar el mástil para que los dedos pisaran limpiamente las cuerdas. Y como estaba inclinado hacia ella y ella se irguió y se echó atrás y volvió un poco la cabeza para facilitar mis movimientos y atender a mis explicaciones, por un instante nuestras caras quedaron muy juntas. Olía levemente a dulce de limón. «¿Así está bien?», susurró. Yo sentí entonces todo el hechizo y los vagos escrúpulos que aquella mujer ejercía sobre mí.

Cuando volví a mi silla, me pareció que me había ruborizado. Sentía en la cara el calor del sofoco. Y, sin haber hablado, ya notaba por dentro el temblor de mi voz. «¿Estás bien?» «Sí.» «Eres muy buen profesor.» «¿Yo? Qué va, si yo también estoy aprendiendo.» «Eres paciente y delicado.» Sacudí la cabeza rechazando el cumplido. «Quizá por eso te ha elegido don Osorio para que me des clases.» «No, no, don Osorio no sabe cómo soy yo.» «Él es muy observador y sabe muchas cosas. Más de las que te imaginas. ¿No te pregunta nada cuando regresas al taller?» «¿Don Osorio? No.» «¿Seguro?» «Bueno, sí, me pregunta qué tal ha ido la clase.» «¿Nada más?» «Nada más. ¿Qué más va a preguntar?» Pero en su manera de mirarme, de sostener la mirada, de sonreír sin que la sonrisa se le extendiera por el rostro, yo supe que ella no creía en mis palabras.

Otras veces, cuando languidecía la clase, me preguntaba cosas de mi vida. Por mis padres, por mis estudios, por mis proyectos de futuro. Preguntaba siempre con un acento de suspense en la voz, como si esperase maravillas de las respuestas. Un día me preguntó si tenía novia. Como ya le había mentido a don Osorio, me vi forzado a decirle que sí. Tardé en recordar el nombre: se llamaba María. «¿Y cómo es? ¿Es bonita?» «Sí...» Pero no se conformó con la respuesta. Me preguntó si era morena, si era alta, si llevaba el pelo suelto o recogido. Yo le contesté buscándole a cada cosa el término medio. «¿Tienes alguna foto suya?» «No.» «¿Y estás muy enamorado de ella?» A mí empezaban a hartarme ya tantas preguntas. «No sé», dije con impaciencia. «¿No sabes? ¿Cómo no lo vas a saber?» Entonces sentí el prestigio de mi juventud y de mi porvenir errante de guitarrista. El amor y el arte eran incompatibles, y además no creía mucho en el amor. Me gustaba oír aquellas palabras saliendo tan sinceras y repentinas de mi boca. Y mientras las decía se me ocurrió que podía devolverle la respuesta. ¿Estaba ella enamorada acaso de don Osorio? Seguro que no. ¿Por qué se había casado entonces con ese hombre tan mayor y tan carente de atractivos? ¿Por dinero? ¿Por la promesa de una vida a salvo ya de incertidumbres? ¿Por qué? «Es una pena», dijo ella, «un chico tan guapo que no cree en el amor. Pero yo sé que no me dices la verdad. Tú en el fondo eres romántico y apasionado, como todos los artistas, pero eres tímido y te da vergüenza mostrar tus sentimientos. Por ejemplo, aquella vez, hace unos días, cuando te pusiste detrás de mí para colocarme bien las manos, ¿no pensaste en la posibilidad de besarme? Confiésalo.» Yo inicié un gesto de asombro pero ella me detuvo con una sonrisa. «Era sólo una broma. Era sólo para comprobar lo tímido que eres. ¿Ves? Te has puesto todo rojo, sin saber qué decir.»

A partir de ese día, nuestras conversaciones adquirieron un tono cada vez más confidencial.

–Tú pareces buen chico –me dijo una mañana–. Seguro que puedo confiar en ti. ¿Puedo?

–Claro que sí.

–Lo sé. Yo sé que tú no me traicionarás, y por eso quiero preguntarte algo y que me respondas con sinceridad. Júramelo.

–Te lo juro.

–¿Qué cosas te pregunta don Osorio cuando vuelves al taller? Y no me digas que nada porque no te creo.

Yo me llevé una mano a la cara y me quedé dudando, sin saber qué decir para cumplir con ella, con don Osorio y con mi propia conciencia.

–¿Te pregunta, por ejemplo, si llama alguien por teléfono, si tardo mucho en abrir, si tengo prisa por acabar la clase?

–Sí, todo eso. Y también cómo vas vestida.

–¿Y de mí qué te ha dicho?

–¿De ti? No sé, una vez me dijo que tienes algo así como, como un problema de salud.

–¿Qué tipo de problema?

–No sé, un problema...

–¿Mental? ¿Que estoy loca?

–Sí, algo así. Y que por eso necesitas estar ocupada en algo.

–¿Y tú te lo creíste?

–Yo no sabía qué pensar. Desde el principio me pareció todo muy raro.

–¿Dónde estaba lo raro?

–Pues por ejemplo cuando le dije que yo no tocaba lo suficiente para ser profesor, que no sabía enseñar. Y él ni siquiera me escuchó. Le daba igual. Y cuando me dijo que me fijara bien en todo, para luego contárselo. Y sobre todo que nunca sé cuándo me va a mandar aquí.

–Ni yo cuándo vas a venir.

Nos miramos impresionados por aquellas palabras. Pero luego ella sonrió como decepcionada por un asunto que en el fondo le era de lo más triste y familiar.

–Hay cosas que no entiendo –le dije.

–Pues es todo muy fácil. ¿Tú sabes para qué te manda en realidad aquí? Para que me vigiles. Ésa es una parte del misterio. Te está usando de detective.

–¿A mí?

–A ti. Él cree que yo tengo un amante, o varios, siempre está pensando en esas cosas, y quiere conseguir pruebas. Por eso te manda aquí de repente, a horas distintas, sin avisar, para ver si me pillas con otro.

–Él me dice que me manda cuando no hago falta en el taller.

–¿Y tú te crees eso?

–No.

–Claro que no. ¿Sabes? Él además quiere asegurarse de que no salgo de casa, ni viene nadie a verme, porque en cualquier momento del día puedes aparecer tú. ¿Lo comprendes ahora?

–Sí...

–Pero hay algo más –y sus labios se quedaron entreabiertos y pensativos en la última sílaba, y los ojos se quedaron fijos en un horizonte imaginario–. Pero no sé si contártelo. ¿Tú quieres que te lo cuente o te da igual?

–Cuéntamelo.

–¿Lo deseas?

–Sí.

–Los hombres siempre queréis que las mujeres os contemos nuestras intimidades. ¿Y me vas a guardar el secreto?

–Sí.

Me miró intensamente, llena de gratitud y de candor.

–¿Tú sabes para qué te envía además aquí? Para que te enamore, o que tú me enamores a mí.

Yo hice un torpe aspaviento de incredulidad.

–Te envía para eso. Él está acomplejado por la edad y cree que a mí me gustaría alguien joven y guapo como tú. Porque tú eres muy guapo. Por eso te ha elegido a ti. Lo adiviné nada más verte entrar. Quiere ponerme a prueba. ¿Sabes? A mí también me interroga. ¿Qué tal el profesor? ¿Qué has aprendido hoy? Y luego confronta las dos versiones, la tuya y la mía. Luego me pide que toque la guitarra para él. Y yo, como casi no avanzo, siempre toco lo mismo. Él cierra los ojos, escucha y sonríe. Sólo Dios sabe lo que estará pensando en esos momentos. Es muy morboso, y vive siempre lleno de sospechas. ¿A ti qué te parece don Osorio? ¿Qué opinas de él? Y dime de verdad lo que piensas.

–Pues no sé. Es un hombre, cómo decir, un poco extraño. Muy suyo. Una vez, no sé si debo contarlo, lo sorprendí en la oficina jugando al fútbol en la mesa, con una bolita y un bolígrafo. A veces me parece un niño. No sé, es un poco extraño.

–¿Extraño? ¡Oh, no te puedes figurar cuánto! Él es el hombre más celoso del mundo. Fíjate: al mes de casarnos contrató a un detective para que me vigilara. Yo enseguida me di cuenta. Era un hombre que iba siempre con una gabardina y un periódico y se le notaba a la legua que era detective. Pero luego don Osorio debió sospechar del detective, si no me estaría seduciendo y encima sacándole el dinero. Así que contrató a otro detective para que vigilara al primero. Luego prescindió de los dos porque no se fiaba de ninguno, y sobre todo porque sus sospechas le parecían más fiables que los informes de los detectives. Entonces decidió asumir él mismo la vigilancia. ¿No te has fijado cómo a veces desaparece misteriosamente del taller?

–Sí, allí se comenta mucho todo ese ir y venir que se trae.

–Pues viene a vigilarme. Y a veces se disfraza. En una ocasión se disfrazó de cura. O se pone barba y peluca y gafas negras. Pero yo siempre le reconozco. O casi siempre, porque a veces me confundo. A veces veo a alguien en la calle, me parece que es él, pero luego me doy cuenta de que no, y así andamos siempre, él vigilándome y yo intentando descubrirle las trampas. Sí, don Osorio es un hombre extraño. Más de lo que tú crees.

Hizo una pausa y se quedó absorta y como espantada de sus propias palabras.

–No sé qué decirte –le dije por decir algo.

–Claro, ¿qué me vas a decir tú? ¿Cómo podrías comprender esta historia? Para que la entiendas, y para que veas que confío en ti, te contaré algo más. No debería contártelo, pero lo haré. ¿Sabes? Continuamente me interroga. Desde el primer día, nada más conocerme, ya empezó a interrogarme. Eso sí, siempre con dulzura, sin alzar la voz, sonriendo, pero incansable y muy minucioso en sus preguntas. Hay cosas que le obsesionan. Por ejemplo a qué edad empezaron a gustarme los hombres. «No me acuerdo», le digo yo. «Intenta recordar. ¿A los nueve, a los diez años?» «No.» «¿Antes, a los siete?» «No, después.» «¿A los doce?» Yo le digo que no lo sé, pero él no se impacienta ni se cansa nunca del interrogatorio. Cosas como cuál fue el primer hombre que me gustó, y si me acaricié pensando en él, y cómo fueron esas caricias y esos pensamientos. O cuándo empezó a salirme el vello en las axilas y en el pubis y de qué modo se fue luego extendiendo, y si me afeitaba en esos sitios y si alguna vez me corté y me hice sangre, y si tenía sueños eróticos, y otras cosas así. «Quiero saberlo todo sobre ti, también lo menudo y lo sin importancia», me dice, «porque el amor empieza con los secretos, y son los secretos compartidos los que lo hacen indestructible. Así que cuéntame, anda, niña, cuéntame tus secretos para que yo te pueda querer más.» Y yo le cuento lo que sé, y cuando no lo sé, pues me lo invento. Él es así feliz. Te cuento esto porque sé que tú me guardarás el secreto y nunca me traicionarás.

—Desde luego que no —dije yo, desbordado por la responsabilidad de ser el destinatario de aquellas confidencias, y en el fondo fascinado por ellas—. Pero debe de ser un poco humillante responder a esas cosas.

—No, ¿por qué?, humillante no, pero sí agotador. Porque además casi siempre me pregunta lo mismo. No se cansa jamás de examinar y dar vueltas a lo que ya sabe. Otra cosa que le obsesiona, por ejemplo, es saber si, después de conocerlo a él, me gustaban otros hombres. «No.» «¿Y por qué entonces te gusto yo, si para ti soy casi un viejo, y mírame, calvo, gordo, lampiño y más bien feo?» «Porque te quiero como eres y ya está.» «¿Y no te gustaría más un hombre joven, atractivo y simpático? Uno de esos estudiantes de la tuna, por ejemplo, o un deportista o un actor.» Y yo: «¿Por qué hablar de lo que no existe?». Y él: «¿Que no existe? Nada más fácil que hacerlo realidad». Y entonces salimos a la calle a ver hombres. «¿Qué tal ése?», «¿Qué te parece aquél?», «Fíjate en aquel otro». Y los tenemos que analizar y yo debo explicarle por qué, a pesar de todo, yo lo prefiero a él. Volvemos agotados a casa. Pero como don Osorio no pierde nunca la paciencia, me pregunta entonces cuántos hombres hubo en mi vida antes que él. Ésa es una de sus indagaciones favoritas. «¿Cuántos?» «Sólo uno, pero apenas fue nada, un coqueteo de adolescentes, cosa casi de niños.» Él entonces me pide todo tipo de detalles sobre lo que pasó. Si me tocó aquí o allí o dónde me tocó, si yo le toqué a él, cómo íbamos vestidos, si nos besábamos así o asao, si al abrazarnos yo sentía, bueno, ya sabes, me da vergüenza decirlo, si lo sentía en mi vientre, si mucho o poco, y cómo era de grande y si estaba muy duro, y qué tipo de placer sentía yo, y si llegué al final y todo eso. Pero no vayas a creer que es así de fácil. Con eso podemos estar dos, tres, cuatro horas, y al otro día lo mismo. Él es muy morboso y vive atormentado por los celos, pero a su modo, en su tormento, él es feliz. ¿Y sabes por qué te cuento todo esto a pesar de la vergüenza que me da?

Yo no dije nada, pero entrecerré los ojos y puse la mirada profunda, intentando hacerme merecedor de aquella historia.

–Primero, porque confío en ti, ya te lo dije antes. Y luego porque todo esto tiene que ver contigo, y es justo que lo sepas. ¿Comprendes ahora por qué don Osorio te ha mandado aquí?

–Pero, no entiendo. ¿No decías que era muy celoso?

–Precisamente por eso. Quiere ponerme a prueba. Y además las clases de guitarra le deben excitar muchísimo. Sabe que yo voy a descubrir que él te interroga al volver al taller. Sabe que yo te voy a preguntar y que tú me lo vas a decir. Eso lo da por descontado, y no le importa. Al revés, piensa que el secreto nos va a unir, y que ése será el primer paso para convertirnos en amantes. Porque eso es lo que él quiere ver, si tú y yo nos hacemos amantes.

En el silencio que siguió, yo fijé la mirada en un punto impreciso cercano a un pasador de plata que llevaba en el pelo. Me pareció que los objetos del salón nos rodeaban muy atentos, como las asambleas de animales en las fábulas.

–¿No te gustaría?

Debió de verme tan desvalido que añadió de inmediato:

–Es una broma, tonto. Pero se lo merecería, por celoso. Claro que, si nos hiciésemos amantes, él se daría cuenta enseguida.

–¿Tú crees?

–Seguro. Lo notaría en tus reacciones cuando te interrogara en el taller. ¿No te ha preguntado todavía si te parezco guapa o no?

–Sí.

–¿Ves? Te lo pregunta para leer la verdad en tu cara. ¿Y tú qué le dijiste?

–¿Yo? Sí, le dije que sí.

–¿Y te parezco guapa de verdad o lo dijiste sólo por compromiso?

–No, lo dije en serio.

–Pero ¿mucho o sólo regular? ¿Cómo te parezco?

–Ya se lo dije a él. Eres muy guapa.

–No es verdad. Me estás mintiendo. Yo sé que no te acabo de gustar. Lo sé, esas cosas se notan.

De pronto me sentí seguro de mí mismo y la miré a la cara con un gesto decepcionado de protesta.

–¡Pero, no! ¿Por qué dices eso? Eres una mujer muy guapa, tú lo sabes de sobra.

–Pero ¿te gusto? Tengo curiosidad por saberlo.

–¡Claro! –dije en un tono conmovido de obviedad.

–¿Cuánto? ¿Tanto como tu novia por ejemplo?

–Te pareces a don Osorio haciendo preguntas.

–¡Es verdad! –y se quedó asombrada, y se llevó los dedos de una mano a los labios como para reprimir una exclamación.

Pero yo me sentía culpable porque, a pesar de que me atraía tanto, había algo en ella que, en efecto, no acababa de gustarme del todo, y que a ratos me producía incluso cierta desilusión. Ahora ella lo había descubierto y yo no sabía qué hacer para no herir su orgullo y para demostrarle que era una mujer maravillosa, capaz de hechizar a cualquiera con su misterio de mujer, su juventud, su gracia, sus encantos. No sé por qué, me quedé mirando la foto enmarcada que había sobre la mesa baja de cristal. Allí estaba la prueba objetiva de su belleza indiscutible.

–Tú también eres guapo. Eres muy atractivo, y más con ese aire serio y triste que tienes. ¿Quieres ver otras fotos mías? Entonces, yo era más bonita que ahora. Ven –y me cogió de la mano y me llevó al otro extremo del salón, junto al ventanal. Me hizo sentar en un sofá, y enseguida volvió con un álbum de fotos. Se sentó junto a mí, lo puso sobre sus rodillas y lo abrió por la primera página.

Eran fotos de hacía dos y tres años, y algunas más recientes, todas colocadas en orden cronológico. Me quedé estupefacto. En las primeras fotos, Adriana era una auténtica preciosidad, pero luego su belleza se iba como marchitando, como velando, y con ella también la juventud. Y algo también que tenía que ver con la inocencia. Entonces comprendí lo que me dijo el primer día, que había aprendido a tocar un poco la guitarra «cuando era joven». Y, según pasaba las hojas, iba afianzándose sin saber cómo, ni en qué momento, ni vinculada a qué rasgos, aquella expresión anómala, aquel aire neutro y como de señora prematura, que ya el primer día me había producido una vaga inquietud. En algunas fotos aparecía el marido, y él sí que no había cambiado nada. Allí estaba, siempre risueño, orondo, beatífico, enmarcado, pueril. Al contrario: según avanzábamos, parecía incluso más joven y pletórico.

–¿Se me notan los años? ¿He enfeecido mucho? –me preguntó al verme absorto en aquella especie de misterio.

Volví al principio, a las primeras hojas. Entonces era casi una niña, pero a la vez era la mujer más seductora que yo había visto nunca. Y la más excitante. Entonces cerré el álbum y la miré, y me costó reconocer en ella la belleza de entonces. ¿Qué te ha pasado?, estuve a punto de preguntarle.

–Ahora sí que te gusto, ¿verdad?

–Muchísimo.

–Y ahora sí que estás pensando en besarme, no me digas que no –me dijo muy seria.

Fue una impresión fugaz, prolongada quizá por el asombro, pero en ese instante resplandeció, literalmente resplandeció, y volvió a ser la misma de las primeras fotos. Si hay momentos en que la vida se anuncia con tiempo, o en que nuestro corazón, como un sismógrafo, registra el lejano o presentido temblor de los dones y catástrofes que se urden ya en el porvenir, si hay un momento así, ése fue justo uno de ellos.

–¿A que sí? –y ladeó la cabeza en un leve gesto que me pareció de abandono y de entrega.

Y entonces yo supe –y fue como asomarse a un abismo sin fondo– que estaba a punto de enamorarme por primera vez y para siempre.

2

De pronto mi vida se llenaba de enigmas. Por ejemplo el señor Rodó, el nuevo huésped. Otra de esas vidas con las que compartí un trecho del camino, y que me dejó como legado su silueta en el fondo ya gris de la memoria, y una versión de su propio pasado, contada acaso como el náufrago que, en sus instantes últimos, traza un signo con la esperanza de que alguien lo descifre en el futuro y le sirva de lección y de aviso. Cuando yo llegaba por la noche, la luz de su cuarto estaba encendida, y a veces me despertaba unas horas más tarde y me asomaba a la puerta sólo por ver si la línea de luz seguía en su puesto al fondo del pasillo. Y sí, allí solía estar, y alguna noche permanecía encendida hasta cerca del amanecer. ¿Qué estaría haciendo a aquellas horas?, me preguntaba los primeros días, cuando no lo conocía aún. Iba al baño descalzo, de puntillas, y durante un rato me paraba a escuchar en actitud de acecho. Nada. O sólo de tarde en tarde el crujido del somier, el raspar de la silla en el piso, un carraspeo, algún rumor imposible de identificar. Luego ya sólo la sensación de un cuerpo atareado ensuciando el silencio. ¿Cómo sería aquel hombre y qué haría despierto y activo a aquellas horas de la noche?

–¿Y cómo es? –le preguntaba a mi madre por la mañana, mientras desayunábamos en la cocina. Bajábamos la voz, casi un susurro, para que no pudiera oírnos.

–¿Y cómo va a ser? Pues un hombre normal, ya lo verás el sábado.

–Pero ¿qué hace con la luz encendida hasta tan tarde?

–Y yo qué sé. A lo mejor tiene insomnio. O trabaja en sus cosas. Hay gente a la que le gusta trabajar de noche.

–¿Trabajar en qué?

–En sus cosas. Es empleado de la Biblioteca Nacional y va y viene con bolsas de libros. Quizá se dedica a leer, o a hacer resúmenes, fichas, cosas así.

La luz de la cocina era débil y titilaba como asustada por la mucha oscuridad que había todavía afuera. Aquélla fue una época de mucho frío y hondas penumbras.

—¿Te lo ha contado él?

—¿Lo de las fichas? Sí. ¿Sabes cuántos libros hay en la biblioteca? Más de tres millones. Y cada uno tiene su ficha. Son como el carné de identidad de los libros.

A esas horas empezaban a oírse muy lejos las cornetas de los basureros. Y toda la ciudad estaba sucia de frío y de niebla.

—¿Y qué más te ha contado? —porque ellos comían o cenaban juntos, los dos solos en casa, y casi toda la tarde también juntos, y parte de la noche, hasta que venía yo. Así que por fuerza tendrían que hablar de muchas cosas.

—¿Qué va a contarme? Nada de particular. Además, él es más bien callado, como tú, y a veces no viene a comer. Y por las tardes, cuando llega, se mete en su habitación y se queda dormido. Y cuando se levanta, se va a pasear.

—¿Adónde?

—No se lo he preguntado. Sólo una vez me dijo eso, que se iba a pasear.

—¿Y qué edad tiene?

—Pues no sé. Yo creo que debe andar por los cuarenta, quizá algo menos. Pero ¿por qué te interesa tanto su vida?

—No me interesa, ¿a mí qué me va a interesar? Bastante tengo yo con lo mío como para investigar vidas ajenas.

—Bueno, no te sulfures, Émil. Y date prisa, que vas a llegar tarde.

Eso es lo que llegué a saber del señor Rodó los primeros días, cuando aún no había tenido ocasión de verlo y él era para mí poco más que un fantasma. La noche del viernes, sin embargo, apenas entré en casa me di cuenta de que la luz de su habitación estaba apagada, y la puerta entreabierta. Supe que estaba ausente, y no tanto por la oscuridad como por el alcance del silencio. Era un silencio limpio, sin ese algo opaco que hay en el aire de las casas donde duermen o se afanan a deshora gente desconocida. Mientras me acercaba, ensayé un gesto solícito de asombro. Si él estuviera allí, en la oscuridad, yo me defendería con aquel gesto y con la convicción de que en el fondo el intruso era él. Sin encender la luz del pasillo, al pasar por su cuarto me detuve con mi gesto de asombro y, con la punta de los dedos, muy lentamente, empujé la puerta y miré adentro. La persiana estaba echada, pero la luz del farol de la calle entraba por las últimas ranuras y creaba allí una débil penumbra. Olía a aire estancado y a humo ya rancio de tabaco. Miré las formas de los muebles y de otros objetos que no estaban allí antes y que no logré identificar, y sólo cuando estuve seguro de que no había nadie, di un paso adentro y encendí la luz.

Tuve la impresión de haber entrado en una cueva de ladrones. Mi gesto de asombro era ahora sincero, porque yo estaba de verdad impresionado por aquel espectáculo. Nunca había visto una habitación así. Había muchos libros, varios cientos de libros, en las estanterías, en la mesa, en una de las sillas, encima del armario, apilados descuidadamente en el suelo, y aunque parecían puestos aquí y allá de cualquier modo, aquel desorden sugería sin embargo un sentido, y se notaba que cada cosa ocupaba el sitio exacto que alguna actividad en marcha le había ido designando. Debía de haberse echado a dormir, y luego a leer, porque la colcha y las sábanas estaban revueltas y había sobre ellas un libro abierto con las cubiertas hacia arriba. Me acerqué a la mesa. Entre el desorden de libros, un cenicero con algunas colillas apuradas y apagadas a conciencia, casi furiosamente. Un vaso con restos de licor. Un paquete estrujado de cigarrillos. Pero ni un cuaderno, ni una agenda, ni una hoja de papel. Tomé al azar un libro. Estaba profusamente subrayado, con notas menudas a lápiz en los márgenes. Entre la austeridad y el caos, el cuarto tenía algo de celda monacal y de buhardilla de bohemio.

En un rincón, contra la pared, había una enorme maleta de cuero negro atada con correas y asegurada con candado. Intenté abrir un cajón de la mesa. Todos tenían la llave echada. Mientras manipulaba en el último, vi los lomos de una pila de libros. Algunos estaban en francés, y uno en inglés. Había algún autor que me sonaba del runrún del bachillerato, pero la mayoría me eran desconocidos. En ese momento, escuché el golpetazo de la puerta de la calle al cerrarse.

Antes de apagar la luz, eché una última mirada. Algo quería yo comprender de aquel panorama nunca visto. Yo entonces apenas tenía libros, desde luego no los suficientes para desordenarlos, sólo media hilerita muy bien puesta en la estantería del mueble cama, y los demás los había leído prestados o alquilados. De pronto pensé que era la primera vez que yo entraba en el espacio privado de un intelectual. Aquella palabra, «intelectual», hasta entonces abstracta y ajena, y vinculada vagamente a la sabiduría profesoral, me pareció ahora cercana y a la vez novedosa, y repentinamente llena de misterio. Pensé en Adriana, en su casa, donde no había nada que no estuviese encerrado en su marco. Y éste era, pues, el marco ilegible de un intelectual.

Me fui a la cama sin cenar, y apenas apagué la luz oí el llavín en la puerta de casa. Me pareció que había cometido un robo, y que llevaba en los ojos, ya vencidos de sueño, las prendas del botín.

3

Lo conocí al otro día, el sábado, a la hora de comer. Era casi tan alto como yo, y aunque vestía con cierto desaliño, resultaba a su modo elegante. Tenía el pelo negro y espeso, un poco entreverado de canas, y a veces se pasaba una mano por él, peinándose hacia atrás, pero así y todo siempre había un mechón que al rato se le volvía a caer sobre la frente. Se le veía enseguida que era poco hablador, y lo que más me llamó la atención desde el primer momento fue el modo que tenía de escuchar. Apenas nos sentamos, me interrogó un poco sobre mi vida, cosas convencionales, qué tal el trabajo, qué tal los estudios, qué tal la guitarra. Yo contesté con frases rutinarias pero él escuchó mis respuestas como si fuesen interesantes e incluso problemáticas. Escuchaba con mucha intensidad, ladeando la cabeza y entornando los ojos, y suspendiendo el cubierto en el aire, con una mirada incisiva y casi escrutadora. Quizá por eso parecía que participaba mucho en la conversación, pero no: en lo que participaba mucho era en el silencio. Y de vez en cuando se distraía, se concentraba en el plato y se dejaba el mechón caído por la frente. Entonces yo aprovechaba para observarlo. Tenía las manos largas y delicadas, y los dedos de la mano izquierda sucios de nicotina. Eran unas manos nerviosas, que a veces le temblaban un poco y que al coger los objetos parecía que iban primero a tantearlos, con esa avidez titubeante que suelen tener algunos ciegos. De tarde en tarde, parpadeaba muy deprisa, y al mismo tiempo arrugaba ligeramente la nariz y la boca, pero sin que aquel movimiento llegara a ser un tic. Yo me fijaba en su manera profunda de callar, en cómo el silencio lo rodeaba y casi lo anegaba, como el mar a una roca, lamiéndolo, ocultándolo, mostrándolo de nuevo. Tenía dos arrugas muy marcadas que le subían bifurcándose desde las comisuras de la boca. Pero era atractivo, y algo de su juventud se había hecho fuerte y como indestructible en su figura y en su rostro.

–El señor Rodó es bibliotecario –dijo mi madre–. Trabaja en la Biblioteca Nacional.

–¿Has estado alguna vez allí? –me preguntó.

–No –me disculpé.

–Tiene más de tres millones de libros –dijo mi madre, animándolo a hablar–. Y hay un montón de gatos para los ratones, y cada gato tiene su nombre y consta en nómina, como un empleado más.

Y sí, entonces habló de la biblioteca, de libros raros, de códices, de archivos, y confirmó lo de los gatos, pero todo muy vagamente, con ganas de zanjar pronto el tema.

–A ti te gusta mucho leer, ¿no es verdad, Émil?

El señor Rodó tardó en levantar los ojos del plato. Luego se despejó el mechón peinándose lentamente con la mano hacia atrás, demorando el momento de mirarme con un gesto fingido de sorpresa.

–¿Qué tipo de libros te gustan? –preguntó, y al decirlo se rascó delicadamente una ceja con la uña del meñique. Comprendí que le era del todo indiferente mi respuesta.

–No sé, me gusta la filosofía –dije yo con cierto afán de desquite, y procurando ser lo más lacónico posible.

Él adoptó entonces una actitud ponderativa: se llevó un dedo a los labios y remotamente asintió. Luego con la otra mano dibujó en el aire una espiral, incitándome a continuar.

–Bueno, me interesan sobre todo Heráclito y Schopenhauer.

–Ah, Schopenhauer –dijo él, evocándolo–. ¿Y qué es lo que más te interesa de él?

–Su visión de la vida. Esa idea de que la vida es un negocio que no cubre gastos. El topo, por ejemplo. Cava túneles a todas horas, en la más absoluta oscuridad, toda la vida cavando túneles, y lo único que consigue a cambio, ¿qué es?, la alimentación y la cópula. Luego se muere, y sus hijos harán exactamente lo mismo, y siempre igual. No hay proporción..., no es justo..., tanto trabajo para tan poca recompensa. ¿Qué ha hecho el topo para merecer ese castigo?

Era una idea que conocía muy bien porque el profesor de filosofía nos seguía hablando a menudo del topo para ilustrar lo poco rentable que era el negocio de vivir. Se ponía a hablar y, tarde o temprano, siempre salía a relucir aquel topo. También nos repetía mucho otra cosa que decía Schopenhauer: que, ante las obras de arte, o ante un paisaje, hay que comportarse lo mismo que ante un rey: esperar a que sean ellos los que digan algo, porque si hablamos primero nosotros, sólo nos oiremos a nosotros mismos. Se lo conté también al señor Rodó.

–Tanto lo del topo como, sobre todo, lo del rey es muy interesante –dijo, y sobre su entrecejo se cernía la tormenta de una reflexión–. Esperar a que las cosas te hablen. Sí, en esas palabras se encierra todo un mundo.

–También le gustan mucho las novelas –dijo entonces mi madre–. ¿No es verdad, Émil? Sobre todo esas de tiros que se alquilan en los quioscos.

Después de haber hablado con tanto aplomo de Schopenhauer, yo me sentí ridículo, como si me hubieran desenmascarado.

–También leo otras –dije con rencor.

–¿Por ejemplo? –me preguntó el señor Rodó.

–Pues no sé, por ejemplo Mika Waltari, Vicki Baum, Simenon, Somerset Maugham. O Víctor Hugo.

El señor Rodó cabeceó concesivo, pero se le notaba que aquellos autores no eran sus preferidos.

–Y también oye poesía en la radio. ¿Cómo se llama ese programa, Émil?

–No me acuerdo.

–¿Has leído, por ejemplo, a Dostoievski? –me preguntó el señor Rodó.

–No... –tardé en responder.

Cuando nos levantamos de la mesa, fue a su habitación y volvió con un libro: *Crimen y castigo*, de Dostoievski.

–Lo leí cuando tenía más o menos tu edad y me gustó mucho –fue todo lo que dijo.

Esa misma tarde me puse a leerlo, o más bien a devorarlo. Pensé que acaso quería enviarme un mensaje a través de aquel libro. Cuando llegué al crimen, y cuando Raskolnikov pasa a la clandestinidad, no sé por qué pero de repente tuve una intuición que me dejó sobrecogido. Quizá el señor Rodó fuese un activista político. Probablemente comunista. Por eso no había en su cuarto papeles ni cuadernos. Debía de tenerlos escondidos en la maleta y en los cajones cerrados de la mesa. Quizá escribía proclamas y consignas. Quizá también él vivía en la clandestinidad. Me pareció tan verosímil, que dejé de leer para dedicarme únicamente a explorar esa idea.

Me costó dormirme, y cuando poco antes de la madrugada me levanté a orinar, vi la línea insomne de luz bajo la puerta de su cuarto, y el silencio que llegaba de allí me pareció que estaba cargado de conspiraciones y asechanzas.

4

–Yo creo que es comunista. O anarquista.

Era sábado y estábamos devanando una madeja, mi madre ovillando y yo moviendo los brazos a compás. Tenía mucho sueño, como siempre, y el ojo izquierdo se me había trasvelado con el trajín hipnótico del hilo.

–Últimamente piensas cosas muy raras, Émil. Como eso del topo que contaste aquel día en la mesa... ¿Tú qué sabes si el topo es o no desgraciado? A lo mejor es más feliz que tú y que yo.

–Tiene una maleta enorme cerrada con llave y candado. Y también atranca los cajones de la mesa. Está claro que quiere esconder algo, ¿no?

–Y qué va a esconder.

–Material clandestino. Libros prohibidos, por ejemplo. O panfletos. Una noche oí cómo abría la maleta. Oí el golpe de la maleta en el suelo y luego el ruido de la llave. Y nunca se olvida de cerrarla. ¿Por qué tanto misterio?

–Cada uno guarda, y saca y mete, lo que le da la gana. Y tú, ¿por qué tienes que fisgonear tanto?

–Puede ser peligroso. Imagínate que lo descubren. Nos detendrían también a nosotros por encubridores. Yo soy menor de edad, pero a ti te meterían en la cárcel.

–Me gusta que cuides de mí, Émil. Me gusta tener un hombre en casa.

Sonrió por un lado de la boca y se quedó un rato como cautiva en la melancolía.

–¿Tú has conocido alguna vez a un comunista?

–Sí, antes de la guerra. Entonces había muchos.

–¿Y cómo eran?

–¿Cómo eran? Pues gente normal, como todo el mundo.

–A mí me gustaría saber cómo son, cómo piensan.

–Querían repartir todo entre todos. Que no hubiera ricos ni pobres. Pero yo entonces era sólo una niña.

–Pues yo creo que el señor Rodó es comunista o anarquista. Seguro que tiene la maleta llena de papeles y de libros prohibidos. Podíamos mirar un día. Debe tener la llave escondida en algún sitio.

–Ni se te ocurra. Lo que tenga ahí guardado es sólo cosa suya.

–Y nuestra. A mí no me importa que sea comunista. Pero ¿y si lo descubren?

–Qué tontería. Todas esas imaginaciones te vienen de que siempre andas medio dormido y sueñas mucho. Gustavo es bibliotecario y ya está. Y olvídate de la maleta. Todos tienen derecho a tener sus secretos.

¿Había dicho Gustavo? ¿Se había referido a él así, por su nombre a secas? Mi madre, a la gente fina, le llamaba señor, o con el don delante. Por ejemplo, don Claudio, y eso que apenas tenía estudios. ¡Con qué desenvoltura, con qué intimidad lo había nombrado! De pronto tuve la sospecha, y enseguida la casi seguridad, de que eran amantes. ¿Cómo no haber caído hasta entonces? Aunque quizá sí, quizá lo había intuido pero no me había atrevido a razonarlo. Era un pensamiento que daba vértigo sólo asomarse a él. La miré por entre el fluir de la madeja: estaba serenamente atareada, y el movimiento del ovillo le ponía un leve ritmo en todo el cuerpo, en los hombros, en los senos, en las caderas. Me pareció muy atractiva, y que su madurez tenía como un último esplendor juvenil. Y también él era guapo.

–Es un tipo elegante, ¿no?

–¿Quién?

–El señor Rodó.

Ella hizo un gesto ambiguo, que lo mismo podía ser de conformidad, como de duda, como de indiferencia.

–¿No te parece guapo?

Me miró sin apuro, con una sonrisa que le venía de dentro pero que no le había llegado aún a los labios.

–No está mal.

¿Y cómo habría sido el proceso? ¿De qué habrían hablado y cómo habría ido variando el tono hasta llegar al susurro y luego al instante en que él se hubiera atrevido a tocarle una mano, a acariciarle el pelo, a besarla en la boca? ¿Qué signos propicios habría visto en ella para atreverse a tanto? Y luego, ¿dónde? ¿En la cama de él o en la de ella? Si en la de él, habrían tenido quizá que desocuparla de libros, los dos quitando libros, dejándolos precipitadamente en cualquier parte, trabajando en silencio, afanados, ansiosos, y con la maleta allí, negra y enorme, de testigo. ¿Y por dónde habrían proseguido después?

–Pero tú eres más guapo, Émil, dónde va a parar. Y tienes mucho mejor tipo –la sonrisa ya le había llegado a los labios, y había alzado las cejas para interrogarme burlonamente con los ojos.

Yo la miré un instante y volví a concentrarme en la madeja. ¿Y luego? Si estaban de pie (y cerré el ojo izquierdo para imaginármelo mejor), se habrían abrazado, primero con suavidad, caricias tontas de reconocimiento y gratitud, simulacro y anuncio de mortales contiendas, y después cada vez más descaradamente, sin vergüenza al deseo, y al final recreándose ya en la obscenidad, tomando posesión de lo ajeno, encarnizados en una lucha ya sin tregua ni ley. Más de una vez, cuando se ponía vestidos sin manga, yo había visto cómo de la penumbra de la axila se extendía la blancura un poco pálida que anunciaba los senos. Y aquel camino, ¿lo habrían recorrido los dedos ligeramente temblorosos y ávidos del señor Rodó? Y la mano de ella, rendida y presta a la menor insinuación. ¿Y luego, luego? ¿Cómo habría sido el gesto de quitarse las medias y todo lo demás? ¿Hasta ahí habrían llegado? Como un poco de humo bajando por las piernas, apenas nada, un rumor de seda y todo queda desvelado, lo grave y lo terrible se convierte en cosa alada y tenue, y ése es todo el misterio. ¿Así de fácil pues? ¿Ella entregada entonces, ofreciendo sin condiciones, así sin más, toda aquella negrura inviolable y secreta? A él se le habría caído enseguida el flequillo sobre los ojos, y todo el silencio y toda la oscuridad del piso, del inmueble, los habría rodeado para aislarlos y enmarcarlos en ese blando oasis de tinieblas. Como el topo, copulando ciego, copulando furioso, sucio de tierra en el laberinto que había construido precisamente para eso, para albergar un estremecimiento, el mísero afán de un instante.

–¿Qué piensas, Émil? ¿No te estarás durmiendo?

–No, qué va. Estaba pensando que ya pronto dejaré el taller. A lo mejor me sale un contrato para Japón o para América. Y, si me va bien, me quedaré allí un año o dos. Raimundo dice que ya pronto me sacaré el carné.

–Entonces no hay problema. Andando él por medio, el éxito es seguro.

–Pues en París él vivía muy bien, y ganaba mucho dinero.

–¿Y por qué se volvió entonces?

–Por Hortensia. Y por nostalgia. Pero él tenía allí un nombre. Yo he visto los afiches.

–Eso no es vida. ¡Tocar en un restaurante para divertir a los demás! Tú lo que tienes que hacer es estudiar y sacar una carrera y colocarte bien.

–La guitarra es tan difícil o más que una carrera. ¿Y qué se consigue además con una carrera? Ahí tienes al señor Rodó. Fíjate en la vida que lleva. De la pensión al trabajo y del trabajo a la pensión. Y siempre con esa maleta a cuestas.

–Ya salió otra vez la maleta.

–¿Y dónde vivía antes?

–En Barcelona. Y después en Valencia.

–¿Te lo ha contado él?

–Sí.

–¿Y por qué se vino a Madrid?

–No lo sé. Quizá porque la Biblioteca Nacional es lo máximo en su profesión.

–A lo mejor no trabaja en la Biblioteca Nacional.

–Y dale. ¿Por qué no le dices entonces que te invite a verla? A mí ya me ha invitado.

–¿A ti? ¿Y has ido?

–Yo no, pero tú podías ir. A ti te gustan mucho los libros.

–¿Y no tiene amigos ni familia?

–No se lo he preguntado.

–A lo mejor tiene novia, o mujer, y lo que guarda en la maleta son cartas de amor.

–A lo mejor.

A la madeja le iban quedando ya muy pocas vueltas.

–¿Y tú?, ¿tienes ya novia?

–¿Y de dónde iba a sacar yo tiempo para tener novia?

–Para el amor siempre se saca tiempo. Y, si no, se inventa. No sé por qué pero creo que estás enamorado. Se te nota mucho, Émil.

–¿A mí? Qué tontería. ¿Y en qué se me va a notar?

–En la cara, en la voz, en lo poco que comes, en la manera de mirar. Y en que últimamente se te ha quitado un poco el sueño aquel que tenías a todas horas.

Sólo en ese instante me di cuenta de que, al imaginarme a mi madre con el señor Rodó, había estado pensando también en Adriana y en mí mismo. Me quedé con los brazos abiertos y vacíos, mientras mi madre remataba el ovillo.

–¿No dices nada, Émil?

Yo aproveché la postura para hacer un gesto abrumado de contrariedad.

5

Pocos días después me llamó Raimundo y me citó a la salida del taller porque tenía algo muy importante que decirme.

–O mejor dicho, primo, dos cosas –puntualizó nada más verme–. Pero no sé por cuál empezar. Una tiene que ver con el arte y otra con el amor. Te las diré las dos a un tiempo: me ha salido una gira y las cosas con Hortensia no me van nada bien. Creo que sospecha que no trabajo de chapista ni estoy ahorrando para el matrimonio. Lo noto en sus cartas, noto que está pasando algo terrible. Algo que sólo de pensarlo se me ponen los pelos de punta. Te cuento esto para desahogarme, pero también por lo siguiente. ¿A ti no te gustaría ya debutar, tocar en público, salir de gira y mandar a hacer puñetas el taller?

–Ya lo creo que sí.

–Pues hazte la idea que eso está hecho. Estoy en tratos con un empresario, un tal Rives, un tipo joven y emprendedor, ya lo conocerás, que está formando una gran compañía para hacer una turné por toda España. Y nos va a contratar a los dos.

–¿A mí también?

–También. Le he hablado maravillas de ti.

–Pero, si yo no tengo todavía el carné de profesional ni sé acompañar bien...

–Nadie nació sabiendo. Y además tú vas a tocar como los propios ángeles, tú vas a ser solista, y así es como uno aprende y se foguea. Y, respecto a lo de Hortensia, ya te lo contaré si hay tiempo y ocasión. Y ahora vamos a un sitio que quiero que conozcas, el Hogar del Artista, que es donde tenemos, tú y yo, una cita con Rives.

El Hogar del Artista estaba en una callecita cercana a la Plaza Mayor y era un local sombrío instalado en un sótano: una barra hecha con cuatro tablas sin pulir y pintadas burdamente de verde y una sala con mesas y sillas de tijera. Todo pobre y desangelado, y con sólo unas estufillas de alambre, el suelo de losetas rotas, débil y fría la luz de las bombillas, sordos y precavidos los pasos que por una escalera empinada y lóbrega bajaban hasta allí.

–Te parecerá poca cosa, primo, pero este lugar, aquí donde lo ves, tiene su historia y su importancia –dijo Raimundo, y dio un sorbito de coñac–. Aquí vienen a veces artistas consagrados, que son los que con sus donativos mantienen el Hogar, y representantes y empresarios y aficionados ricos que contratan a unos y a otros para fiestas privadas, donde no pagan mal. Aquí me han salido a mí muchos bolos y galas. Porque éste es un lugar de encuentro y mercadeo. Pero, sobre todo, aquí se da cita la antigua bohemia. Artistas que, por lo que sea, no despuntaron, y otros que, después de triunfar y llegar a la cima, se despeñaron y cayeron en el más negro olvido. Artistas pobres que aquí tienen un sitio donde defenderse del frío y atizar la llama de su arte. Porque, quien ha sido artista, quien una vez ha probado las mieles de la inspiración, ya será artista hasta la muerte, y cualquier otro oficio le será siempre amargo. Y quien ha sentido en las carnes el calorcillo de los focos, ése tendrá ya frío para toda la vida, y no habrá lumbre que pueda calentarlo, salvo la del recuerdo y el halago. Mira a aquel de allí –y señaló a un hombre, todavía joven, que estaba solo en un extremo de la barra–. Ése es un gran guitarrista. Ése recorrió todo el mundo con las mejores compañías. De él dijo El Niño Ricardo que, en toda España, era el guitarrista con más cabeza después de él. Y es verdad. Compone sus propias variaciones, y las enhebra de tal modo que unas llevan a otras, formando un todo armónico. Tiene un gran repertorio, propio y ajeno, y ése sería un buen maestro para ti.

–Y, si es tan bueno, ¿por qué está aquí y se le ve tan triste?

–Porque poco a poco fue perdiendo la vista y ahora es ciego total, y así lleva ya cinco o seis años. Vende cupones y da clases particulares. Y forma parte de una rondalla de ciegos. Con todo lo que sabe, y ahí lo tienes, haciendo sólo el chunchún del acompañamiento. Y para que veas tú lo que es el mundo. ¿A que no adivinas cuál es el recuerdo más claro y puro que conserva? No es un secreto, él mismo lo va diciendo por ahí: el del coño de una novia que tuvo. Dice que ese recuerdo se va comiendo a todos los demás. ¡Y mira que ha viajado y ha visto mundo y ha conocido gente! Pues todo se le va borrando menos eso. Para que veas, primo, la fuerza del amor, y cómo el tiempo cura con sal el ansia de vivir. Y ahora fíjate en aquel otro –y señaló a un hombre ya muy viejo, y muy gordo, que llevaba un cajón sujeto al cuello con una correa pringosa y que estaba sentado con las piernas muy abiertas y los puños clavados en los muslos con cierto empaque de caballista jerezano. Tenía la cara y las manos hinchadas y un poco amoratadas, y también los pies, porque calzaba unas alpargatas sin cordones y muy dadas de sí.

–Ése es don Antonio Abril, el Abrileño, y es uno de los mejores cantaores de la historia de España. Domina todos los cantes, y en la malagueña no hay quien le haga sombra. De él se ha dicho que es una enciclopedia. Ése se codeó con Caracol y con Mairena. Pero no grabó nada, sólo una cinta donde se le oye muy confuso. De modo que no quedan pruebas de su arte. Pero los que lo oyeron hablan de él y no paran. Luego, hace ya mucho tiempo, perdió el fuelle y la voz. Y ahora canta que ni se le oye, como si esbozara, pero en ese poquito conserva la esencia de su arte. ¿Ves? Vive a expensas de ese cajón. Vende tabaco, gasolina, piedras de mechero, regalices, condones, imperdibles y otras cosas así. Y sólo bebe Coca-Cola –y era verdad, porque tenía delante de sí, intacta, solemne y dramáticamente vertical, una botella de Coca-Cola–. Luego, cuando haya ocasión, acércate a él, cómprale tabaco, invítalo a algo, gánate su voluntad. Puede enseñarte muchas cosas, porque del cante y su acompañamiento lo sabe todo y más. Y llámale siempre don Antonio.

Echó otro trago de coñac y esperó a que sus palabras se asentaran bien en el silencio. Había otros hombres, en la barra, en las mesas, y yo pensé que todos tendrían alguna historia heroica y triste que contar. No sé por qué, me imaginé allí a Raimundo, ya viejo pero igual de elegante y charlatán que ahora, evocando el pasado con la misma fe y la misma pasión con que solía hablar del futuro.

Luego se quedó absorto.

–Si las cosas van bien... –dijo en un tono errático–. ¿Sabes lo que te digo, primo? Mientras llega y no llega Rives, voy a serte sincero. Esta gira es casi mi última esperanza. Para qué nos vamos a engañar.

–¿De qué esperanza hablas?

–De vivir con Hortensia sin renunciar a ser artista. A eso es a lo que aspiro, a unir el arte y el amor.

–¿Y eso es tan difícil? ¿No le has dicho todavía...?

–Qué va. Ella cree que sigo en el metal. Y no le he dicho nada, primero porque ella no lo iba a comprender, y luego porque todavía no puedo ofrecerle un porvenir digno como artista. Pero ella ya sospecha algo. Ya en París empezó a sospechar. ¿Por qué crees tú que me vine yo de París cuando estaba en la cima del éxito?

–¿Por ella?

–Por ella. Por sus cartas –y se le desmayó un poco la voz y la boca se le chafó en una mueca de amargura–. Porque tú no sabes todavía, Emilio, lo que puede la voz de una mujer. Qué lejos llega y con qué fuerza llama.

Y entonces pidió otra copa de coñac y me contó aquella parte de su vida. Cuando vivía en París, cuando había logrado ya sus primeros éxitos como artista y como seductor, empezó a recibir cartas de Hortensia en un tono ligeramente distinto del habitual. Cartas escritas en un tono alarmado de súplica, cada vez más apremiantes y dolidas, hasta que de ellas se fue levantando un lejano clamor. Le decía que aquella ausencia iba siendo muy larga, que Francia iba quedando ya muy lejos, que lo dejase todo y regresara con urgencia porque sólo él podía poner remedio a un mundo que amenazaba ya con el desorden y acaso pronto con la ruina. Y, en efecto, pronto las cartas derivaron hacia una larga relación de pequeñas catástrofes. Un día aparecieron goteras en los techos, el viento una noche tronchó el laurel y desquició una puerta, los murciélagos habían anidado en el desván, no llovía desde hacía muchos meses, los pozos se secaban, las gallinas habían dejado de poner, a ella le habían salido llagas en la boca, la leña ardía mal y la lumbre se malograba y no hacía brasa, el jazmín moría sin florecer.

Alguna vez yo he intentado imaginarme esas cartas, cartas sencillas escritas en claro lenguaje castellano, con alguna frase trémula de temor o de enojo, con algunas transparencias vagamente empañadas de niebla, y la sombra ominosa de cualquier laconismo trivial, y el leve acento indignado de la pureza que exige ser corrompida para ofrecer su mejor fragancia y convertirse para siempre en futuro. Y alguna vez me ha parecido oír esa airada voz que llega de lejos, esa voz débil e incesante atravesando la península, la letra elemental y torpe exigiendo, como una Penélope incansable en su letanía, la vuelta del varón.

–Me decía que dejase ya de recorrer tierras, que me olvidase de la ferretería, que volviese, aunque sólo fuera para arar y segar, para arrancar jaras y esquilar ovejas como siempre había hecho. Para hacer una lumbre donde pudiéramos calentarnos los dos. Yo le decía que esperase un poco, que no quería volver con las manos vacías; prometía un capital, un oficio, una casa, un porvenir mejor.

Y otra vez ella, la voz monótona y fatídica, cartas que eran ya monólogos y que no se cansaban de enumerar desastres y, debajo, latiendo apenas, casi inaudible aún, el son de una amenaza que Raimundo no supo percibir.

–Y luego, no sé cómo, las cartas empezaron a ser otras. ¿Cómo podría explicártelo? De pronto todo volvía a ir otra vez bien. Eran cartas frías, técnicas, como los dictados de las escuelas. Y a veces tardaban en llegar. La caligrafía incluso era distinta. Ya no escribía con tanta aplicación en el trazo, y la letra le salía de cualquier forma, y costaba entenderla. Y lo que allí decía, es que todo iba bien. Todo como la seda. Me contaba que hacía muy buen tiempo. Que por la noche caían unas lluvias largas y mansitas. Que había una salamandra en el pozo. Que se había cambiado el peinado; ahora llevaba el pelo corto como los muchachos. Que se había hecho un vestido azul. Que las uvas estaban saliendo ese año muy dulces. Que daba gusto sentarse a la lumbre con las primeras tardecitas de otoño. Y todas las cartas estaban llenas de ese tipo de cosas tontas y de puro relleno. Y ya no hablaba de mí, de nosotros, de nuestro futuro, sino del otoño, de su pelito corto, de su vestido azul, de la salamandra, de una avispa que pasaba volando, de lo feliz que ya empezaba a ser conmigo lejos, y no en París o donde fuera, sino en ninguna parte. No hay nada peor, primo, que la indiferencia de la mujer. Con aquellas cartas, ella crecía y se daba a valer cada vez más. Y yo, con todo mi éxito y mi seducción, viviendo en el centro del mundo, me veía ya chico y despreciable. Y entonces me entró una especie de vértigo y empecé a comprender. Muy poco a poco empecé a comprender. Porque lo peor de las cartas no era lo que decían, sino lo que callaban y se cuidaban tanto de callar. Y una mañana verás lo que pasó. Era domingo y yo me puse a andar, pensando en todo aquello, y cuando quise darme cuenta estaba junto al Sena. Era temprano y apenas había gente. Así que me asomé sin miedo y vi pasar el agua, y unos gansos, y luego una barcaza donde había una mujer de rodillas que lavaba en un barreño y tenía un niño al lado. ¿Y sabes lo que me pareció? Fue una visión extraña, la más rara que he tenido en mi vida. Digna de Federico García Lorca. Me pareció que la mujer estaba lavando las tripas del niño, que se las había quitado para lavarlas y que por eso se esmeraba tanto en refregarlas y dejarlas bien limpias, y que luego las iba a tender en una cuerda al sol. Me dio pena y envidia de los dos. Y luego vi pasar una canoa con deportistas, remando todos a la vez. Y de repente todo era muy fácil. Nadie iba a tirarme al agua. Yo podía ir y venir sin miedo por toda la ciudad. Estaba junto a un puente y no tenía más que cruzar. ¿Y qué crees tú que hice?

–No sé. ¿Cruzaste?

–Qué va. Y no lo crucé porque de pronto comprendí, y al comprender me llené de un miedo como no lo había sentido nunca. Yo oía pasar el agua, y oyéndola empecé a escuchar un runrún, algo que estaba en las cartas de Hortensia y que no se nombraba y que hasta entonces yo no había percibido. Fue como escuchar de noche pasos en tu propia casa. Y aquel ruido se iba haciendo cada vez más fuerte en la cabeza, hasta que al fin no pude más, eché casi a correr, hice el equipaje y esa misma noche me volví para España.

En el silencio que siguió quedó como agitándose el fondo turbio de la historia, de algo que yo quería entender pero que se me escapaba a cada instante. Me pareció que hacer preguntas era romper el prestigio de los sobreentendidos entre hombres. Luego, la historia se disgregaba en sucesos que quedaron también a medio contar. Habló vagamente de los días en que fue a ver a Hortensia disfrazado de menestral: suplicó, protestó, prometió, amenazó, y logró que aquella voz primero débil e indignada y después distraída y terrible se sosegara al fin, y hasta consiguió convencerla (yo me imagino su elocuencia, la voluntad hecha fuego en sus ojos azules, la apología de un futuro cuyo esplendor estaba ya intacto en las promesas) para venirse otra vez a Madrid a trabajar de chapista sólo unos cuantos meses, sólo lo que tardase en juntar el dinero que les faltaba para la casa o la finquita de secano, para casarse y fundar un hogar en el que envejecer en orden hasta el fin de los tiempos. Ése fue el pacto, ésa fue la promesa.

–Pero yo me vine con la esperanza de triunfar en el arte. Necesitaba otra oportunidad. Y ahora, ya ves, me he gastado los ahorros que traje de París y no tengo nada que ofrecerle. Y el plazo se ha cumplido y las cartas vuelven a ser frías y como ajenas, y ahora me habla de que ya empiezan a florecer las jaras, los almendros, de lo bonita que viene ya la primavera. Y yo vuelvo a oír en sus cartas el runrún de fondo, oigo todo lo que ella se calla, los pasos en la oscuridad, y otra vez me ha entrado el horror a perderla, a que se vaya con otro y me abandone, a que ya el otro haya entrado en su vida, pero también el miedo a abandonar yo el camino del arte sin haber tenido ocasión de demostrar mis méritos.

Así que la gira era el último intento de triunfar como artista. Si todo salía bien, como esperaba Rives, actuaría por toda España en cines y teatros, en la radio, y en la televisión, y se haría un nombre, le saldrían más contratos, tendría un caché, y entonces sí, entonces se lo confesaría todo a Hortensia, y ella lo aceptaría, y aquél sería el fin del eterno conflicto entre el amor y el arte.

6

Estuvimos un rato callados, como si velásemos el cuerpo presente de la historia recién contada. En su mesa, el Abrileño permanecía impasible, con su cajón al cuello, ante la botella intacta de Coca-Cola, y en la barra el guitarrista ciego seguía de pie, inmóvil, absorto acaso en sus recuerdos. Y así estuvimos hasta que al fin apareció Rives. Era un tipo bajito, con las piernas cortas, casi de enano, todavía joven, que traía un gabán y una bufanda que le daban el aspecto de un náufrago con restos de algas y de ovas salobres y de otros desperdicios. Pero lo que más me llamó la atención en él fueron sus zapatos, sucios y anchados por el uso, con las punteras bizcas, y refuerzos metálicos en las suelas, y que hacían mucho ruido al andar. Entró saludando a todos con un gran derroche de labia y mundanía. Para todos tuvo alguna frase, algún gesto festivo. Traía bajo el brazo una cartera de charol.

Se sentó con nosotros, pidió una caña, y al rato ya estaba hablando de sus actividades como empresario y como artista. Porque él era ante todo un artista. Ésa era en el fondo su verdadera vocación. Se llamaba Beltrán Rivas, pero había abreviado rumbosamente a Rives, y bajo ese nombre, había trabajado con Antonio Molina, y con Pepe Pinto, y con otros, en multitud de óperas flamencas. Le trajeron la caña. La tomó con dos dedos, se la acercó a la boca, hizo trompeta con los labios y sorbió un poco la orilla, como si se fuese a escaldar. Y siguió hablando. Hablaba de sí mismo como de un sueño y me costó descubrir en qué consistía exactamente su arte: era charlista andaluz. Entre número y número, como luego supe, salía a escena y contaba chascarrillos y chistes, y hacía monólogos en un tono chusco de sainete, y a veces cerraba su actuación con un fandango cómico. Pero él se presentó a sí mismo como actor y rapsoda. De hecho, era poeta, no de pluma y papel, sino improvisador. Repentizaba romances y quintillas sobre el tema que propusiera el público, por difícil que fuese.

—Aquí mi primo es también medio poeta —aprovechó la ocasión Raimundo—. Y yo tengo un número que se llama precisamente *Rapsodia lorquiana*, donde alterno el cante con la recitación. Con él arrasaba en París, ¿no es verdad, primo?

Luego, se había hecho empresario. No por ánimo de lucro, él era un idealista, sino porque el arte necesitaba que alguien le diera un nuevo impulso. Su discurso cobró un tono apasionado de revelación. El flamenco, y la copla, y los espectáculos y variedades en general, se habían anquilosado. Todo era antiguo y siempre igual. Las compañías languidecían en la costumbre. Y sin embargo los tiempos estaban cambiando. Se percibía en el ambiente el cansancio de lo viejo. El público ansiaba novedades, otras caras, otros estilos, otros nombres. La época toda estaba exigiendo un golpe de timón. Renovarse o morir, ése era el lema.

Raimundo escuchaba embelesado. «¿Qué te decía yo?», me dijo eufórico en una pausa del discurso. Rives hablaba, en efecto, con un convencimiento y una autoridad de visionario a los que había poco que oponer. Se veía que había contado muchas veces lo mismo con palabras iguales. Vivíamos en el umbral de una edad de oro. Las mentalidades iban siendo otras, y ya no se aceptaban los usos corrientes, ni el arbitrio de la tradición. Ésta era una sociedad dinámica, y sólo estaban llamados a sobrevivir los que mejor se adaptasen al cambio. En poco tiempo, y salvando a figuras ya clásicas, quien no se modernizase, moriría sin remedio. «De la noche a la mañana se quedará ob-so-le-to», lo dijo así, sílaba a sílaba, y entonces Raimundo, al escuchar esa palabra nunca oída, se volvió hacia mí y me miró dramáticamente, con los ojos húmedos de gratitud y de emoción.

Rives, consciente de la trascendencia de sus palabras, se concedió una pausa de expectación antes de proseguir. Era más viejo de lo que me había parecido al principio. Tenía arrugas profundas en el rostro, la piel marchita, y un aire general de deterioro del que participaban activamente el traje de franelilla azul, la camisa, las peladuras de la cartera de charol. Dio otro sorbo a la caña antes de proseguir. Su idea era tan simple como audaz: se trataba de encontrar caras y nombres nuevos y lanzarlos al estrellato, y qué mejor para empezar que reclutarlos entre las jóvenes promesas que participaban en programas de radio para debutantes. Ésa sería la base. Yo había escuchado alguna vez esos programas. Se daban en directo, con público, y estaban patrocinados por cacaos solubles o fábricas de muebles, y se titulaban algo así como *Las nuevas estrellas de la canción*, *Salto a la fama* o *La ocasión de tu vida*, y había un poco de todo: cantantes, recitadores, instrumentistas, silbadores, imitadores, hacedores de ruidos, bailarines, memorillas, o gente que tuviera cualquier habilidad.

«Esos programas se oyen mucho», dijo Rives, «y esos jóvenes y niños prodigios tienen ya un nombre en los pueblos de España. De hecho, son estrellas en ciernes. Se trata por tanto de aprovechar la audiencia, que está ahí, disponible, ansiosa de ver en vivo a sus artistas favoritos.» Y el espectáculo se llamaría, y alzó una mano y con dos dedos dibujó una franja en el aire, *Los Nuevos Ídolos*, y debajo, y dibujó otra franja, *Modernidad frente a Tradición*. Ya tenía apalabrados a algunos de esos jóvenes, y había ideado la escenografía, la promoción y la intendencia. Habría un autobús, y la compañía estaría preparada para salir de gira antes de un mes. Había conseguido ya algunos contratos, y palmeó la cartera como prueba de veracidad. Recorrerían casi toda España, y al final, cuando la compañía fuese ya famosa, vendrían a Madrid y actuarían en el Teatro Calderón o en una gran matiné en el Circo Price, con la radio en directo. No descartaba incluso hacer una película cuyo argumento fuera precisamente la gira de Los Nuevos Ídolos por España, con las canciones de más éxito, y la historia de los artistas más destacados, desde el anonimato hasta la consagración.

Yo lo observaba intentando calcular el valor de sus palabras, la cantidad de verdad, o de simple sinceridad, que podía haber en ellas. Pero siempre me encontraba con aquel acento apasionado, que resultaba opaco para lo que no fuese la adhesión o el rechazo. Me di cuenta de que la boca se le vertía por una de las comisuras, en tanto que la otra apenas se le dibujaba, y quizá por eso daba la impresión de que hablaba con un cierto tono de burla. Pero no: hablaba muy en serio, y todos los accesorios del discurso (los gestos, las pausas, los sorbos de cerveza) formaban parte de la seriedad. Dinero, eso sí, y abrió y extendió lealmente una mano ante nosotros, de momento habría poco. O mucho, eso era imprevisible. Se cobraría según taquilla, al menos hasta que se consolidara el espectáculo. Cuestión menor de cualquier modo, si se comparaba con un proyecto que estaba llamado a revolucionar el panorama artístico en España.

Por lo que deduje luego, la gira estaba abierta a todo el mundo. Si hubiera leído a Kafka por entonces, habría sabido que aquélla era una variante menor del Teatro Integral de Oklahoma.

–Eso, por fuerza, tiene que ser un éxito –dijo Raimundo, y dio una palmada en la mesa.

–No puede ser de otra manera –dijo Rives–. Vivimos nuevos tiempos. Cunde el turismo, las costumbres son otras, la industria aflora por doquier, la emigración ha extendido los límites del Sur, hay dinero por todas partes, y muchas ganas de vivir. Éste es el momento justo para ofrecerle al público lo que está demandando: nuevos mitos en los que se reconozca, y vea y celebre las señas de la modernidad.

Me pidió el nombre y lo apuntó en una libretilla.

–Quedas contratado –dijo. Raimundo pidió otra ronda para hacer un brindis.

Se oyó entonces la tos cavernosa del cantaor. Raimundo se volvió hacia él:

–¡Don Antonio, permítanos que le invitemos a lo que usted guste!

–En ese caso, y por no despreciar, haré una excepción y tomaré una copita de aguardiente.

–¡Por Los Nuevos Ídolos! –brindó Raimundo.

–¡Por la modernidad! –remachó Rives.

Cuando salimos, estaba lloviendo. Nos subimos el cuello del abrigo y caminamos encogidos hacia la Puerta del Sol.

–¿Qué te ha parecido Rives? ¿No es un genio?

A mí me había parecido sólo un charlatán, alguien que, como Raimundo, vivía del merodeo en torno al porvenir. Y ahora comprendí por qué Raimundo lo respetaba y admiraba tanto. Los dos pertenecían a un género de artistas del que ya iba conociendo yo a algunos prototipos: gente que había sublimado cierto vislumbre estético sin lograr apenas darle forma, y cuya capacidad para sentir y apasionarse excedía con mucho a su talento artístico.

–¿Qué te ha parecido?

Le dije que aquella gira me parecía un poco confusa. Demasiada gente, demasiada palabrería, demasiada euforia, demasiada improvisación.

–No sé si saldrá bien.

–¿Y por qué no? ¡Qué pesimista eres, primo! ¡Y qué triste! Ya has oído: vivimos tiempos buenos para el arte. Con un poco de suerte, uno puede hacerse un sitio en el escalafón. Triunfar. La gente pide caras nuevas. Siempre ha sido así: unos llegan y otros se van yendo.

–¿Y si no sale bien?

–Saldrá.

–Pero ¿y si no?

Me agarró del brazo y nos paramos bajo una marquesina.

–Entonces iré a ver a Hortensia y le daré a elegir, y si no me acepta como artista, seguiré adelante yo solo y volveré a intentarlo. Yo no quiero ser ni metalúrgico ni campesino.

–Yo tampoco mecánico.

–Así me gusta oírte. Lo primero es el arte. ¿Nómadas hasta la muerte?

–Sí...

–Pues entonces ya está. Y ahora vamos a hacer una paradiña en un sitio que yo me sé, y allí seguimos hablando de lo nuestro y brindamos otra vez por la gira.

1

Eran ya los primeros días de primavera. Por el ventanal entreabierto del salón entraba una brisa fresca perfumada de hierba que hinchaba los visillos y a veces los ponía a tremolar como banderas.

–Prométeme que vas a ser sincero conmigo.

–Te lo prometo.

–Y que vas a contármelo todo. Tengo mucha curiosidad por saber qué te pregunta don Osorio cuando regresas al taller. Qué te pregunta él y qué contestas tú. Porque te sigue interrogando, ¿no?

Estábamos sentados uno enfrente del otro, cada cual con su guitarra, pero olvidados hacía rato de ellas.

–Sí, siempre anda preguntándome cosas.

–¿Y qué te pregunta? Pero, espera, déjame adivinarlo. ¿Ha ido bien la clase? –remedó la voz de tiple de don Osorio–. ¿Se ha portado bien doña Adriana?

–¿Habéis aprovechado bien el tiempo? ¿Habéis tocado juntos y a compás?

–Juntos y a compás. ¿Ves? Eso lo dice con doble intención. Y también lo de aprovechar bien el tiempo. Don Osorio es como los comerciantes, siempre despacha unos gramos de más. ¿Y no te pregunta por mí, cómo iba vestida, cómo llevaba el pelo, y ese tipo de cosas?

–¿Y estaba arreglada y perfumada o iba todavía en bata y con el pelo en greña?

–No me fijé bien, don Osorio, creo que iba arreglada pero no recuerdo los detalles.

–Eres un mentiroso. Yo sé que te fijas en mí en cuanto abro la puerta. A veces siento tu mirada casi físicamente, como la mano negra cuando era niña y atravesaba un sitio a oscuras. ¿Y él se lo cree?

–Pero, ¿estaba especialmente guapa? ¿Más guapa que otros días? ¿Notaste algo especial en ella? Piénsalo, chaval, antes de responder.

–Y tú entonces te encoges de hombros y te hueles las manos –y me cogió una mano y la olió–. Así –luego la guardó y abrigó entre las suyas–. Como si lo viera.

–Nada especial. Igual que siempre.

–¿Siempre está guapa entonces? ¿Te parece que es guapa a todas horas y en cualquier circunstancia?

–Sí...

–Ay, no lo dijiste muy convencido.

–¿Y cómo iba a decirlo?

–Sí, tienes razón, ella está guapa siempre. Si se lo propusiera, podría volver loco a cualquier hombre. Tiene una carita de niña y un cuerpo de ensueño, y ella lo sabe, y además sabe cómo lucirlo y ser provocativa sin perder la inocencia. ¿Tan mal observador eres que no te has fijado ni siquiera en eso? ¿Es que no ha despertado también en ti algún mal pensamiento? Puedes decirlo libremente, chaval, que yo no me voy a ofender por eso. Al revés, me sentiría orgulloso. Y a ella también le gustaría saberlo. Le vendría bien para los nervios.

–¿Y tú qué le dijiste? ¿Pusiste cara de ofendido?

–Y también de sorpresa.

–¿Y qué le contestaste?

–No sabía qué decir. Luego creo que le dije: «Doña Adriana es muy seria, muy formal».

–Y tienes razón, en eso no mentiste. Soy una mujer seria y formal. Nunca le he sido infiel a don Osorio, ni siquiera de pensamiento. Por lo menos hasta que apareciste tú.

–No te fíes de las mujeres, chaval. Son de por sí livianas y cambian de orientación al menor viento. Su lealtad no es mucho más resistente que la membrana que guarda su pureza. Como los niños con la arena, así construyen ellas su fortín de palabras. Lo hacen bien alto y a conciencia y con la idea de que perdure siempre, pero basta con un golpe de audacia para que toda su obra se desbarate en un instante, sin oponer más pleito que un suspiro, y sin más garantía que una promesa. Un golpe de audacia, chaval: ése es el precio de la rendición.

–¡Qué gran orador es don Osorio! Debe ser porque de niño estuvo en el seminario. Ya podías aprender de él, tú que eres tan callado y tan tímido –me dio un beso en la mano y la volvió a esconder entre las suyas–. ¿Y qué más te dijo? Cuéntame.

–Y ella es tan joven y yo voy siendo tan viejo... No sé si comprendes, chaval, lo que quiero decirte.

–¿Y tú lo comprendiste?

–No sé, es todo muy extraño. ¿Cómo se puede comprender eso?

–Te está animando para que me seduzcas. Para que seas audaz y me pongas a prueba. ¿No te lo conté ya? Él es una persona trágica, y si no sufre no es feliz. Y con la religión le pasa lo mismo, siempre anda en lucha con Dios y con la fe. Disfruta torturándose y viviendo en peligro. Sólo cree en lo que sospecha, y se enardece con lo inseguro, y se alimenta de dudas como otros de ilusiones. Ni tú ni yo podremos nunca comprenderlo del todo. ¿Y qué otras cosas te pregunta?

–No lo recuerdo bien. A veces me hace preguntas tontas mientras me mira fijamente.

–Eso es que en ese instante te está leyendo el pensamiento, adivinando lo que callas. Y a través de ti, me ve a mí. Y al revés: cuando me pregunta y me mira a mí, es a ti a quien está viendo y escuchando. Él es un gran psicólogo.

–Pero, ¡eso son fantasías tuyas!

–No creas. Él lo adivina todo. Aquel día, por ejemplo, cuando me diste un beso. ¿Por qué me besaste? ¿Cómo te atreviste a hacerlo con lo timidito que tú eres? Soy la mujer de tu jefe.

–No lo sé, fue algo de repente, como una inspiración.

–Pues seguro que él ya lo ha descubierto. O por ejemplo eso de que yo he despertado en ti malos pensamientos. ¿Es verdad que los he despertado?

–Para eso no hace falta ser adivino.

–Pero, ¿te los despierto de verdad?

–Qué tontería. De sobra sabes tú que sí.

–¿Y te parece que tengo un cuerpo de ensueño? ¿Te gusto mucho? Dime la verdad.

–De verdad que mucho –dije como un eco, y moví la cabeza para expresar lo incalculable–. Estás más guapa cada día –y era cierto, porque sin saber cómo iba surgiendo en ella la belleza y la gracia que yo no había advertido del todo al principio pero que sí había visto luego en las fotos de hacía dos o tres años. Estaba dejando de ser la doña Adriana de los primeros días para convertirse otra vez en la muchacha prodigiosa que en realidad era. Pero yo no sabía aún si ese cambio era real o se trataba sólo de un espejismo del amor. Yo no sabía en qué mundo extraño estaba empezando a extraviarme.

–¿Y yo? ¿Crees que también tú me inspiras a mí pensamientos prohibidos?

–No lo sé. Cómo voy a saberlo.

–Pero ¿te gustaría que me pasara?

Muy lentamente dije que sí con la cabeza, poniendo el alma en aquel gesto.

–¿Sí? ¿Te gustaría que le fuese infiel a don Osorio? ¿Y que quebrara los juramentos que le hice ante el altar? ¿Es eso lo que quieres?

–Es que no se trata de ser infiel a alguien. No es eso, la pregunta no es ésa.

–¿Ah, no? ¿Y cuál es entonces la pregunta?

–Se trata sólo de ser fiel a lo que uno siente.

–Y, según eso, ¿tú crees que nosotros podríamos convertirnos en amantes?

–¿Por qué no? –y me salió una voz desmayada y sin timbre.

–Porque don Osorio nos descubriría enseguida. Te miraría y lo leería en tu cara. Y luego lo leería en la mía. Nada más entrar en casa, lo notaría en el aire. Después me diría –y remedó su voz–: «¿Qué has aprendido hoy, nena?». Y yo tocaría para él, y en el temblor de mis dedos y en la propia música él tendría la prueba de mi traición. Tú no le conoces. Nosotros somos para él como niños. Para él, se nos transparenta el alma en las palabras y en los gestos. Fíjate que hasta tengo la impresión de que él está aquí en este momento, oyendo todo lo que decimos y viendo lo que hacemos.

Era absurdo, pero aquellas palabras me impresionaron, porque había algo de horriblemente verosímil en ellas.

–Eso es el miedo, que te hace creer que tú misma te vas a delatar –y entonces me di cuenta de que estaba hablando en susurros, y de que también ella había hablado muy bajo, como si efectivamente alguien pudiera oírnos–. Pero, sobre todo, no debes sentir culpa. Porque el miedo viene de la culpa.

Adriana me soltó la mano y abrió los ojos llena de estupor.

–¿Es que tú no te sientes culpable?

–Yo no.

–¿Ni te importa entonces traicionar a tu novia?

–Es que, en realidad, yo no tengo novia.

–¿Cómo que no? Tienes novia y se llama María. Tú mismo lo dijiste.

–Me la inventé. Don Osorio me hizo algunas preguntas extrañas y luego de repente me preguntó si tenía novia. Y entonces yo le dije que sí.

–¿Y por qué?

–¿Cómo explicarlo? Pensé que era..., no sé, que era marica.

–¿Don Osorio marica? –se quedó tan asombrada que miró alrededor buscando testigos con los que compartir su admiración. Tenía la boca y los ojos muy abiertos y se notaba que de un momento a otro iba a echarse a reír–. Nunca había oído nada tan absurdo y, en cierto modo, tan gracioso –y se llevó una mano a la boca para contener la carcajada. Luego se puso bruscamente seria y su tono de voz se hizo evocador–. Él es un hombre muy delicado, es cierto, y de una gran sensibilidad, pero a la vez es el más varonil y ardiente que puedas figurarte. ¿Cómo pudiste pensar eso de don Osorio? ¿Por qué eres tan injusto con él?

–¿Yo? ¿Dónde está la injusticia?

–En eso, y en que no tendrías escrúpulos en traicionarle.

–¿Y por qué iba a tenerlos?

–Porque es tu jefe, y porque tú y yo estamos aquí juntos por él, por su benevolencia. Él nos ha unido y él si quiere nos puede separar. Y ¿así y todo te atreverías a traicionarle?

–Peor es traicionar los sentimientos de uno. No sería una traición –dije enérgicamente pero sin levantar la voz.

–Sería una traición. Y entonces tendría razón don Osorio. Quedaría demostrado que soy una mujer liviana. Y pérfida. En cuanto me pone a prueba, me precipito en la infidelidad.

Entonces se levantó, tiró la guitarra sobre el sofá y se fue, retorciéndose las manos, al otro extremo del salón, junto a los visillos tremolantes de brisa. Se quedó mirando tristemente a la calle. Llevaba unos pantalones negros y un suéter rojo, todo bastante ceñido, y había quebrado un poco la cadera para hacer más cómoda y perdurable la contemplación, y su figura tenía una gracia y una levedad maravillosas, y estaba completamente inmóvil, enmarcada por el ventanal y con los visillos moviéndose alrededor, y a mí me sugirió a una antigua sirena añorando los mares. O a la mujer pantera su perdida condición selvática.

–Además, yo no sabría cómo ser infiel –dijo sin moverse, apenas un susurro dirigido al auditorio pasmado de su propia conciencia–. Aunque quisiera, no sabría cómo hacerlo. Yo no tengo experiencias. Yo sólo he conocido a un hombre en la vida y él me ha enseñado todo lo que sé. ¿O te creías que yo he conocido a muchos hombres? –y se volvió furiosa hacia mí, con un acento encrespado en la voz–. ¿Tengo yo cara de mujer infiel? ¿Te parece que soy una mujer fácil, como también cree él?

–Yo no he dicho eso. Yo sólo he dicho que no hay que traicionar al corazón.

–¿Y qué sabes tú de las cosas del corazón? –dijo con desdén.

Todo aquello me pareció un poco teatral, pero no lo pensé en el mal sentido de la palabra sino que, al contrario, me sentí conmovido por la destreza y la solicitud con que la vida era capaz de concentrar toda su dispersa complejidad en un instante de elocuencia. De pronto me pareció que la vida se había convertido en una pequeña obra de arte. Así que yo también me levanté, supongo que obligado o inspirado por la intensidad del momento, y por toda la experiencia sentimental adquirida vagamente en el cine, y por la pura intuición romántica de una juventud todavía primeriza pero ansiosa ya de forjarse un carácter. Me levanté con una cierta solemnidad, dejé con cuidado la guitarra en la silla y di unos pasos erráticos, no tanto para avanzar como para destacarme y remansarme gentilmente en un espacio que algo tenía de escénico, lleno de supersticiones, consciente de que todo lo que fuese a ocurrir a continuación, y todo lo que allí se dijese, iba a depender mucho del dominio de las distancias, del arte con que supiéramos graduarlas y movernos por aquel laberinto sin galerías y sin otros obstáculos que el miedo y el recelo ante la sencillez con que la vida ofrecía sus dones sin pedir nada a cambio. Yo sentía que todo era un poco irreal y que justo por eso todo podía ocurrir en un instante. Y deseaba que ocurriera, pero aún más que todo hubiera ocurrido ya. Quería estar cuanto antes lejos de allí para examinar a solas mi botín amoroso. Y es que quizá en aquel momento yo estaba descubriendo ese tipo de amor que no necesita nada sino a él mismo para subsistir, y que puede prescindir incluso de la amada una vez que ésta ha cumplido su papel de desencadenante del prodigio. El amor que, más que cumplirse, ansía entregarse cuanto antes a la desesperación de un imposible.

Pensé en acercarme con decisión y besarla y abrazarla sin permitir que ninguna palabra más se interpusiera entre los dos. Es lo que seguramente habría hecho Raimundo sin tanta ceremonia. Pero no: nos quedamos inmóviles, mirándonos fijamente de lado a lado del salón.

–Te has quedado muy quieto.

Yo enseñé las palmas de las manos en son de concordia.

–¿No dices nada? ¿Te ha comido la lengua el gato?

Se veía que estaba aún un poco enfurecida, y le quedaba un resto de reproche en la voz.

–¿Y qué voy a decir?

–No sé, algo, tú sabrás. Podrías decirme por ejemplo lo que sientes por mí.

–Tú ya lo sabes.

–Pero me gustaría oírlo. Ni siquiera sé si estás o no enamorado de mí.

–Mucho. Cada vez más.

–Dímelo con todas las palabras.

–Estoy enamorado de ti, cada día más y con toda mi alma. ¿Y tú?

Entonces empezamos a movernos por la inmensidad laberíntica del salón.

–Creo que también, pero no me obligues a decirlo. Todavía no me atrevo. A lo mejor me has contagiado la timidez. ¿Por qué eres tan callado? ¿No decías antes que hay que obedecer al corazón? ¿Es que el corazón no habla? ¡Di!

Yo intenté decir algo pero apenas me salió un balbuceo.

–Si el amor se midiera por las palabras, tu silencio acabaría siendo mi tumba.

Era algo maravillosamente teatral, y más que nunca me pareció que todo en aquella casa estaba enmarcado y que también nosotros teníamos por marco el escenario del salón. Y allí, en el centro justo, nos encontramos al fin y nos abrazamos, larga y torpemente, y entonces intuí que allí empezaba otro laberinto, del que acaso esta vez no supiera salir.

2

A partir de ese día comenzó una época de expectativas inminentes pero nunca cumplidas, de promesas eternas que morían en los labios y necesitaban ser continuamente renovadas, de búsquedas infructuosas y que ofrecían no obstante a cada paso nuevos indicios para perseverar en la esperanza, de súplicas y juramentos que se desvanecían solemnemente apenas lograban el milagro de colmar un instante y hacerlo indestructible –palabras y palabras: quizá la elocuencia que me faltó entonces, aquellos silencios palpitantes de cosas nunca dichas, fue el ámbar que preservó el recuerdo de aquellos días que de otra forma hubieran sido desgastados por el olvido hasta su destrucción.

Yo iba y venía entretanto por el Madrid de entonces, una ciudad que no había aprendido aún a querer y que era sólo el escenario inhóspito de mis incertidumbres y trabajos, de casa al taller, del taller a la academia o más bien a donde me hubiese citado esa tarde Raimundo, y otra vez a casa (y allí solía estar, como una pieza más de la rutina estéril de mis días, la línea de luz en el cuarto silencioso del huésped), y apenas me había dormido («ahora estará con él, los dos solos en la oscuridad», era mi último pensamiento), ya sonaba la voz de mi madre urgiéndome a empezar una nueva jornada que era siempre la misma. Pero yo vivía ya en un continuo sobresalto, merodeando angustiado como un perro famélico en torno al instante en que don Osorio me enviase a darle a Adriana una lección de música.

Las llegadas intempestivas tenían ahora un carácter de citas largamente esperadas. Y allí empezaba otro tipo de angustia, de trabajos agotadores que no tenían ni principio ni fin. Llamaba al timbre, ella abría la puerta y durante unos instantes nos quedábamos quietos, mirándonos desde muy lejos, como si estuviéramos separados por un río, cada cual en su orilla. Y era curioso: a mí a veces me parecía que había recorrido durante años medio mundo salvando obstáculos sin cuento con la misma fe ciega con que ella había esperado mi llegada para encontrarnos ahora separados por una última, y misteriosa, lejanía infranqueable. Y allí seguíamos aún, esperando algo, no sabíamos qué. Luego ella se apartaba y yo cruzaba hacia el salón sin que acabara de ocurrir ninguna de las maravillas prometidas o presagiadas por la ausencia.

Apenas dábamos ya clases de guitarra, sólo el aprendizaje distraído de algún ejercicio o unas notas del vals para cubrir las apariencias. Enseguida nos olvidábamos de la música para ocuparnos de nosotros, para entregarnos a aquella novedad inagotable del amor.

—¿Te has acordado un poquito de mí?

–A todas horas. Siempre estaba esperando el momento de verte.

–A mí me ocurre igual. Me paso el día escuchando el ascensor por si eres tú. Y como nunca sé cuándo vas a llegar, todos los momentos me parecen buenos para que aparezcas. Y en todos me llevo luego una desilusión. Pero no deberíamos decirnos estas cosas.

–¿Por qué?

–Porque no, porque todo esto es una locura. ¿No lo comprendes? Así comienzan siempre las tragedias. ¿Qué te ha dicho hoy don Osorio al venir?

–Espera que me acuerde. ¿Qué me ha dicho?

–Anda, chaval, aprovecha ahora que no hay mucho que hacer. Y luego de ahí te puedes ir ya para lo tuyo.

–¿Y no notaste nada raro en su manera de decirlo, alguna burla, alguna insinuación? O quizá fue sólo el gesto, una mirada, qué sé yo. Algo.

–Porque supongo que irás a ver a tu novia, ¿no? ¿Cómo me dijiste que se llamaba?

–Pero no había nada extraño en su voz. Si ni siquiera se paró a mirarme.

–Será que no te fijas bien. Don Osorio tiene razón cuando dice que eres muy mal observador. ¿No ves que cuando te pregunta por tu novia se está refiriendo en realidad a mí?

–María.

–O a lo mejor es que los artistas vivís en otro mundo y no os enteráis de lo que pasa alrededor.

–¿Cómo se va a referir a ti? ¿Por qué iba a creer que me inventé una novia?

–María, eso es. ¿Y es muy guapa y la quieres mucho? ¿Y hacéis ya vuestras cositas a escondidas? Aprovecha ahora que eres joven para ser audaz.

–Te está hablando con segunda intención, ¿no lo ves? ¿Y qué más te dijo?

–Y ándate con ojo, chaval. Desconfía de ella, que en cuanto tenga ocasión hará el doblete.

–Qué hombre más lúgubre. Y qué insidioso. Y nosotros, qué ingenuos, pensando que él no va a sospechar nada. Pero ¿de verdad es tan guapa tu novia y la quieres tanto como dices?

–La más guapa del mundo, y estoy loco por ella.

–Y ella seguro que todavía te quiere más.

De pronto había una pausa y ninguno de los dos sabía ya qué decir. Entonces nos mirábamos largamente a los ojos, incrédulos y embobados, hasta que al fin una sonrisa venía a aligerar la trascendencia de la contemplación. Aquello era todo nuevo para mí, y sin embargo, en algunos momentos había como una sabiduría antigua que yo notaba en mi manera de mirar, en la inspiración de un gesto sin significado preciso pero que a mí me resultaba de lo más seductor, en la maestría instintiva con que la mano dibujaba en el aire una caricia que no necesitaba materializarse para alcanzar una intensidad física de consumación. Y las cosas no dichas, y los intentos apenas esbozados, y las sonrisas donde el pudor encontraba un último refugio, servían de transición hacia la realidad. Nos acariciábamos con torpe avidez las manos, la cara, el pelo, sin acabar nunca de asombrarnos de que aquella evidencia fuese cierta. Sus cabellos olían a humo de leña verde, a orilla de río, a tierna podredumbre de rosas, y en la hondura de los abrazos había una fragancia que valía por todos los aromas secretos de mujer.

«Bésame», decía, «pero muy suavito.» Sus labios tenían un ardor trémulo de rescoldo, y luego una frescura todavía cálida, como la primera brisa del anochecer en un día abrasante de verano. Nos besábamos muy suavito, pero apenas yo intentaba apurar los besos o insinuar otras caricias, ella se apartaba y me miraba dramatizando un súbito sofoco.

–Háblame antes de amor, dime algo bonito.

Yo la miraba abrumado, sin saber qué decir.

–¿No te inspiro entonces ninguna frase, nada?

–Pues, no sé...

–Mira alrededor: el mundo está lleno de cosas y cada cosa es un mundo. Háblame del sol, de mis ojos, del aire, de las moscas. Para los enamorados, todos los temas son interesantes. Pero, si quieres, nos callamos. También el silencio es poético. ¿O prefieres que yo te diga algo? ¿Lo deseas?

–Sí.

–Entonces te contaré una cosa. Te hablaré de una abuela gallega que yo tuve de niña. En su casa no había nada, sólo una mesa, unas sillas, un armario, y poco más. Pero cuando había una fiesta familiar, un bautizo, una primera comunión, una boda, ella entraba en actividad. Entonces sacaba colchas, cortinas, alfombras, cuadros de selvas, de lagos, de vírgenes, jarrones, vajilla, y adornaba la casa y la dejaba como un palacio. Cuando pasaba la fiesta, todas esas cosas desaparecían. Y nadie sabía dónde las guardaba el resto del año. ¿Entiendes lo que quiero decir?

–No...

–Tú eres igual, me recuerdas a mi abuela gallega. Cuando llegas aquí, es como si sacaras de la nada cosas maravillosas, y luego cuando te vas te las llevas contigo, y nadie sabe dónde las guardas. ¿Te ha gustado?

–Muchísimo.

–Bueno, pues eso es para que veas cómo te quiero. Y ahora dime tú algo, demuéstrame tu amor.

–Es que así es un poco absurdo. Parece como un examen.

–Entonces bésame.

Pero apenas me excedía en la pasión y en las caricias, ella se apartaba con un gesto compungido y dramático.

–No puedo. Me gustas mucho, no te puedes imaginar cuánto, y cuánto te deseo y qué ardores me entran, pero no soy capaz de ser infiel. Todavía no. ¿Lo comprendes?

–Lo comprendo, pero ¿por qué no me eres fiel a mí? ¿No merezco yo también tu fidelidad? ¿No has pensado que siendo fiel a él me traicionas a mí? Si repartieras la culpa, a lo mejor te librabas un poco de ella.

–Pero ¿de verdad tú no te sientes culpable? ¿Nada? –su boca infantil entreabierta por la extrañeza tenía una voluptuosidad que parecía del todo casual e inocente.

–Un poco sí, pero no por él sino por ti. La culpa se contagia, como el miedo.

–¿Y qué se puede hacer para vencer la culpa? Enséñame a vencerla, dime qué puedo hacer.

–Ante todo vivir sólo el presente. Pensar por ejemplo que estamos en una isla y que esa isla está hecha de tiempo, y que allí no existe el pasado ni el porvenir, sólo el puro presente, nada más.

–Ay, ya vas diciendo cosas bonitas, cosas de enamorados. Una vez me dijiste que, desde que tú llegaste aquí, estoy más guapa cada día. ¿Te acuerdas?

–Y es una gran verdad. No hay más que verlo.

–Que antes tenía algo de fea y contigo empecé a ser bonita. Que he sufrido una metamorfosis. Eso dijiste. Bueno, pues tú también cuando llegaste aquí eras tímido y sonso y ahora ya ves qué cosas dices. Una isla de tiempo. ¿Será que hace milagros el amor?

–Seguro. Lo dicen los filósofos. El amor nos eleva a todos, nos hace más atractivos y más listos.

–¿Sabes? No sé qué pensar de ti. A veces creo que sabes mucho del amor. Das unos consejos que parece un consultorio sentimental. Quizá es que has aprendido muy rápido, pero quizá es que me estás engañando, que eres un mujeriego, un donjuán sin escrúpulos, y por eso eres incapaz de sentir culpa. Nunca me has hablado de tus experiencias amorosas. Cuéntamelas, anda, y no te calles nada.

–¿Yo? Fíjate qué experiencias voy a tener yo. Ninguna. –La vergüenza de confesarlo se atenuaba con la esperanza de que ella me iniciara en esas artes.

–Cómo que no. Seguro que en el mundo de la guitarra has conocido a un montón de mujeres más guapas y atrevidas que yo. Y con lo guapito que tú eres, seguro que más de una se te habrá declarado. ¿Has hecho el amor con muchas? Dímelo de verdad. Aunque sean bailarinas y me muera de celos. Confiésamelo todo.

–Pero ¿qué te voy a contar? De verdad que no tengo experiencias –empezaba a sentirme ridículo y la voz me salía un poco estentórea por el énfasis de la sinceridad–. Tú sabes además que no.

–¿Quieres decir que no has hecho el amor nunca?

–No –me salió un tono retador, casi despectivo.

–Pobre Emilio –con un dedo me acarició la cara como si la estuviera dibujando–. Pobre amor mío. Pero sí lo habrás hecho con la imaginación.

–No sé, quizá –y me encogí de hombros y con las manos espanté aquella hipótesis.

–¿Tienes vergüenza de decirlo? No seas tonto, a mí me lo puedes contar todo. Nadie te va a comprender mejor que yo. Anda, cuéntamelo. ¿Has hecho el amor conmigo en el pensamiento?

Hice un gesto ambiguo de claudicación.

–¿Y cómo era? ¿Era bonito? ¿Nos salía bien?

–No lo sé porque nunca llegábamos a nada.

–¿Y por qué no? ¿Me resistía yo también en la imaginación a ser infiel?

–En cierto modo sí –y entonces me fui animando y le conté lo complicadas que me parecían las mujeres. Le hablé de esos escritorios llenos de cajoncitos y de compartimientos falsos y resortes secretos. Como los grillos, sabían fingir el canto cerca o lejos según les conviniera. Podían hacer una maraña con su cuerpo y luego desenredarlo en un visto y no visto.

–¿De verdad te parecemos tan complicadas?

Y yo seguí cogiendo confianza y le hablé entonces del dibujo científico que llevaba en tiempos escondido en un libro de texto y donde todo era muy claro en apariencia pero luego no se correspondía apenas con la realidad.

–¿No lo tendrás ahí? –y señaló el montón de libros y cuadernos. Aunque ya casi no iba a la academia, los llevaba para no alarmar más a mi madre.

–Aunque lo tuviera, no te lo iba a enseñar.

–¿Otra vez te has vuelto vergonzoso? Anda, tonto, enséñamelo. Total no voy a ver nada que no sepa ya.

Fingí que tardaba en encontrarlo. Ella alisó el papel, que estaba arrugado y ya un poco borroso por el uso, lo extendió sobre sus rodillas y durante un rato juntamos la cabeza y estuvimos mirando atentamente.

–Sí que es complicado –dijo al fin Adriana–. Pero luego en la práctica todo resulta mucho más sencillo.

Entonces yo debí de mirarla no sé cómo porque ella, según leía en mis ojos, empezó lentamente a decir que no con la cabeza.

–Ah, no pienses que voy a darte una lección práctica, que ya te adivino las intenciones.

–¿No decías antes que no había que tener vergüenza?

–Pero es distinto. Yo soy una mujer y estoy casada. ¡Y eso que me propones es algo tan..., tan impúdico! De verdad que me gustaría darte la lección, me encantaría, y sería una buena profesora y te enseñaría todo lo que quieres saber, pero no puedo. Y, además, no se debe empezar por ahí. Ése sería el final. Antes, ríndeme con palabras y bésame muy dulcemente, y si me quieres decir alguna indecencia, dímela, porque las palabras no dañan a la conciencia. ¡Ay, Emilio, amor, tendrás que tener mucha paciencia conmigo! ¡Júrame que la tendrás!

–Te lo juro.

Y otra vez volvíamos al inicio. La inminencia del deseo a punto de cumplirse me producía una desazón muy cercana a la náusea. Pero a las primeras caricias un poco atrevidas ella enseguida aflojaba el abrazo y me miraba implorante y con los ojos llenos de pena.

–¿Ves como no puedo? –en su voz había rabia contra sí misma–. Me da la sensación de que don Osorio nos está mirando. Con lo desconfiado que es, seguro que habrá encontrado un medio de espiarnos. O de que va a llegar de pronto y nos va a pillar en pleno idilio. ¿No lo has pensado nunca? A veces me parece oír sus pasos afuera, o el roce de la llave en la puerta. ¿Te imaginas que apareciese de repente? ¡Pobres de nosotros entonces!

–Es el miedo, que te hace figurar imposibles.

–O imagínate que se entera.

–¿Cómo se va a enterar? ¿Quién se lo va a decir?

–Eso nunca se sabe. Ya te dije que él siempre encuentra la manera de enterarse de todo. Y lo que no se entera, lo adivina. Suponte por ejemplo que yo hablo en sueños. En los sueños, los secretos más hondos salen a flote, y cualquier palabra, un suspiro, una queja, le serviría para darle vuelo a sus sospechas. ¿Y qué pasaría entonces? ¡Tú no conoces a don Osorio! A lo mejor nos mataba a los dos. Sería capaz –y se llevó un dedo a los labios para reprimir un gesto maravillado de terror.

Yo no encontraba ya palabras válidas, gestos persuasivos, modos verosímiles de vivir el presente sin aquellas continuas fugas de tiempo hacia un futuro siempre amenazante.

–Y qué si me mata. No me importa. Yo lo único que quiero es vivir contigo para siempre, los dos solos, sin ese fantasma dando vueltas alrededor.

–Ahora eres tú el que imaginas imposibles. Nuestro amor es sólo un capricho de ese fantasma que tú dices. Igual que te mandó aquí, el día menos pensado decidirá que ya está bien de música, prescindirá de tus servicios, y entonces tú y yo no volveremos a vernos nunca más.

–¿Por qué no? Nos veremos en otra parte.

–¿En otra parte dónde? ¿Y cuándo? Él siempre me tiene vigilada. A todas horas.

–Entonces, huiremos juntos.

–¿Que me escape contigo dices? –El estupor se le extendió como a cámara lenta por la cara.

–Nos iremos lejos.

–¿Adónde?

–No sé, a cualquier parte, qué importa el sitio. Lejos. A lo mejor dentro de poco me voy de gira. Podríamos irnos juntos.

–Estás loco. Él nos encontraría aunque nos escondiéramos en el fin del mundo. ¿Y qué harías tú entonces? ¿Serías capaz de enfrentarte a él?

–No nos encontrará.

–¿Y si nos encuentra?

–Hablaremos con él.

–Y él no entrará en razones. Tendrías que pelear con él.

–Lo haré.

–¿Y si te vence? Él es muy fuerte y no desmaya nunca. Y además yo estoy casada y no puedo abandonar el hogar. La ley nos perseguiría como a dos delincuentes. ¿No ves que nuestro amor sólo puede ser trágico?

–Entonces aprovechemos el presente.

–¡Ojalá pudiera ser así! ¡Ojalá el presente fuese una isla, como tú dices! Pero no estamos en una isla sino aquí, en casa de don Osorio, en la casa que él compró y preparó para mí, y todas las cosas me recuerdan a él. Es como si ellas me vigilaran.

En aquellas palabras, yo entreví a lo lejos el perfil de una idea. Y de repente empecé a comprender. Entonces le expliqué a Adriana la sensación de malestar que había sentido el primer día al entrar allí, de que todo en el piso estaba enmarcado y ocupaba un lugar exacto dentro de un orden perverso y de un ambiente hostil que convertía en intruso a cualquier visitante.

–¿Es que nunca te has dado cuenta? Éste es un lugar triste porque aquí todo parece estar prisionero de algo. Fíjate en las paredes y en las mesas. ¿Ves? Todo está como encerrado en una casilla, todo en su sitio de una vez para siempre, como en los museos y en los cementerios. O como los altares de las iglesias.

Adriana me miró atónita.

–¿De verdad piensas todo eso?

–Lo noté el primer día, nada más llegar. Y ahora entiendo mejor tus miedos y tus culpas.

–Pero, ¡si es una casa muy bonita! Mira los cuadros, los espejos, los relojes, las cajitas, las lámparas, los adornos...

–No, este lugar está como enfermo. ¿No lo ves? Hay algo tétrico en todo esto.

Miré alrededor. Me pareció que los objetos estaban enojados, como si hubieran percibido que se estaba hablando de ellos, que algo venía a perturbarlos en la paz de sus marcos. Y esta vez, también yo sentí que una amenaza inconcreta pero segura se cernía alrededor.

–Quizá tienes razón. Quizá en otro lugar yo no tendría tantos escrúpulos para entregarme a ti.

–Y tú también estás enmarcada en esta casa, prisionera en tu marco y sin poder salir de él. Es como... –de pronto tuve una intuición que me pareció absurda y deslumbrante–. Ya sé cómo es. Es como en aquel cuento de la princesa prisionera del ogro. Tú estás cautiva, y yo, yo soy el príncipe, o el sastrecillo valiente, no me acuerdo, que viene a liberarte.

–¡Ah, qué cosas tan bonitas dices! ¡Y es verdad, estamos los dos prisioneros del ogro! ¡Tú también, sastrecillo!

–Pero tú además estás cautiva con la mente, como si te hubiera hechizado o algo así.

–Sí, es cierto –susurró, seducida también con la idea–,

ahora que lo dices empiezo a verlo claro. Don Osorio me raptó cuando yo era casi una niña y me encerró aquí para siempre. ¿Y qué vas a hacer tú para liberarme? ¿Qué podemos hacer para escapar?

–Pues eso, escapar, huir lejos. En cuanto me salga una gira, nos vamos y ya está. Hay muchas compañías que van a América y a Japón.

–Pero eso es imposible. Para el ogro y la ley el mundo es siempre muy pequeño. Enseguida nos darían alcance.

Durante un rato nos miramos embobados, sobrecogidos, sin saber qué decir.

–Nuestro amor sólo tiene por ahora una solución –y desmayó la voz en un susurro que sonó remoto e irreal.

–¿Cuál?

–Hacer lo que te dijo don Osorio. ¿Cómo te dijo? «Un golpe de audacia, chaval, ése es el precio de la rendición.» Sí, deberías ser más audaz. Así es también como los príncipes y los sastrecillos consiguen rescatar a las princesas de los ogros.

–Y ¿qué quieres que haga?

–Sólo eso, ser más audaz. ¿Lo prometes?

Y aunque yo no sabía en qué habría de consistir mi audacia, no lo dudé un momento:

–Sí –y me salió un tono decidido, aunque también irreal y remoto.

3

Así era mi vida por entonces. Todo parecía siempre a punto de cumplirse y todo se aplazaba o se malograba en el último instante. Nunca llegaba la hora de dejar el taller para ser sólo guitarrista, y tampoco doña Adriana acababa nunca de ser sólo Adriana. En cuanto al señor Rodó, apenas lo veía en las comidas de los sábados o los domingos. Solíamos comentar los libros que me iba dejando. Porque, después de *Crimen y castigo*, me prestó otros, *El viejo y el mar*, *El extranjero*, *Demian*, los cuentos de Poe, poemas de Neruda. Mis comentarios eran pobres, genéricos, con balbuceos que remitían a lo inefable, y él era de por sí callado. Decía alguna frase de más cortesía que sustancia y luego el mechón de pelo se le desplomaba sobre la frente como un signo hermético de privacidad. Yo también me concentraba entonces en el plato, pero de reojo los espiaba a los dos, a él y a mi madre, intentando descubrir en ellos miradas furtivas, señales de complicidad, noticias de un mundo íntimo del que yo de algún modo había sido expulsado. Seguía pensando a veces si el señor Rodó no sería un activista político, pero el misterio de su tarea y de su persona, que durante muchos días siguió para mí intacto, ahora empezaba a gastarse por la costumbre, y por la competencia de aquel otro misterio sin fondo del amor.

Un sábado, sin embargo, yo estaba solo en casa y al rato me dio por deambular por el piso, sin saber qué hacer, hasta que en una de ésas me asomé al cuarto del señor Rodó, sólo por darle gusto a la mirada, y vi que la maleta, aquella maleta negra de cuero, grande y holgada por el uso, y que siempre permanecía cerrada con llave y asegurada con candado, estaba ahora puesta de plano sobre el suelo y con la tapa echada pero ligeramente abierta. Yo había oído alguna noche cómo el señor Rodó la movía, la tumbaba y la abría con sigilo –con el mismo sigilo con que yo espiaba desde la oscuridad del corredor–. Oía el golpe de la maleta en el suelo y luego el rumor de las correas y de las llaves, y eso era todo lo que había llegado a averiguar de su tarea nocturna.

Mientras alzaba lentamente la tapa, mis sentidos se agudizaron tanto que pude percibir los ruidos microscópicos del silencio y el runrún de mi mente dándole vueltas a un pensamiento todavía sin palabras. La maleta era honda y estaba atestada de cuadernos de varios colores y tamaños, de agendas, de tacos de hojas sueltas, de carpetas, de montones de fichas sujetas con gomas elásticas, y hasta donde me atreví a curiosear, todo estaba escrito en tinta azul o negra con una letra menuda y cuidadosa, pero de trazo tan intrincado, y tan entorpecida de enmiendas y tachones, que apenas se podía descifrar una palabra o el contorno borroso de una frase. Pero fue suficiente para entender que allí no había nada de política, ni nada tampoco relacionado con su tarea de bibliotecario, sino sólo literatura, diálogos, sucesos, frases estéticas, nombres de personajes, y otros indicios manifiestos de que aquellos cuadernos y papeles contenían y guardaban historias de ficción.

Cerré precipitadamente la maleta y durante un rato me quedé inmóvil, anonadado ante el misterio, con las manos sobre la tapa, como si temiese que el mundo vivo y pululante que había allí dentro pudiera salir y escaparse como un genio de una lámpara mágica. Intenté buscar en el pasado algún momento de clarividencia en que yo hubiera presentido el descubrimiento que acababa de hacer. Pero era inútil, porque yo nunca había conocido de cerca a un escritor, y ni siquiera me había imaginado la posibilidad real de aquel oficio. ¿Cómo sería exactamente aquello de ser escritor? No sabía por dónde empezar a imaginármelo. Evoqué la soledad de la noche, la hondura del silencio, una mano pensativa en la frente, el vago aroma de aventura y de riesgo que acaso entrañaba aquella actividad. Pensé en Raimundo. También él sentía la llamada del arte y de la inspiración, pero lo suyo era otra cosa. Lo suyo tenía formas concretas y podía verse y comprenderse en su mera apariencia: la guitarra, la voz, el ritmo, el público, la propia imagen del artista, los aplausos, el vivir nómada y bohemio, el ir y venir graciosamente por el mundo. Pero eso de juntar palabras en la soledad, una noche tras otra, era algo que escapaba a los hábitos de mi fantasía. ¿De dónde y cómo vendría la inspiración? ¿Qué forma adquiriría la soledad en tan altos instantes? ¿De qué porción del alma se alimentaría un afán como aquél?

–¿Sabes lo que creo?

–Qué.

–Que el señor Rodó es escritor.

–¿Te lo ha dicho él?

–No, lo he descubierto yo.

Me estaba usando de maniquí para arreglar un uniforme militar. Se había subido a un taburetito y había empezado a trabajar en las solapas y en los hombros.

–¿No habrás estado curioseando otra vez en su cuarto?

–Qué va. Lo que pasa es que se le olvidó cerrar la maleta, la puerta estaba abierta y yo miré casi sin querer. Está llena de papeles y de cuadernos, debe de haber por lo menos veinte o treinta cuadernos, y todo está escrito con una letra muy pequeña, como patas de mosca. Así que resulta que es escritor.

Ella no pareció muy asombrada y siguió tomando medidas y haciendo marcas con el jaboncillo. A veces sentía su aliento en la mejilla y en el cuello.

–¿No has oído?

–Sí, que es escritor, ¿y qué?

–¿Cómo que y qué? Tiene un montón de cosas ahí escritas en la maleta. A lo mejor es un escritor genial, como Dostoievski, y no puede publicar sus obras por culpa de la dictadura. O quién sabe. Quizá publica con seudónimo.

–¿Qué es seudónimo, Émil?

–Seudónimo es ponerse otro nombre. Raimundo por ejemplo se llama El Niño Brillante.

–Es un nombre fachoso.

–Y a mí quiere ponerme El Niño Triste. Pero a mí no me gusta.

–Ni a mí. Qué ocurrencia. Aunque por otro lado no está mal escogido –se arqueó hacia atrás para examinarme mejor, con un gesto de burla–. Es verdad que últimamente tienes un aire medio triste. No sé si será la música o qué –y volvió a lo suyo con una sonrisa íntima y con la sombra de la burla todavía en la boca, y empezó a mullirme y a removerme las hombreras.

La miré de reojo. La mata tan negra y espesa de su pelo, el perfil tan bien dibujado de su rostro, y allí abajo la majestad de sus caderas. Y la firme gravidez de sus senos. Como el oficio de escritor, imposible también de imaginar. De pronto me pareció que le ocurría lo mismo que a Adriana, y que al igual que ella estaba cada día más guapa y más sensual y hasta más juvenil. ¿Estaría enamorada entonces del señor Rodó? ¿Serían amantes de verdad? ¿Novios formales incluso con el tiempo? ¿Podría darse en la realidad lo que la fantasía no era capaz de concebir?

–Y eso es lo que hace de noche con la luz encendida. Escribir. Escribe sin parar con esa letra tan pequeña que tiene. Y cuando amanece lo guarda todo en la maleta y echa la llave y el candado.

–Lo dices como si fuese un gran misterio. Parece que estás hablando de Drácula.

–Y así todas las noches. Quizá toda la vida lleva así. ¿Tú has conocido alguna vez a un escritor?

–Yo no.

–¿Y cómo te imaginas que es?

–Pues como todo. Lo mismo que yo soy costurera, sólo que en vez de dar las puntadas con hilo, el escritor las da con palabras. Cada oficio tiene su manera, pero al final todos son oficios.

Hablaba y actuaba con la dulzura y el aplomo de quien ha llegado a la madurez sin guardarle rencor a la juventud y a sus promesas incumplidas. Y otra vez aquella expresión risueña, abstraída y feliz. ¿Sería también así con el señor Rodó? Seguro que ella no se había resistido tanto como Adriana a las caricias íntimas. ¿Quizá pasiva y apenas obsequiosa? ¿Cómo era la palabra? Voluptuosa, eso es. Como quien se abandona voluptuosamente a un sueñecito de verano, enriqueciendo así con el pudor la ceremonia de la entrega. ¿O quizá sin vergüenza, impulsiva y ardiente, y quién sabe si impúdica? Pero no, y sacudí un poco la cabeza para apartar el pensamiento: no. Eso era imposible imaginárselo. La miré otra vez de reojo, intentando comprender, descubrir en su cara los restos de complacencia que había dejado allí el amor. ¿No le brillaban ahora más los ojos? Los tenía oscuros y le brillaban como la lluvia por la noche. Y la boca parecía más llena y la tenía entreabierta por la atención que ponía en la tarea. La expresión tan serena, ¿cómo la deformaría la pasión en el último trance?

–¿Qué piensas, Émil?

–Nada.

–Algo pensarás. El Niño Callado tenías que ponerte de mote.

–Me estaba preguntando por qué llevará tan en secreto lo de ser escritor. Es raro que no te haya contado nada a ti.

–¿Y por qué iba a contármelo?

–Porque eso de escribir debe ser muy importante para él.

–Pues quizá precisamente por eso no lo cuenta.

Le dio un último toque a las solapas, se bajó del taburetito y se apartó para ver el efecto de lejos.

–¿No te gustaría ser militar?

–¿Yo? No. Qué tontería.

–Pues estás guapísimo con el uniforme. Pareces un actor de cine. ¿Seguro que no te ha salido todavía novia?

–No tengo tiempo para novias. Además, el arte y el amor son incompatibles.

–Bueno, eso ya lo veremos. ¿Y qué tal la alumna de guitarra?

–¿La mujer del jefe? Bien. Normal.

–Qué bien te explicas. Anda, súbete tú ahora al taburete que voy a arreglar los pantalones.

Empezó a meter los bajos.

–¿Por qué te interesa tanto lo de ser escritor? –tenía unos alfileres en la boca y la voz le salía un poco borrosa.

–No sé, por curiosidad. Debe ser gente más bien rara.

–A ti que te gusta tanto leer, a lo mejor un día te da por escribir.

–Pues a lo mejor. ¿Por qué no? –me sentía vagamente herido en mi orgullo–. Ya he aprendido a tocar la guitarra, que es más difícil que escribir. Total, escribir puede escribir cualquiera. Es cuestión de ponerse, y algo saldrá. Pero la guitarra no la puede tocar el primero que llegue. Ahí, o sabes o no sabes.

–Bueno, habrá que valer, como para todo.

Sí, quizá no era tan fácil. ¿Cuál sería el secreto de valer? Y, si se aprendía, como la guitarra, ¿cómo sería el aprendizaje? Yo había leído bastantes libros, pero nunca se me había ocurrido pensar que había un autor detrás, mañoso, oculto, manejando los hilos. ¿Y de dónde saldrían los versos, las historias?

–Para ser escritor, a mí me parece que hay que estudiar, ¿no crees?

–Puede ser.

–¿Y tú cómo llevas los estudios?

–No sé, regular.

–Es decir, mal. Si ya ni siquiera vas a la academia. Con lo cara que es.

–Voy a veces.

–No vas. Ya sé que después del taller te vas con Raimundo, los dos por ahí como dos zascandiles.

–Si voy con él es para dar clase de guitarra.

–Terminarás perdiendo el curso.

–Y qué. Para ser guitarrista no hace falta estudiar.

–Pero para ser escritor sí.

–¿Y quién ha hablado aquí de ser escritor?

Además, quizá para ser escritor había ante todo que vivir. Tener experiencias. Correr mundo. ¿Pero qué experiencias, qué mundo, tendría el señor Rodó? Llevaba años y años de bibliotecario, metido entre libros, y luego encerrado en su habitación, llenando hojas y cuadernos con su letra menuda. Pero, si no había vivido grandes aconteceres, ¿qué tendría entonces que contar? ¿Se inventaría las cosas, así sin más ni más, sacándolas de la nada, de la imaginación? Y si, sólo por experimentar, yo probara a escribir, ¿qué contaría? ¿Mi historia de amor con Adriana? ¿Lo que Raimundo me contó de París? Quizá eso sí, pero inventar era imposible, no se me ocurriría nada. Y me puse a intentarlo, allí mismo, subido en el taburete, a sacarme de la mente un suceso, un personaje, algo. Pensé en un hombre a caballo, en una canoa cruzando un río, en disparos lejanos. Eso era todo lo que la imaginación daba de sí. ¡Ah, no, quizá escribir no era tan fácil como yo había supuesto! Y seguí pensando, inventando, desvariando...

–¿Te entra sueño?

–No...

Pero quizá sí, quizá me había traspuesto con el ojo izquierdo porque de pronto sentí sus dedos rondando mi cintura, las piernas, ajustando aquí y allá el tiro de los pantalones, y la vi a ella allí abajo con su mata de pelo negro y las caderas que al agacharse se le quebraban y ensanchaban, y sus rodillas desnudas, y entonces me llené de vergüenza y terror. ¿Qué pensaría de mí? ¿Y cómo iba a atreverme luego a mirarla a la cara?

–¿Adónde vas ahora?

–Voy un momento al baño.

–Vaya por Dios. Pues date prisa y ten cuidado no vayas a manchar el traje.

Cuando volví, había puesto muy bajita la radio y se oía una canción de Nat King Cole. Me subí otra vez al taburete.

–¿Sabes una cosa? He estado pensando que podías hablar con el señor Rodó, ir a verlo un día a la biblioteca.

–¿Yo? ¿Para qué?

–Él podría aconsejarte sobre los estudios, sobre la guitarra, sobre la vida. Y de paso podías preguntarle lo de ser escritor. ¿No tenías tanta curiosidad?

–No me gusta andar por ahí pidiendo consejos.

–Pues no se los pidas. Tú vas a que te enseñe la biblioteca y ya está. Total con ir no pierdes nada.

–No sé, ya veremos.

–Y no le vayas a decir que le anduviste en la maleta.

–Bueno, mejor no voy a verlo y no hay problema –dije deprisa y con rencor.

Ella subió una mano y me acarició la cara. Luego la dejó posada sobre mi hombro. Por un momento pensé que nos íbamos a poner a bailar.

–¡Ay, Émil!, ¿por qué eres tan huraño conmigo? ¿Te he hecho algo malo? ¿Te he ofendido en algo? –había en su voz un acento burlón de mimo.

–Qué tontería, pues claro que no –le dije, y sonreí sin querer, pero en un tono y con una expresión todavía un poco hostil.

VII

1

Un sábado por la mañana fui a visitar al señor Rodó, a que me enseñara la Biblioteca Nacional. Me esperaba en el vestíbulo, vestido con unos vaqueros y una chaqueta de pana fina, con aquel modo suyo descuidado de elegancia, y enseguida nos pusimos en marcha. Recorrimos la sala de lectura, largos y silenciosos corredores, depósitos de libros, archivos, secciones de códices e incunables, y otras de las que no llegué a enterarme bien. El señor Rodó iba un poco delante, un poco encogido de hombros y con una mano en el bolsillo de la chaqueta, y de vez en cuando se volvía hacia mí y con la otra mano me señalaba los lugares y las cosas y me informaba brevemente. Me enseñó algunos libros raros y curiosos, me contó por encima la historia de la biblioteca, y luego yo empecé a sentirme molesto porque me dio la impresión de que el señor Rodó hacía todo aquello por compromiso, a petición de mi madre y no por gusto propio. Hablaba con frases aprendidas y con cierta desgana, y nunca se sacaba la mano del bolsillo, como si le bastara y le sobrara con la otra, y con unas cuantas palabras rutinarias, para despacharme cuanto antes. De tanto forzar el interés y la atención, y de fingir asombro, yo notaba la cara un poco rígida, y me sentía insincero y ridículo. Y avergonzado de los pocos libros que había leído, y del nulo provecho intelectual que había sacado de ellos. Por otra parte, la verdad es que a mí lo que más me interesaba de la visita eran los gatos que estaban empleados allí para ahuyentar a los ratones. Me hacían gracia aquellos gatos medio funcionarios y me hubiera gustado preguntar por ellos y enterarme de sus deberes y derechos. Pero no se los veía por ninguna parte, y me pareció que la pregunta hubiera resultado estúpida y pueril.

Entonces empecé a llenarme de coraje contra aquel hombre, y para despreciarlo mejor, a él y a su mundo sedentario, me puse a evocar y a exaltar los valores de una vida de acción. La vida de Raimundo, por ejemplo, o la mía propia cuando viajase por todo el mundo al albur de las giras. Sin hogar, sin patria, sin nostalgia de nada. Quizá con Adriana o quizá solo. Casi mejor solo, y extendí mi desdén a ella, a aquella mujercita también sedentaria, pervertida en plena juventud, que ni siquiera por amor era capaz de huir de la casa del ogro para aventurarse en el laberinto del mundo y de su propio corazón. Eso pensaba mientras atravesábamos un corredor oscuro donde sólo se percibía el brillo pálido de los lomos de los libros en los anaqueles, hondos y tristes como nichos. Un lugar donde quizá hasta los gatos fuesen desdichados. ¡Ah, sí, cuánto más valía la vida que los libros! Y era mejor y más noble enfrentar el caos incomprensible del mundo que acomodarse al orden luminoso pero falaz de las palabras. En un instante me llené de fe en el tumultuoso anhelo de vivir.

De pronto desembocamos en una pequeña sala silenciosa cuyos techos de vidrio hacían en las alturas un vago tornasol azulado. Aquella luz me pareció como la culminación física del silencio. Sentados en pupitres, confinado cada cual en la luz de su lámpara, había cuatro o cinco lectores encorvados y ensimismados en el estudio de sus libros. A veces se inclinaban para desentrañar mejor el texto, o tomaban notas, o se echaban atrás como admirados o desbordados por algún accidente de la lectura, o lentamente, apagando el rumor, pasaban una página. Yo los veía como muy lejos, como si habitaran en una dimensión intemporal. Los miré fascinado, y según me alejaba, giraba la cabeza para seguir viéndolos y sintiendo el misterio de aquella secreta actividad. De repente la vida nómada y romántica me pareció un poco falsa y, lo que era peor, una invención en el fondo libresca, inspirada quizá en las novelas de aventuras que yo había leído, o en el cine, o en los versos de medianoche que escuchaba en la radio mientras me hundía en el sueño.

Cuando salimos al vestíbulo, el señor Rodó me propuso ir a tomar café. Se sacó por fin la mano del bolsillo y señaló afuera, a la calle. Era uno de esos días en que el sol alumbra mucho pero calienta poco, y hay por todas partes reflejos y chispitas de luz. Entramos en un café, ocupamos una mesa y enseguida nos vimos en el trance de compartir el mismo silencio. Por un momento pensé que el señor Rodó iba a pedirme la mano de mi madre. Pero no: trajeron el café, lo endulzamos, estuvimos un rato removiéndolo, y tras el primer sorbo, el señor Rodó me preguntó por la guitarra. Yo le expliqué por encima mi aprendizaje, exagerando las dificultades, y luego le hablé de mis proyectos y de cómo ya dentro de poco haría mi primera gira y dejaría para siempre el taller, el barrio, la academia, el hogar. Así que de pronto, sin buscarlo, me vi otra vez enredado en el elogio de una vida de acción: viajar, conocer gente, paisajes nuevos, otras costumbres, otras lenguas. Vivir de paso y al hilo de los días, sin dejar nunca atrás motivos de añoranza.

Pero la voz me salía forzada, con arranques estentóreos de euforia que delataban la escasa fe que tenía en mis palabras. Me había tocado además sentarme enfrente de una cristalera y me deslumbraba el brillo crudo que venía de la calle, y como él estaba a contraluz, no distinguía bien los rasgos de su cara, en tanto que sentía la desnudez un poco impúdica de la mía. Pero escuchaba con mucha atención, como siempre, y de un modo tan intenso que acabó obligándome a reparar críticamente en mi propio discurso. ¿Qué pensaría de mí, de mi romanticismo ingenuo y fatuo, un hombre tan leído como el señor Rodó? Avergonzado, acabé callándome en mitad de una frase, abruptamente, con los ojos fijos en el café. Él siguió todavía un ratito esperando el final de la frase.

–Bien. Eso es importante... Elegir la vida que de verdad nos gusta –dijo al fin en un tono impreciso, como si tanteara una hipótesis–. Puede ocurrir que nos equivoquemos en la elección, pero lo importante no es equivocarse sino haber tenido el valor de elegir. Sobre todo cuando se es tan joven como tú y aún queda tiempo para rectificar.

Me pareció una frase hecha, disponible, uno de esos dichos que no son ni verdad ni mentira sino sólo rotundos. Y de una ejemplaridad moral a la que no hay nada que oponer. Y me pareció que el señor Rodó lo sabía y que por eso hablaba en aquel tono de incertidumbre, o más bien de cansancio.

–¿Y qué ocurre cuando no hay tiempo para rectificar?

–No lo sé, pero supongo que lo peor es no haberse atrevido al menos a intentarlo. Llegar a viejo y comprender ya tarde que la vida eran sólo unas monedas que nos dieron y que nosotros hemos guardado sin atrevernos a gastarlas. ¿Me explico?

–Sí...

–Y sin embargo las cosas son mucho más difíciles de lo que parecen –su voz era ahora medio desengañada.

–¿Por qué difíciles?

–Porque... hay muchos modos de hacer trampas con la conciencia. O de entenderse lealmente con ella. Imagínate por ejemplo que alguien, por miedo a fracasar, no hace lo que en el fondo desea hacer, y sabe que debe hacer, sin reparar en que ésa es ya de por sí una manera de fracaso. Pero si renuncia a sabiendas, por pereza, por escepticismo, por comodidad, o porque no se cree capaz de tanto, o porque con el mero desear tiene bastante, y si carga sobre sí la culpa, o el mérito, o el infortunio de esa decisión, eso también es una forma de valor, de elegir y de vivir conforme a lo debido. En realidad hay tantas variantes, que cualquiera sirve para justificar la vida. Y en último término, siempre puede uno ser compasivo consigo mismo. O refugiarse en la protesta y el lamento.

–Según eso, da lo mismo una cosa que otra.

–No, no, estaba sólo hablando de las muchas disculpas que hay, todas buenas y razonables, para no arriesgarse en la elección. O para equivocarse y adquirir el derecho al error.

Yo en ese instante me acordé de Adriana, y de Raimundo, que andaban también metidos, como yo, en esas disyuntivas. Entonces, inducido por el aire trascendente y moral de sus palabras, me animé a preguntarle:

–Y usted, ¿se ha atrevido? Quiero decir, ¿hace lo que de verdad quiere hacer?

Me dio la impresión de que esperaba una pregunta de ese tipo y de que, así y todo, una sombra de alarma conmovió la expresión tranquila de su rostro.

–Más o menos –dijo rápidamente, en el mismo tono en que habría dicho «no, no, ya estoy servido» si le hubieran ofrecido más azúcar.

Se le veía impaciente, incómodo, y supe que de un momento a otro iba a forzar la despedida. Quizá por eso, me apresuré a preguntarle:

–Porque usted es escritor, ¿no?

No pareció muy sorprendido. Pero yo pensé que, tanto si mi madre lo había prevenido como si no, le debía una explicación:

–Yo no quería mirar en la maleta, pero estaba abierta y miré sin querer. Fue una casualidad.

–¡Ah! ¿Y qué descubriste?

–Nada. Bueno, muchas cosas escritas. Pero no leí ninguna. Sólo miré por encima y supuse que era usted escritor.

–Bien, ¿y qué? –me pareció detectar un matiz arisco en su voz.

–No, nada, lo siento –me olí ritualmente las manos y aparté la mirada–. Sólo quería saber cómo es eso de ser escritor. Nunca he conocido a ninguno.

–¿Y cómo te imaginas que son?

–No sé imaginármelos. Pero supongo que es gente muy especial.

Su expresión entonces se serenó. Se peinó con la mano hacia atrás, varias veces, mientras buscaba qué decir. Yo supe que su respuesta iba a ser el fruto de una laboriosa omisión.

–No creas. Es gente como toda, sólo que necesita contar lo que le pasa. Así que agarra un lápiz y un papel, y escribe. Expresa lo que siente, lo que ve o lo que imagina. Más o menos como haces tú con la guitarra. Ése es todo el misterio.

–Pero ¿cómo nace el escritor?, ¿cómo aprende a escribir? –yo quería saber algo pero no sabía qué.

–Cómo aprende...

–O cómo vive. ¿Cómo vive un escritor?, ¿qué hace?

–Bueno, sobre eso podrían decirse muchas cosas, pero ninguna concluyente. En teoría, el escritor es alguien que observa, que mira alrededor, que tiene un modo especial de mirar. Y ese modo es lo que se llama estilo, y cada cual intenta buscar el suyo.

–Pero, mirar... ¿Mirar qué, por ejemplo?

–Pues todo lo que hay alrededor, la gente, las cosas. Y sobre todo aquello que más le extraña o le emociona.

Encendió un cigarrillo y con la brasa se dedicó a acariciar el borde del cenicero, concentrado todavía en la pregunta.

–En realidad, no hay que razonar mucho sino mirar

mucho. Y relacionar unas cosas con otras –movió las manos como en un juego de escamoteo–, tender puentes entre ellas, abandonarse a las sugerencias... ¿Cómo podría decirte? Por ejemplo, puedes mirar esta mesa, con nosotros aquí, como si fuese un cuadro que ha pintado un artista según una intención y un orden, y que ahora tú tienes que analizar y desvelar. Es sólo un truco para estimular la observación, para provocar un ángulo insólito en el enfoque, para ver el mundo desde la novedad. Un escritor es, más que nada, alguien que posee el don del asombro y sabe transmitirlo. El don de singularizar lo que ve. Porque las cosas esconden siempre algún secreto, un detalle, algo que las hace únicas, y que el artista debe descubrir. Pero esto, que es tan fácil decirlo, resulta luego la cosa más difícil del mundo. Ya te lo dije antes: todo esto es teoría y sólo vale como teoría. En realidad, no sirve para nada.

–No, qué va, a mí me parece muy interesante, mucho –y era verdad: todo aquello era para mí nuevo y me hacía entrever algo extraordinario–. Y los novelistas, por ejemplo, ¿de dónde sacan sus historias?

Con manos ansiosas y algo torpes, el señor Rodó apagó el cigarrillo y alcanzó otro, pero todavía no lo encendió.

–De cualquier parte, eso es lo de menos. En todas partes hay belleza e historia. Infinita belleza e historia que nunca se acaba de contar. Pero creo que todo es un problema de actitud. Sí, ése es el principal problema –elevó la voz y gesticuló con firmeza–. Si uno está alerta, activo, nuestro mundo interior acaba madurando, y entonces las ideas, las historias, surgen por sí solas. Hay que ser paciente y esperar. ¡Sí, esperar, esperar! –y crispó las manos para remachar la convicción.

Era la primera vez que lo veía hablar con apasionamiento.

–¿Se acuerda de aquello que le dije de Schopenhauer?

Que hay que tratar a las cosas como si fuesen reyes y esperar a que ellas nos hablen primero. Hasta que nos manden un mensaje. Es decir, no razonarlas, sino mirarlas hasta tener una intuición. Lo dijo el profesor de filosofía y me pareció muy interesante. Y alguna vez he hecho la prueba, pero no he conseguido nunca que las cosas me hablen.

–Es que eso no es fácil... El mundo casi siempre está mudo y no se sabe qué es mejor, si esperar a que hable o hablar tú por tu cuenta. Estas cosas no acaban nunca de saberse. Son agotadoras –y se pasó una mano por los ojos y se los refrotó, dando muestras de que, en efecto, aquel asunto lo agotaba.

Le dije que si quería tomar otro café.

–Mejor una caña.

Bebió con avidez. Se bebió medio vaso de un trago y parecía ya más animado. Yo sabía que le gustaba beber, porque en su habitación había botellas de licor que iban menguando por la noche. Aproveché para preguntarle por la inspiración.

–Tú eres músico y de eso sabes tanto como yo.

Entonces le conté lo que decía Raimundo, que una vez que se tiene la técnica hay que dejar que la guitarra toque sola, que los dedos vayan y vengan por las cuerdas sin esfuerzo, como sin voluntad. Y era verdad, cuando se conseguía eso se tocaba muy bien. ¿Era también así la inspiración? ¿Y pasaba lo mismo en la escritura? ¿Se podía dejar la pluma suelta, que escribiera un poco por su cuenta?

–Pues no lo sé... –parecía sobrepasado por la pregunta–. Pero puede que sí. A veces lo difícil no es escribir bien, sino evitar la tentación de querer escribir bien. A veces todo fluye con una facilidad pasmosa. Como si alguien te dictara desde la sombra... Y otras veces es como disparar a un blanco que está ahí, grande y claro, pero al que no hay modo de acertar. No sé, es todo muy complicado.

—Pero ¿qué es lo más difícil para el escritor?

—Ya veo que no te cansas de preguntar —pero no lo dijo como reproche; al contrario, sonrió, y se quedó un rato con la sonrisa parada en los labios—. Lo más difícil... Qué sé yo. Se podrían decir muchas cosas, pero quizá lo más difícil de todo es ser sincero.

Lo miré incrédulo. Ser sincero a mí me parecía lo más fácil del mundo.

—No creas. Para empezar, cada uno de nosotros somos varios. Eso lo explican muy bien los psicólogos. Poseemos varios yoes, y cada yo tiene su historia y su manera de contarla. Y a menudo el yo que escribe no es el más original, o el más auténtico, o el más llamado a hacerlo, sino el más locuaz o el más brillante en apariencia. O el más atrevido. Saber cuál de nuestros yoes debe escribir, y conseguir que lo haga (porque a veces justo ése es el más callado y oculto, y el más remiso a hacerlo), eso es quizá lo más difícil y azaroso de todo. Porque, además, para ser sincero, no basta con quererlo; hace falta talento, y a veces hasta suerte. Llegar a ser uno mismo: ésa es la clave del misterio.

También yo pedí ahora una caña. Nunca me había podido imaginar que escribir fuese algo tan lleno de problemas y contradicciones.

—¿Y cómo sabe uno si vale o no para escribir?

—El tiempo todo lo desvela. Pero a veces no llega a saberse nunca. Por otra parte, eso es algo que no depende de uno. De uno depende el intentarlo; lo demás, ya no está en nuestras manos. Y también puede ocurrir, y ha ocurrido, que el talento del escritor se manifieste después de muchos años de equivocarse y de andar por caminos errados. Todas las variantes son posibles.

—Pero ¿cómo sabe uno si tiene que intentarlo, si quiere ser escritor?

—Pues ¿qué te puedo decir? Uno lee, vive y, de pronto, un día siente la necesidad de escribir. Hay muchas teorías, pero el fondo de la cuestión sigue siendo confuso. Yo, por lo menos, no lo sé –y con las manos y los hombros hizo un gesto medio cómico de inocencia, y se quedó esperando mi próxima pregunta.

2

Yo estaba animado por lo trabado y fácil de la charla, y por la cerveza, y quizá por eso, siguiendo el hilo lógico del razonamiento, le pregunté cómo había empezado a escribir él, y por qué. El señor Rodó sonrió un poco para sí mismo y se quedó un rato acariciándose la barbilla y con los ojos fijos en un punto impreciso de la mesa.

–¿Debo contarte también eso?

–Si no quiere, no.

–¿Tanto te interesa de verdad la literatura?

–Bueno, siento curiosidad. Y todo eso que cuenta me parece..., no sé, apasionante.

–Curiosidad y pasión. Eso ya es mucho. Por menos me hice yo escritor. Aunque el verdadero motivo no he llegado nunca a conocerlo. Debe haber alguno, sin duda, pero escapa a mis recuerdos o a mi conciencia –y pidió más cerveza, como estableciendo un vínculo entre la bebida y la memoria–. O quizá no, quizá el destino no necesite ninguna buena razón de fondo y le baste con cualquier insignificancia para construir su trama. Porque, si no me equivoco, todo empezó con una redacción escolar. ¿Quieres saberlo? Yo era algo más joven que tú, y hasta entonces nunca se me había ocurrido escribir. Nada más lejos de mis pretensiones. Ni siquiera me gustaba mucho leer. Pero un día en el colegio convocaron un concurso de redacción, y mi padre me dijo: «¿Es que no te vas a presentar?». «¿Yo?», le dije. Y él: «¿Y qué tienen los demás que no tengas tú? ¡Preséntate, no seas mojigato! ¡Preséntate a ver qué pasa! ¿Qué puedes perder?». Y me presenté. Elegí como tema las cosas del mundo que un día sirvieron para algo y ya no sirven para nada pero que siguen ahí, en sus puestos: la piedra del molino que ya no muele, la estación de ferrocarril con sus señales de tráfico y sus vías y sus despachos de billetes pero por donde ya no pasa el tren, el camino que no lleva ya a ninguna parte... La titulé *Melancolía*. Y gané el concurso. Me dieron una medalla y un diploma en un acto solemne. Hubo elogios, discursos, hubo una nota incluso en *La Vanguardia*. Y el orgullo paterno, claro está. «Ya te lo dije. Tú vales tanto como el que más y conseguirás lo que te propongas», me dijo, y de allí en adelante me lo repetía a menudo. La familia dio una pequeña fiesta de celebración. Vinieron parientes a los que yo no había visto nunca. Y mi padre invitó a sus amigos. Mi padre les decía: «¡Aquí lo tenéis!», refiriéndose a mí, y les enseñaba la medalla, el diploma y el recorte de *La Vanguardia*. Y ellos me abrazaban y me miraban risueños y felices. Y yo me sentía también feliz y con ganas de no defraudar a nadie. Así empezó todo. Ese día, allí en la fiesta, decidí ser escritor.

–¿Así, de repente?

–Bueno, no lo sé, eso es lo que recuerdo.

–¿Y después?

–Después... –el señor Rodó fumaba y le daba vueltas entre las manos al vaso de cerveza, muy concentrado en el recuerdo–. Poco después estalló la guerra civil. Pero a mí la guerra no me afectó mucho. Recuerdo que lo que realmente me preocupaba era el papel.

–¿El papel?

–Sí, ya te dije que es una historia un poco ridícula. Tenía tanto que escribir, según mis cálculos, tantas novelas, dramas, poemas, ensayos, tanto de todo, y tenía tanto futuro por delante, y me parecía además tan fácil y placentero hacerlo, que empecé a obsesionarme con el temor de que un día me faltase el papel. Manías de adolescente. Sufría por los bosques que talaban, o que la guerra destruía. Era como si le arrancasen hojas a mi futura obra. Como una afrenta personal –su tono era irónico y un poco irreverente–. Así que me puse a reunir papel, todo tipo de papel, y lo iba almacenando en casa. Montones de folios, de cuartillas, de cuadernos... Y durante los años de la guerra, mi vocación se desvió y se concentró en ese problema. Y también en la salud. Yo había descubierto que tenía un mundo interior inagotable. No había cosa sobre la que yo no pudiera escribir algo, ni persona que no me inspirase un personaje. El mundo entero estaba a mi disposición de escritor. Nada me era ajeno. La belleza estaba en todas partes. Eso pensaba. Y ante tanta abundancia, y tan alta misión que cumplir, y seducido por tantas promesas, todo lo que tenía me parecía poco: el papel, desde luego, pero también y más que nada la misma brevedad de la vida. ¿Por qué se nos concedían tan pocos años para tantos y tan grandes proyectos? ¿Por que éramos tan frágiles? Me obsesioné con la salud. ¿Y si moría antes de culminar mi obra, o antes incluso de emprenderla? Un bombardeo, una bala perdida, un virus, una teja, un mero síncope. Bajaba las escaleras con cuidado. Salía poco a la calle. Contraje manías supersticiosas para asegurarme un destino benévolo. Veo que tú de vez en cuando te hueles los dedos.

–Sí, no me gusta el olor a mecánica.

–Y que cierras a veces un ojo, o te lo tapas con la mano.

–El izquierdo. Cuando estoy cansado y con sueño, me adormezco un poco con ese ojo.

–Hay un personaje mitológico que hacía lo mismo. Se llamaba Argos y tenía cien ojos. Con cincuenta dormía y con cincuenta vigilaba. Cuando murió, los dioses se compadecieron de él y lo convirtieron en pavo real. ¿No lo sabías?

–No.

–Pues yo también tenía mis manías, y algunas las sigo conservando, y seguro que tú te habrás fijado en ellas. En fin –y suspiró.

–Si quiere pedimos otra caña –me apresuré a decir, porque aquel regreso al presente amenazaba con ser definitivo.

Así que la pedimos y él siguió hablando. Quizá estaba entonado por la cerveza, o quizá por su propio relato contado ante un muchacho atónito y rendido de antemano a su voz, o por lo que sea, pero el caso es que siguió hablando, animándose, y a veces usaba un tono burlón, y hasta un poco cínico, como si se ufanase de la falta de ejemplaridad y grandeza de su propio pasado. Porque acabó la guerra y él siguió preparándose para ser escritor, y sintiendo cómo su mundo interior se agitaba y crecía, un mundo todavía en brumas, algo informe pero lleno de vida que latía en las tinieblas y que tan pronto lo llenaba de euforia como de dolor. Sólo había compuesto la redacción escolar y ya mucha gente sabía que iba a ser un gran escritor.

–Yo mismo cedía a veces a la tentación de contarlo, de proclamarlo, para que se fuese sabiendo quién era yo y sobre todo quién llegaría a ser en el futuro. Un futuro que no sólo para los demás, también para mí mismo, empezaba a tener ya algo de legendario. Que se supiera. Alguien tocado por un destino singular. Y me sentía orgulloso de mí mismo, y hablaba con arrogancia de lo que aún no existía ni siquiera como proyecto. «Qué, ¿escribes mucho?, ¿estás haciendo algo?», me preguntaban. Y yo decía que sí, pero a mí mismo me decía: «No, aún es pronto, aún no estoy preparado. Tengo que aprender, que madurar». Y esperaba. Todavía sin hacer nada, confiado en mi fuerza interior, y en que todo llegaría a su tiempo, porque la época de la siembra no había pasado aún.

A veces hablaba distraído, impreciso, como si con las frases dibujara monigotes y caprichos geométricos en el silencio. Y a veces hablaba despacio, eligiendo las mejores palabras, y entonces parecía que el silencio era una vitrina donde él iba dejando en exposición objetos delicados. Hizo una pausa para encender un cigarrillo y yo aproveché para preguntarle qué edad tenía entonces y qué estaba estudiando.

–Estaba acabando el bachillerato. O quizá había empezado ya Filosofía y Letras, porque también allí llegó pronto mi fama de escritor. Algunos, que enseguida adoptaron un aire de discípulos, depositaron su fe en mí. Una fe ciega, que se alimentaba del rumor y de la propia fe que yo tenía en mí mismo. Pero yo no escribía, aún no. Seguía esperando. Estaba en esa época en que la vida todavía no urge y uno no tiene la impresión de estar perdiéndola irreparablemente a cada instante. Esa época en que la espera puede llegar a ser un placer delicioso, el más dulce que existe. Quizá algún día también tú vivas algo así. Uno espera a que llegue algo que con seguridad ha de llegar. Nos lo debe el destino. Nuestra juventud es testigo de que recibimos solemnemente esa promesa. Y eso es lo que yo hacía: esperar, y prepararme para el gran día de las ofrendas. Y aunque no escribía, vivía entregado por completo a mi arte, con una vocación fuera de toda duda, intransigente como un anacoreta de los tiempos antiguos. Leía mucho, y todo me parecía poca cosa comparado con lo que yo haría cuando llegase mi momento. Y si alguien me preguntaba qué estaba escribiendo, yo contestaba con un gesto de extrañeza, como diciendo: ¡Mira éste con lo que sale ahora! Pero luego, como insistían, empecé a hablar de una novela extensa y ambiciosa de la que creo que por entonces sólo tenía el nombre de algunos personajes, un vago inicio de trama y la primera frase, que era muy larga, casi medio folio. Aquella frase yo la escribía muchas veces con leves variantes por el mero placer de pulsar el tono y degustar su música. Como quien prueba, paladea apenas un bocado del gran banquete ya dispuesto. A veces escribía alguna otra frase experimental. Me recuerdo así, una mano en la frente, la otra arrastrándose por las líneas como el forzado que deja en el polvo del camino un rastro de grilletes. Ésa es la imagen que se me impuso desde el primer momento. «Mi hijo está escribiendo una gran novela», le contaba mi padre a todo el mundo. Y lo mismo mi madre, mi hermana, mi novia. Porque tenía novia, una chica muy guapa que se enamoró de mí precisamente porque yo era escritor. «¿Qué tal la novela?», me preguntaban. Y yo hablaba de ella, apasionadamente, porque es verdad que la sentía dentro de mí, los personajes, las voces, el ambiente, el curso de la acción... Y vivía para la novela, atormentado por ella, merodeando en torno a ese mundo imaginario, y cediendo a veces a la sugestión de que la novela no sólo existía como proyecto sino que de algún modo era como si ya estuviese escrita, como si sólo tuviese que decidirme a hacerla, decir: «¡Ahora!, ¡ahora!», para que aquel ensueño se convirtiera en realidad.

Había puesto mucho ardor en las últimas frases y, cuando acabó la última, se quedó con las manos en alto todavía llenas de elocuencia. Luego las posó sobre la mesa y me miró insinuando una sonrisa desencantada. Yo me pregunté entonces por qué me estaría contando a mí esa historia, esa parte turbia de su vida. Me pregunté también si no se la habría inventado, él que era escritor y cuyo oficio consistía en idear relatos que parecieran verdaderos.

–¿Y no escribía nada de verdad?

–No, sólo algunas frases, que luego analizaba y sometía a un juicio sumarísimo. Y siempre, al final, me decía: «No, no es esto, aún no es tiempo». Porque lo que yo escribía no era ni la sombra de lo que sentía y vislumbraba en mis sueños, y de lo que los demás acaso esperaban de mí. ¿Qué tendría que escribir yo para estar a la altura de las expectativas que se habían creado a mi alrededor, y que yo mismo había contribuido a crear? Y acabé mis estudios y fui cumpliendo años. «¿Qué tal la novela?», me preguntaban. Y yo decía: «Bien, bien», a secas, y seguía mi camino. Ni siquiera a mi novia le permitía ya hablar de la novela. A cambio, le hablaba de la obra perfecta, hecha de frases perfectas, que alguna vez, cuando lograse darle forma a mi mundo interior, yo llegaría a escribir. Y le hablaba de la pureza de mi vocación. Yo era un artista incorruptible, y la escritura para mí era sagrada. Yo no negociaba con los términos medios, y menos aún con la mediocridad. Con lo cual creció mi leyenda. Porque, quien se rige por tan altos principios, ¿qué no tendrá detrás?, debían de pensar los que me conocían. Y quien me escuchaba con más arrobo era mi padre, cuya creencia de que su hijo era un gran escritor empezaba ya a convertirse en demencia senil. Yo vivía aún en la casa paterna. Él escuchaba detrás de la puerta de mi cuarto, o pedía silencio a todo el mundo (absurdamente, porque allí nadie hacía ruido salvo él con sus advertencias y siseos) para que nada me distrajera en mi labor. Y llegó un momento en que la situación se me hizo insoportable. Yo no podía pensar siquiera en escribir, en empezar de una vez por todas la novela, porque se suponía que la novela estaba ya avanzada y corría feliz hacia su desenlace. Pero tampoco podía contar la verdad a aquellas alturas de la historia. Así que hablaba de mis principios éticos y estéticos, de mi mundo interior, de mis proyectos, y seguía esperando, preparándome, madurando, con la fe intacta en mi vigor y en mi talento. Y me decía a mí mismo: «No debes precipitarte; el camino del arte es largo y lo peor que puedes hacer es caer en la trampa de buscar un atajo. Deja que tu mundo madure. Cuando hagas algo, que sea definitivo». Y mi silencio acrecentaba el rumor y el suspense sobre la obra genial y nunca vista que estaría componiendo. Y llegó a ser una tortura que allegados, vecinos, y otros que no conocía de nada (pero ellos a mí sí) me preguntaran continuamente qué tal la novela, para cuándo la publicación, preguntas que quizá algún día, ya pronto, adquirieran un tono irónico, o un acento de duelo, o desaparecieran cortésmente de la conversación, dejando en el silencio una sombra de burla. Me hice lacónico, solitario, algo huraño, y apenas salía de casa, ni siquiera de mi cuarto, con el pretexto de escribir y pensar. Y, por ese camino, cumplí los treinta años. Y todavía era un joven prometedor.

Hizo una pausa para pedir otra cerveza y yo esperé a que prosiguiera lo que desde hacía ya rato era un puro monólogo, un pensar en alto sin otro interlocutor que su propia conciencia. Y a mí ni se me ocurría ya participar en su disertación.

–Y al día siguiente de cumplir treinta años, mi padre murió. En su última agonía pidió que le llevaran al lecho la medalla y el diploma que gané en el concurso escolar. Los apretó contra su pecho y con el índice de la otra mano señaló débilmente a un punto impreciso en las alturas. Quiso decir algo, sonrió, cerró los ojos y se quedó con una sonrisa venturosa en los labios. Pocos días después yo me marché. Pretexté confusamente que el artista necesita viajar, ver tierras, estar solo, llenarse los sentidos con la luz y las voces y los aromas de otros ámbitos, y abandoné la ciudad. O mejor dicho, huí. ¿Comprendes por qué?

–Sí, más o menos.

–Me fui a Valencia, allí viví unos años y allí me hice bibliotecario.

–¿Y su novia, su familia?

–Me fui desligando de todos, y ellos de mí, tras una breve correspondencia donde yo hablaba mucho de destino, renuncia, soledad y cosas de ese estilo. Y entonces me entregué a mi arte con más pasión que nunca. Y ésa es, contada por encima, mi historia de escritor.

–¿Y allí maduró ya su mundo y empezó a escribir de verdad?

–Más o menos. Pero esa parte de mi vida ya no tiene interés. Y además es tarde y hay que regresar.

Dio una palmadita en la mesa, nos levantamos y caminamos en silencio hacia la biblioteca. Me pregunté otra vez por qué me había contado todo aquello, cosas tan suyas, tan particulares, y que no reflejaban sus logros de escritor (que seguro que los había y se los había callado) sino sus dificultades y fracasos (que acaso los había exagerado por humildad, o para darle más realce moral a la historia). Entonces pensé que quizá me lo había contado por mi madre, por algún tipo de compromiso o gratitud, no porque yo mereciese ser receptor de aquellas confidencias. «Quizá su historia es un legado», pensé, «algo así como una arquita que contiene algo precioso, un genio o unas palabras mágicas, algo a lo que yo pueda invocar algún día en un momento de peligro, o de desánimo.»

–¿Sabe? –le dije ya al pie de la escalinata–. A lo mejor un día de éstos me voy de gira con la guitarra. Pero no estoy seguro de que quiera ser guitarrista.

–¿Y qué es lo que te gustaría ser?

–No lo sé –y me olí las manos con los ojos fijos en el suelo–. No me importaría ser escritor –dije en broma.

–En ese caso –dijo él, también en broma–, no te obsesiones con el papel.

–¿Ése es todo el consejo que me da? –casi le grité.

Pero él ya iba lejos, subiendo ágilmente la escalera, y con una mano ya hundida en el bolsillo de la chaqueta.

Yo esperé a verlo desaparecer, y sólo entonces me di la vuelta y eché a andar hacia casa.

3

Eso ocurrió un sábado. Y luego, de pronto, al miércoles siguiente, sobrevino la gira. A veces yo pensaba en ella como un suceso que vendría a remover el tiempo estancado del presente y que a partir de ahí comenzaría la verdadera historia de mi vida. Pero en el fondo no creía en ella. Me parecía que era sólo un proyecto ilusorio del tal Rives, una invención verbal sin más fundamento que la complicidad de los oyentes, y que se iría gastando con el tiempo, de tanto contarla, hasta que el último devoto dejase de creer en ella y ya no sirviese ni como proyecto ni como ficción. Ni siquiera como esperanza.

Pero el miércoles Raimundo me llamó al taller para decirme que estuviera listo, porque saldríamos el viernes por la tarde, y esa misma noche haríamos el debut en un teatro de Guadalajara. «¿Así, sin más?» «¿Y qué más quieres, primo? ¿Te parece poco?» «Hombre, no sé, supongo que habría que ensayar.» «Aquí, aunque jóvenes promesas, somos todos profesionales, y cada cual lleva ensayado ya lo suyo. Lo demás se hará sobre la marcha», dijo él. «Rives lo tiene todo muy pensado.»

Estaba eufórico. Yo sabía que las cosas no le iban nada bien, ni con Hortensia ni menos aún con su carrera artística. A Hortensia le seguía contando que trabajaba de chapista y que ahorraba para una casa, una ferretería o una tierrita propia. Luego se casarían y vivirían felices para siempre. Ella tardaba en contestarle, y sus cartas eran breves, protocolarias, cada vez más lejanas. Y, entretanto, él aguardaba su ocasión. Sus trajes impecables habían perdido la prestancia geométrica, y sus camisas de fantasía parecían ya marchitas, y sus sortijas y cadenas y demás pedrería daban sólo un triste fulgor de baratijas. Y tenía mala cara y se le estaba poniendo la nariz de borracho de tanto ir y venir sin esperanza ni provecho, y de pasar las noches en tablaos y tabernas flamencas, para amanecer luego en cualquier parte después de haber contado, y quizá balbuceando aún, su leyenda dorada de París.

No sé muy bien de qué vivía, supongo que de su propio vagabundeo de nómada, de pasarse las horas en las academias de baile, en el Hogar del Artista, en las peñas flamencas, y de las migajas que iba encontrando aquí y allá, y a veces incluso de cantar en la calle, según me contaron, unas rumbitas y unos pasos de baile, o unos fragmentos de su *Rapsodia lorquiana*, hasta reunir las monedas con las que poder emborracharse y alternar esa noche y seguir resistiendo. «Porque el artista de verdad, primo, tiene que resistir. Y el que resiste, tarde o temprano triunfa.»

Por eso ahora estaba eufórico con la gira. Aquélla era una oportunidad única para darse a conocer al gran público y hacerse un sitio en el escalafón. Había hablado con Rives y todo estaba programado al milímetro. Actuaríamos en los mejores teatros de España (una unidad móvil de la radio, patrocinada por grandes firmas comerciales, seguiría a la *troupe* allá por donde fuese, haciendo entrevistas, informando de las novedades y retransmitiendo algunas funciones en directo), y al final del verano, cuando el espectáculo fuese ya famoso, y con él su elenco de figuras, remataríamos la gira triunfalmente en Madrid. ¿Quién, a partir de ahí, podría ponerle puertas al futuro? ¿No había merecido la pena resistir? ¿Cómo creía yo si no que habían surgido los grandes nombres del baile, de la guitarra, del cante y de la copla? «Afílate bien las uñas, primo, que ésta puede ser la ocasión de tu vida.»

Yo no compartía su optimismo, pero así y todo, de no haber sido por Adriana, por el miedo de no volver a verla, hubiera dejado el taller para siempre y me habría lanzado a la aventura con la confianza de quien no tiene nada que perder. Aunque sólo fuese por viajar y adquirir un poco de experiencia como guitarrista. De modo que ese mismo miércoles decidí pedirle a don Osorio unos días de permiso a cuenta de las vacaciones del verano. Con eso, y con una fiesta que había por medio la otra semana, habría tiempo bastante para probar suerte en la gira. Luego, si la cosa iba bien, aunque sólo fuese la mitad de bien de lo que suponían Raimundo y Rives, yo tendría algo que ofrecer a Adriana, y me mantendría en contacto con ella hasta que llegase la ocasión de huir juntos y perdernos por la anchura del mundo. Si no, regresaría en unos días y seguiríamos viéndonos y preparando otro modo de fuga. Porque si algo tenía yo claro es que aquél era para los dos el gran amor de nuestra vida. Lo importante no es tanto equivocarse como no haber tenido el valor de elegir, me acordaba yo de las palabras del señor Rodó, y aquella sentencia me animaba a la audacia. Porque quién sabe si la gira no era la traza de que se valía el destino para desenredar el nudo del amor.

–¿Y adónde vas? –don Osorio estaba engrasando un motor y se me quedó mirando con la aceitera en la mano.

–De turné con la guitarra. Por Guadalajara.

–¿Y abandonarás entonces a Adriana? –y se echó atrás, asombrado previamente de lo que yo fuese a decir.

–Serán sólo unos días.

–¿Unos días? ¿Y qué sabes tú del tiempo y de la vida? ¿Y si no vuelves nunca?

–¿Cómo no iba a volver?

–Tú eres muy joven y la farándula es muy vieja. Se trabaja poco y se anda mucho. Y nada gusta más que la mudanza y el estar siempre empezando y dejando todo a medio hacer. Ya lo dice el refrán: «Caminando, descansas». Y Guadalajara es sólo el principio del mundo.

–Sólo son unos días –repetí yo.

–De modo –dijo él, rehusando cualquier nexo con mi respuesta y siguiendo su propio hilo mental– que abandonas a Adriana.

No supe qué decir porque, en cualquier caso, hubiera tenido que repetir lo mismo por tercera vez.

–¿Y te has despedido ya de ella?

–No... Acabo de enterarme ahora mismo de la gira. Me lo han dicho por teléfono.

–Según eso, tampoco le has pedido permiso para irte.

–¿Permiso? Pues no.

–¿No le das clases de guitarra? Entonces tienes con ella una relación laboral y deberás solicitar también su permiso. Si yo soy tu patrón, ella es tu patrona. Y ahí tenemos un problema, porque es posible que te lo deniegue. Y, si te lo concede, será sólo por compromiso. Y porque ella es una mujer muy bondadosa. En cualquier caso, le darás un disgusto. Las lecciones de música son la única alegría de su vida. Y hasta es posible que, con tu ausencia, empeore su enfermedad. ¿O es que no sabes que ella está enferma de fantasías?

–Sólo se perderá una clase. Dos como mucho.

–Más la víspera –dijo él, y sonrió, seguro de su enigma.

Entonces yo tuve otra vez la impresión de lo extremado y anómalo de su juventud. Con sus deditos cortos y sonrosados, y su piel tersa y lampiña, y su voz de falsete, parecía un enorme bebé de muchos años.

–¿Y no piensas ir a verla?

El corazón me dio un vuelco.

–Bueno, eso depende de usted...

–Pues ve ahora mismo y pídele autorización para marcharte. Y dile incluso que te has escapado del taller sin mi consentimiento, sólo para decirle adiós. Y échate a sus pies, como hacían con sus damas los caballeros antiguos cuando partían para la guerra. ¿A qué esperas? –y se inclinó con la aceitera para seguir engrasando el motor.

4

Y llegó el viernes. El punto de encuentro era uno de esos bares populosos de Atocha donde todo son voces y humo de freiduría, y apenas salí del metro, ya desde el otro lado de la plaza vi que había mucha gente congregada en la acera. Trascendía un ambiente de inminencia y de euforia en torno a una furgoneta adornada con cintas de colores y cadenetas de verbena y estrellas doradas de cartón, y sobre el techo de la cabina unas grandes letras en relieve espolvoreadas de oro, imitando el colosalismo de algunos títulos de películas épicas, donde ponía: LOS NUEVOS ÍDOLOS. La furgoneta tenía algo de cosa navideña o circense.

Era un día de mucho calor, ya casi de verano, al filo de las tres de la tarde. Y al contemplar aquella escena yo me deprimí y me dieron ganas de darme la vuelta antes de que me vieran parado allí con la maleta y la guitarra y me identificaran como a uno de los suyos. Pero ya algunos, en efecto, me habían descubierto y me miraban descaradamente, y uno me apuntó con el dedo, y otro me hizo señas con la mano para que me acercara y me uniera al grupo.

Y yo entonces, antes de cruzar hacia ellos, quizá para conseguir un poco de seguridad en mí mismo, me acordé de algo que había dicho el señor Rodó, lo de mirar las cosas como si fuesen cuadros ideados con una intención y según un orden estricto y misterioso que el observador debía desentrañar. Era la primera vez que hacía el experimento. Y es verdad que las cosas de pronto resultaban distintas, como si uno las mirara desde otra dimensión y se adueñara de ellas, o las inventara con la imaginación o desde el sueño. Un hombre mayor que permanecía aparte, en un rincón del encuadre, me pareció que miraba a los otros como si sospechase que formaban parte de una estampa irreal. Los bultos y maletas amontonados junto a la puerta de carga de la furgoneta ahora estaban cuidadosamente puestos allí para componer un bodegón realista. Y una joven se rascaba la cabeza como si hubiese olvidado momentáneamente su papel en la escena. Fue sólo un instante, porque en cuanto me uní al grupo se esfumó la visión.

«¿Tú también vienes a la gira?», me preguntó alguien. «Sí», dije yo, «soy guitarrista.» Era un joven menudo y atildado, con el pelo brillante de fijador y una apostura un poco fatua. «¿Sabes quién soy yo?», me preguntó. «No.» «¿Seguro? Soy Juanito de Toledo. Canto en la radio y he actuado ya varias veces en el Teatro Calderón. ¿Te gustaría acompañarme?» «Bueno.» «Entonces te diré una cosa, sólo para que la sepas. Si me acompañas, tienes que tocar bajito, y nada de falsetas largas, y menos de picado. Que los guitarristas siempre metéis la mano, y os queréis lucir, y os coméis al cantaor. ¿No es verdad?», le preguntó a uno de su cuerda que andaba por allí. «¿El qué?» «Lo de los guitarristas.» Debía de ser una broma convenida entre ellos, porque los dos contuvieron una carcajada y se fueron a otra parte a reírse sin preocuparse ya de mí.

El grupo era de lo más variopinto. Éramos en total unos treinta artistas y, como luego supe, había entre ellos cantaores flamencos de diversos estilos, tonadilleras, cantantes melódicos, bailaores y bailaoras, un niño prodigio que se llamaba Pedrito Alba y había ganado en la radio un concurso nacional de cante y venía como gran atracción, unos malabaristas, un forzudo, un charlista andaluz, un acordeonista, otros dos guitarristas, un mago, un ventrílocuo, un tenor, dos imitadores de ruidos, un payaso, tres músicos que eran la orquesta y hasta una pareja de acróbatas: todo lo que había podido reclutar Rives en academias de baile, bares de artistas, ambientes circenses y programas radiofónicos para estrellas en ciernes, más los que acaso se habían sumado por su cuenta, porque algunos no eran tan jóvenes, y los había que eran ya casi viejos.

A todo esto, formábamos ya un mediano gentío, porque a algunos artistas habían venido a despedirlos la familia, y muchos curiosos se habían detenido y casi mezclado con nosotros, atraídos por la furgoneta y por lo llamativo del grupo. Yo me preguntaba cómo íbamos a caber todos en la furgoneta y otra vez me entró la tentación de irme a casa y fingir un dolor de muelas o algo así. Pero en ese instante oí muy cerca de mí, casi al oído: «¿No estás emocionado, primo? ¿No te parece que esto es lo más grande que hay en el mundo? ¿No oyes ya el runrún del público y no sientes el calorcillo de los focos?». Estaba radiante, rejuvenecido, y vestía un traje cruzado de verano con un clavel en el ojal. Y todas sus alhajas volvían a lucir como en los buenos tiempos. Muchos iban de aquí para allá, diligentes pero sin objetivos, y el ambiente de euforia y de urgencia parecía anunciar ya un desenlace próximo. Luego hubo un principio de histeria y de tumulto, chilló una mujer, lloró un niño, y acto seguido apareció Rives. Venían con él unos hombres cargados con bultos de tramoya.

Como la otra vez, me pareció que a Rives lo definían más que otra cosa los zapatos. Los llevaba sucios y deformados por el uso, con las punteras torcidas hacia arriba (se le veían las medialunas de metal en las suelas), y de allí se elevaba su figura enérgica y chaparra. Todos lo rodeamos esperando instrucciones. Él levantó las manos, pidió calma y luego nos explicó el plan de acción. Partiríamos de inmediato y esa misma noche debutaríamos en un teatro de Guadalajara. Todo estaba saliendo, pues, según lo previsto. Hablaba con vigor, casi con dramatismo, y movía esforzadamente las manos para centrar el discurso, y que cada frase encajara en su sitio, y garantizando la validez de cada palabra. Abajo, los zapatos, con las puntas bizcas y combadas, se desplazaban ligeramente sobre el terreno, repartiendo el peso de todo aquel edificio verbal. En sustancia nos vino a decir que, a última hora, había fallado el autobús. Pero no importaba. Ya llegaría, ya se uniría a nosotros de camino, e hizo un gesto impreciso en el espacio y en el tiempo. Por lo demás, estaban calculados también los imprevistos, con las soluciones alternativas, y no había por tanto de qué maravillarse, y aún menos nada que temer. Como empresario que era de un proyecto nuevo y ambicioso, revolucionario, no ignoraba que, habiendo mucho por lograr, muchos serían también los contratiempos y percances. Allí todos íbamos en el mismo barco. El viaje sería largo; tormentas no iban a faltar. Desesperanzas, tampoco. ¿Averías y naufragios? Todos. Pero el barco llegaría a puerto, seguro, él respondía de ello. Y así siguió un rato hasta que al fin dijo que éste no era el momento de las palabras sino de la acción. Todos estábamos listos, nuestro arte a punto, el espectáculo anunciado, el público expectante, la suerte echada, y ya sólo quedaba ponerse en marcha hacia nuestro destino.

Eso dijo. Pero nosotros seguimos esperando. Era evidente que la furgoneta no daba para todos. Y más porque en ella había de ir el atrezzo, los focos, el equipo de música y sonido, los tablones y barras de hierro con que se armaba el escenario, y unos viejos decorados que sólo años después llegué a deducir que habían pertenecido a alguna vieja reposición de *Hamlet:* se veía un trozo de muralla sobre un cielo estrellado, una doncella coronada de flores, un bufón, unas tumbas: términos sobrados para que luego Rives, al presentar el espectáculo, evocara felizmente «la unión españolísima de la risa y el llanto, de la pena viril y la copla alegre y volandera».

Con todo eso, sólo quedaban en la furgoneta cuatro o cinco plazas. En ellas irían alguna de las mujeres, el niño prodigio, que no tendría más de ocho años, y viajaba acompañado de su madre, y él mismo, que se adelantaría así para ir preparando el alojamiento y la función. Los demás iríamos en tren. Se había informado y había uno que salía a las cuatro en punto para Guadalajara. Cuando llegáramos, ya estaría todo preparado. «Pagar el billete vosotros, de vuestro bolsillo. Con la primera taquilla que se haga, la empresa os lo reembolsará», fueron sus últimas palabras.

Así empezó la gira, y aquel estreno fue sólo el preludio de todo lo que vendría después.

5

Tal como estaba previsto, esa noche debutamos en Guadalajara, pero no en un teatro sino en un cine de la periferia, que llevaba sin usar largo tiempo. Hubo que limpiarlo y adecentarlo, desempolvar y colocar las butacas, que estaban amontonadas en un rincón, y reparar la instalación eléctrica. Para demostrar que el empresario era uno más del grupo, y no el menos dispuesto, Rives fue el primero en buscar una escoba y ponerse a barrer. Entretanto, nos habló de la campaña publicitaria. El espectáculo se había promocionado en los medios de comunicación durante toda la semana, poniendo un especial acento en los artistas más sonados por sus intervenciones en la radio. Algunos tenían ya un nombre, y la curiosidad por verlos en directo atraería sin duda a mucha gente. Afuera, en las puertas del cine, y en puntos estratégicos de la ciudad, ya se habían puesto afiches con la relación entera del elenco. Tenían una estética pobre y ostentosa que recordaba la de los carteles de toros, y en ellos, en la letra pequeña, aparecía también yo, El Niño Triste, y entre paréntesis, «El rey de la sonanta». Una tira suelta de papel, haciendo tangente sobre el afiche, decía: «¡Función única! ¡Gran gala! ¡Sólo por esta noche!». El espectáculo estaba programado para las once.

Antes de las diez estábamos todos listos para actuar, y ya vestido el escenario con los decorados, los focos y el sonido. Como no había nada que se pareciera a un camerino sino sólo un trastero, que se reservó para las mujeres, los demás nos acomodamos cada cual donde pudo. Pero éramos tantos, y tantos los trajes, los instrumentos de música y los aparatos de circo y de tramoya, que nos estorbábamos y nos topábamos sin querer unos con otros. Hubo protestas, maldiciones, bromas chuscas y chistes de maricas. Y luego ya todo fueron nervios, confusión, apuros, y ensayos improvisados en cualquier parte, en el escenario, en el patio de butacas, en el gallinero, en los pasillos. Se oían zapateados, palmas, castañuelas, voces preparatorias (descollaban sobre todo la del niño prodigio, que traspasaba de tan aguda, y la del tenor cuando sacaba toda su potencia), músicas diversas, los ruidos de los imitadores de ruidos que remedaban todo tipo de animales y cosas, y era un milagro que la gente pudiera entenderse con tanta algarabía. Raimundo y yo, juntas las cabezas para poder oírnos, ensayamos el vals peruano a dos voces. Yo intervendría además en la *Rapsodia lorquiana*, le haría un trémolo lírico cuando él recitase, y me sumaría al acompañamiento en los pasajes más rítmicos o intensos.

–Esto no tiene ni pies ni cabeza –le dije en un momento de rencor y fastidio. Volvía a arrepentirme de haberme enrolado en la gira y de estar tan lejos de Adriana–. Es un espectáculo absurdo.

–¿Qué dices, primo? Cómo se nota que no conoces todavía el mundillo del arte. Mira el escenario, mira los focos, mira el micro, mira la platea. ¿Qué más se necesita para triunfar?

Otros me reclamaron luego para ensayar con ellos. A Juanito de Toledo le acompañé unos fandangos de Huelva, tocando siempre muy bajito, casi en sordina a veces. «Aquí el público viene a escucharme a mí, no a ti. Así que la mano, servicial y blandita», me advirtió ya al principio. Con otro guitarrista, que tenía unas enormes uñas postizas hechas de pegamento y que tocaba sólo de pulgar y rasgueo, acompañamos una especie de bulerías a un bailaor que no tenía compás. Cerraba poniéndose en pose cuando le parecía bien y zapateaba o braceaba lo que se le ocurría en cada momento. El otro y yo lo seguíamos por aquel laberinto intentando no desparramarnos también nosotros, rasgueando a ritmo y siempre atentos a pararnos en seco cuando se le antojara a él. «Esto que bailo es todo mío, improvisado, de mi propia invención», dijo al final, por si no nos habíamos enterado.

Unos minutos antes de las once, llegó Rives ordenando absoluto silencio. Nos congregamos todos tras los bastidores, apelotonados y expectantes. Pero al cine, o teatro, no había llegado nadie aún. Quince minutos después había ocho o diez espectadores diseminados por el patio de butacas. Rives salió al escenario e informó que el espectáculo empezaría en breves instantes. Y se puso a hablar, en un tono transido de lirismo, del espectáculo, de los artistas, del arte, de sí mismo. Estuvo hablando por lo menos otros quince minutos, dando tiempo a los espectadores rezagados. Al final había unas treinta personas, y empezó la función. Se apagaron las luces, tocó la música una obertura apoteósica, y algunos artistas se hicieron la señal de la cruz.

Nunca tuve del todo claro si el espectáculo, tanto esa noche como las sucesivas, se rigió por un orden secreto o por el mero caos. Rives iba diciendo: «Sal tú», y después: «Detrás vas tú, y detrás tú». También decía: «El público se está enfriando», o «el público ahora está caliente, hay que aprovechar», y según eso iba ordenando la función. Él hacía de presentador y tardaba mucho en llamar a escena. Se demoraba contando anécdotas de otros tiempos, de otras tierras, de otras funciones memorables, se enfervorizaba con su propio discurso y no acababa nunca. Vestía en el escenario igual que siempre, el mismo traje de franelilla azul y aquellos zapatos sucios y deformes que parecían casi de payaso. Y a veces recitaba poesías. En una de ellas se aflojaba y torcía la corbata, se sacaba los faldones de la camisa, se desgreñaba, se despechugaba, cogía una botella y se ponía a hacer de borracho, y con voz de borracho, que luego iba derivando hacia el dramatismo y acababa en gritos y sollozos, contaba la larga historia de un enamorado que, por un desengaño, se mete en la Legión y termina convertido en un héroe. Y había otro poema que empezaba: «Tengo el caballo en la puerta. / ¿Te quieres venir conmigo? / Yo no te obligo». Y siempre que oía esos versos, yo me acordaba de Adriana y terminaba envenenado de nostalgia.

Total que, entre unas cosas y otras, el espectáculo no tenía fin. Todos además querían actuar y lucirse, y cuanto más mejor. Los que se consideraban alguien, exigían hacer dos y hasta tres números seguidos, y aún reclamaban salir a escena una segunda vez. Hacia la una de la madrugada, algunos espectadores empezaron a desfilar, agotados por el interminable y arbitrario ir y venir de artistas. Aquella noche la función duró cerca de cuatro horas, y en la última yo me senté y encogí en un rincón y me quedé dormido. Pero por entre el sueño yo oía como en una pesadilla la voz eufórica de Rives, oía las actuaciones, los murmullos entre bambalinas, las carcajadas impostadas, el chimpún de la música, los aplausos sueltos y descorazonados donde casi se podían contar las palmadas y calcular el número de espectadores que seguían en la sala. Por un momento pensé o soñé que aquella situación era ya irremediable, y que todos estábamos condenados en la eternidad a repetir sin tregua ni desmayo, y sin esperanza de remisión, lo que ya me parecía una tarea más propia de réprobos que de artistas.

La fatiga y la angustia me despertaron de repente. O quizá fueron las voces de una discusión que se había entablado sobre el escenario y que, por la brusca sinceridad del tono, supe que no formaba parte ya del espectáculo. Alguien le reprochaba algo a Rives, exigía sus derechos, le hacía al final una pregunta concluyente. Por el silencio general que siguió, deduje que también los otros estaban aguardando una respuesta. «Aquí vamos todos en el mismo barco», oí decir a Rives con un susurro trágico. «Ni barco ni hostias», dijo el otro. «Aquí todos tenemos que comer y alojarnos.» Como un eco, la voz de la madre del niño prodigio se cargó de razón: «Mi niño tiene que comer y dormir». Eran casi las cuatro de la madrugada. Por un momento me pareció que iba a estallar un motín a bordo. Entonces intervino el charlista andaluz, que era un tipo gordo que usaba siempre sombrero cordobés y que, como hablaba en la vida diaria igual que en la escena, exagerando el acento, el gracejo, los dichos, por todo eso resultaba inocente, y nadie podía enfadarse con él ni podía contradecirlo. Habló, se fueron serenando los ánimos y, cuando yo me levanté y me sumé al grupo, Rives tenía pintados ya en la cara, y expuestos en las manos, los argumentos de su vindicación.

—Vosotros mismos lo habéis visto —dijo, y puso por testigo y fiador a la propia evidencia—: no se ha sacado ni para cubrir gastos. ¿Y ya queréis hacer partijas? ¿De dónde creéis que ha salido el dinero para la publicidad? ¿Es que no habéis visto los afiches con vuestros nombres? ¿Es que pensáis que este teatro lo dan gratis? Y ahí está la furgoneta, con su conductor, la gasolina, el equipamiento, los impuestos, el trabajo de meses. ¿De dónde ha salido eso? ¿Es que a mí me lo dan de gañote? Todo lo he puesto yo. Quien más pierde es la empresa. Pero a mí no me importa porque yo creo en vosotros, creo en el espectáculo, creo en el futuro. Yo os haré grandes si confiáis en mí.

Yo os pondré en el camino de la gloria si sabéis porfiar. Y que cada cual juegue luego sus bazas. Y ahora me ocuparé de la intendencia.

Salió y no tardó en volver con unas barras de pan, unas botellas de vino, unas conservas y algo de embutido. Cenamos en las primeras filas del patio de butacas. Rives, de pie frente a nosotros, cenando también, aprovechó para completar el discurso y enriquecerlo de reproches.

–¿Qué queréis? ¿Llenar los teatros ya desde el primer día? ¿Haceros ya un nombre en el debut? Acabáis de empezar y ya os puede el ansia. No sois figuras: sois jóvenes promesas. El camino es largo y éste es sólo el principio. Pero yo me conozco algunos atajos, y el de esta noche ha sido uno de ellos. Os parecerá que hoy han venido pocos espectadores. ¿Y qué? Yo ya lo había previsto y no me importa. Con menos aún me hubiera conformado. Porque esos pocos que han venido son mensajeros que correrán la voz, y lo que hoy son cincuenta se multiplicarán mañana por diez, y luego por veinte, y por cien, hasta convertirse en muchedumbre. Entonces empezará la leyenda. «¡Ah, sí, Los Nuevos Ídolos!», dirán alguna vez, recordando estos tiempos. Y para entonces habrá discos, películas, actuaciones televisivas, plazas de toros llenas a rebosar. Unos llegarán, y otros se quedarán en el camino, porque eso es ley de vida, pero hoy hemos dado un primer paso que, si no me equivoco, ha sido de gigante. Yo conozco al público. Lo he observado durante la noche, y he visto en su cara la incredulidad y el estupor.

Todos comíamos y escuchábamos sin oponer resistencia al discurso.

–Estamos renovando el panorama artístico. Hará falta tiempo para que el público entienda y acepte. Entretanto, todos vamos en el mismo barco, y nuestra meta es seguir navegando. Con tempestad o con bonanza, pero siempre adelante.

No sé si por la hora, o por el cansancio, pero cada cual pareció resignarse a la elocuencia de aquella imagen del barco y de la mar.

Tras la cena, Rives se sacudió las migas de pan, se limpió la boca con la mano y dijo: «Yo ahora mismo salgo hacia Pastrana a preparar la próxima función. Allí nos veremos. Y ahí os dejo la furgoneta para el transporte». Y salió, y durante un rato oímos el ruido de sus zapatos avanzando con decisión y rapidez.

Esa noche, lo que quedaba de esa noche, dormimos en el cine. Raimundo y yo nos arropamos con la misma manta, y antes de cerrar los ojos me susurró al oído: «Rives tiene razón. Yo también le tengo fe al espectáculo. Tenemos que seguir adelante. Y además, primo, no me digas que esta vida bohemia no es bonita. Y ya vendrán tiempos mejores. Todo consiste en resistir».

6

Al día siguiente nos organizamos como mejor pudimos, unos en la furgoneta y otros en el tren, y nos fuimos a Pastrana, tras las huellas de Rives. Supongo que nos impulsaba la inconsciencia o la fe, o la fascinación ante lo inevitable. Porque después de Pastrana, vinieron Alcocer, Brihuega, Jadraque, Sigüenza, Atienza, y entre media otros pueblos menores, porque a veces hacíamos funciones de tarde en lugares de paso. Luego supe que no había nada contratado de antemano, que todo se improvisaba sobre la marcha y que apenas sucedía nada que no fuese producto del azar. Rives iba delante, frecuentemente a pie, con aquellos zapatos sonoros e incansables que acumulaban capas y más capas de polvo y que él no se limpiaba nunca, y con su traje de franelilla azul que tampoco debía de quitarse nunca porque viajaba sin ningún equipaje, de pueblo en pueblo, consiguiendo, no ya contratos, sino permisos municipales para ofrecer el espectáculo en cualquier lugar cerrado y más o menos amplio, un cine o una cámara agraria en el mejor de los casos, un casino, un salón de baile, y en una ocasión hasta un corral de ovejas donde armamos el tablado y donde los espectadores tenían que traer sus asientos de casa. Algunos se negaron a actuar en ese lugar y ante un público escaso, compuesto casi todo de niños que enseguida se pusieron a reclamar al payaso y al que confundieron con Rives apenas salió a escena. Él aceptó el papel, hizo un poco el ganso y, al retirarse entre aplausos, dijo con una sonrisa triunfante: «¿Veis? Así se capea el temporal. Ahí os dejo al público caliente».

Hubo días en que ignorábamos dónde nos tocaría actuar. Rives entonces nos dejaba mensajes en las cantinas de las estaciones ferroviarias, y a los de la furgoneta en encrucijadas o en cualquier otro accidente del camino. Cuando llegábamos al pueblo, él ya había buscado el local y pegado afiches en la plaza. Pero al tercer o cuarto día confiamos la publicidad a un altavoz atado al techo de la furgoneta, que recorría las calles del pueblo con Rives al micrófono, incansable y ebrio de elocuencia, y acompañado a veces de algún artista que se prestaba a ofrecer en vivo alguna muestra de su arte.

Comíamos de camino, en cualquier sitio, en el campo, en algún bar donde admitían comida, en el propio escenario, y a partir de la segunda noche dormíamos al raso, las mujeres y el niño en la furgoneta, los demás afuera, abrigados con mantas y ropajes y con los telones de los decorados haciendo una especie de tenderete inevitablemente escénico. A veces, antes del sueño, alguien hablaba de lo que haría cuando cobrase hacienda y fama, y aquellos envites adquirían un sentido sobrecogedor bajo el doble cielo de la noche y de *Hamlet.* En ciertos instantes, la vida parecía estar allí, al alcance de la mano intrépida que osase tenderse hacia la rama del futuro. Éramos casi todos jóvenes, y los tiempos venían cargados de promesas.

En esas noches, y a veces cuando abría los ojos en los amaneceres todavía estrellados, yo recordaba y le daba vueltas a algunas palabras del señor Rodó. Me parecía que en aquella situación adversa podían salvarme de algún modo, ayudarme a mantener la dignidad de ser yo mismo, de seguir siendo alguien cuando todo invitaba a la disgregación y a la inconsciencia. Poco a poco me acostumbré a fijar la mirada en las cosas, a tender puentes entre ellas, a no pensarlas sino a dejarme invadir por las sensaciones y sugerencias que irradiaban, a verlas congeladas en cuadros o viñetas, o reducidas a los detalles que yo creía esenciales, y quizá fue así como algunas escenas secundarias, que parecían condenadas al olvido, llegaron a perpetuarse en ruinas memorables.

En una de esas instantáneas estamos Raimundo, Rives y unos cuantos más, todos desnudos junto a un canal de riego donde acabamos de bañarnos. Se oye el fluir del agua, se oyen los pájaros, huele a hierba, hay un campo de grama mecido por la brisa, y poco más: no ocurre nada, sólo que estamos allí, sin hablar, secándonos al sol, felices sin causa y sin efecto. Otros instantes y otras sensaciones perviven cristalizados definitivamente en la memoria: la fatiga de los caminos polvorientos bajo un sol ya casi de verano, grupos de hombres inmóviles en las plazas antiguas de los pueblos, el olor a plástico recalentado y a carbonilla de los trenes, los altos cielos estériles del mediodía, la doncella coronada de flores fúnebres al desplegar los decorados para actuar o protegernos del relente del amanecer, la angustia súbita, al despertar, de que aquel vagabundeo sin norte se prolongase indefinidamente, y de que aquél fuese el cumplimiento de todo cuanto la vida prometía en sus inicios.

Nos levantábamos, recogíamos el campamento y nos poníamos otra vez en marcha. No tardamos en ir sucios y un poco encanallados. Nos lavábamos donde podíamos, en los arroyos o en los servicios mínimos e infectos de las estaciones, y seguíamos adelante. Nunca lográbamos reunir más de treinta o cuarenta espectadores, y las taquillas apenas daban para gasolina, comestibles baratos y ayuda al transporte para los que viajábamos en tren o en autobús, y a veces a pie, si el próximo pueblo no estaba muy distante. Algunos, sin embargo, empezaron pronto a murmurar. Corrió el rumor de que el espectáculo estaba subvencionado por el Estado y por la radio. «Rives se lo está llevando», se oía decir, «Rives es un trincón.» Otros seguían teniendo fe en él y en el porvenir. La fortuna podía virar en cualquier momento, y nunca se sabía lo que el destino nos tenía reservado. Pero, de todos, los más felices eran sin duda los dos imitadores de ruidos. Siempre iban juntos, y en cualquier lugar y a cualquier hora de pronto se ponían a ensayar, en el tren, en plena noche al raso, mientras comían, y en las situaciones más adversas o intempestivas. Uno, por ejemplo, hacía el búho, y el otro lo retrucaba con el mugido de la vaca, y ya tenían diversión para rato. Parecían autosuficientes, y que habían nacido para estar juntos y ser felices de por vida. Y no faltaba quien le echase la culpa al público y a las circunstancias. «El público es burro; no entiende»; «En España la gente no sabe; éste es un país atrasado»; «Aquí al artista no se le respeta».

Al quinto o sexto día empezaron las deserciones. El primero fue el niño prodigio. Era pequeño, dulce e inexpresivo, y cantaba como si recitase un poema aprendido sin pasión ni criterio. Con la misma cara con que cantaba oyó cómo una noche, después del espectáculo, su madre inició una bronca que, con breves intervalos de sueño, se prolongó hasta el amanecer. Y con la misma cara lo vimos irse, trotando tras la madre, volviéndose a veces para mirarnos como si dejara atrás algo sencillamente incomprensible. Luego una de las bailaoras desapareció sin despedirse. Y después el payaso, que una tarde, yendo por un pueblo, se paró en una esquina y nos dijo: «Señores, yo tiro por aquí. Ha sido un honor compartir con ustedes esta gira», y se fue, y ya no volví a verlo nunca más.

«Mejor, así vamos quedando sólo los cabales», dijo Raimundo. Todavía entonces estaba esperanzado y hasta eufórico, y hablaba con convicción de los planes que tenía para un futuro próximo. Casarse con Hortensia, conseguir un contrato de invierno en un tablao o una sala de fiestas de Madrid, enrolarse luego en una gran compañía que hiciera turnés por todo el mundo. ¿Por qué no? Otros lo habían logrado con no muchos más méritos que él. Me miraba con la cara radiante de optimismo. «Pero a ti, primo», me decía al rato, «yo no te veo contento. Se te ve más triste de lo que ya eres de por sí. ¿Qué te pasa?» «Nada, qué me va a pasar.» «Algo te pasa y no quieres decírmelo. ¿Es que no te gusta el mundillo del arte? ¿O es que te acuerdas de la mujer del jefe? ¿Te acuerdas de ella?» «Sí, mucho.» «Eso es que estás enamorado, y contra el amor nada se puede hacer. Pero tú todavía estás a tiempo. Estudia mucho, hazte un nombre, y ya verás la de mujeres que vienen luego a comerte en la mano. Y quítatela de la cabeza, no pienses en ella, que no hay recuerdos que den más pesares que los del amor.»

Pero yo no conseguía dejar de recordarla y añorarla, y de no haber sido por Raimundo, hubiera desertado al primer contratiempo. Recordaba sobre todo la última vez que nos vimos, cuando don Osorio me mandó a despedirme de ella y a pedirle permiso para salir de gira. «¿Y cuándo volverás?», me preguntó. «Muy pronto. Diez días como mucho, quizá menos.» Y le conté que, si la gira tenía éxito, ésa sería la ocasión para huir juntos y trasponernos por el mundo. Si salía mal, estaría enseguida de vuelta y esperaríamos una ocasión mejor. Aquel día no dimos clase de guitarra, y dedicamos todo el tiempo a las promesas y a las despedidas. Nos besábamos largamente y largamente nos mirábamos extasiados. «Cuando vuelvas», me dijo ya al final, «a lo mejor se me han pasado los escrúpulos de mujer casada, y con la alegría del regreso, tendré valor para entregarme entera a ti. Quiero que pienses eso durante el viaje, y en aquello que te dije una vez de que tienes que ser más audaz, y que no te olvides de mí ni un solo instante.» Y luego, cuando yo estaba ya con la mano en la puerta, ella se puso de puntillas y dijo mirándome fijamente a los ojos y con el rostro transido de pasión: «¡Te amo!». Yo creía que esa expresión no se usaba en la vida real y que era sólo de las novelas rosas y de las canciones populares de amor. Pero en sus labios me pareció maravillosa y natural. Me quedé impresionado con esas dos palabras, como si hubieran sellado con un juramento nuestro amor para siempre.

Así que yo me acordaba a todas horas de Adriana, y de su promesa de entrega y de su frase última de adiós. La alegría del regreso era mayor que la del viaje. Y el posible éxito artístico no era nada comparado con las expectativas del reencuentro. Es más, secretamente yo deseaba que la gira fracasase y se disolviese cuanto antes. El tiempo se me hacía eterno, y parecía que no fuese a llegar nunca la hora de volver. Y, en aquellas noches al raso, me acordaba también de mi madre y del señor Rodó, ahora los dos solos en casa, quizá durmiendo juntos, como cónyuges ya veteranos. Y también eso me llenaba de inquietud y agravaba el sentimiento de lejanía y de desarraigo.

«¡Anímate, hombre!», me decía Raimundo, «que el mundo no se acaba con ninguna mujer.» Pero también él empezó a dar luego señales de desánimo. Sus actuaciones pasaban desapercibidas. Quería hacer gracia y no lo conseguía. Y, cuando intentaba conmover, nunca faltaban risitas entre el público. La *Rapsodia lorquiana* tuvo que reducirla a un par de canciones peladas, porque en los recitados la gente se distraía, hablaba, se removía inquieta, y no entraba en el mundo trágico que Raimundo le proponía. Y como su afán excedía mucho a sus cualidades, y como tendía a confundir una cosa con otra, y se juzgaba a sí mismo, más que por los logros, por la fe en el intento, por todo eso no comprendía que los demás no apreciaran el valor de su arte. «Este público castellano no me entiende», empezó a quejarse. «Los franceses sin embargo se emocionaban y se reían conmigo, y siempre querían más. Yo no era allí una promesa, sino una realidad.» Y otra vez me dijo, un poco en broma pero con la mirada idealizada y un trémolo de nostalgia en la voz: «¿Sabes lo que he estado pensando? Que nos podíamos hacer artistas ambulantes, tú y yo. ¿No te gustaría? Sin depender de nadie. Un día aquí y otro allí. ¿Crees que no viviríamos bien? Nos compraríamos una *roulotte*. Y Hortensia vendría con nosotros, y a lo mejor también se apuntaba Adrianita. ¿A que sería una buena vida esa? ¿O no?».

7

Hasta que un día empezó de verdad el motín. Algunos hablaban de que éramos muchos y desparejos, de que no podían mezclarse las variedades con el circo, ni el flamenco con lo moderno, porque entonces el público no sabía a qué atenerse. Unos por otros, nadie brillaba con luz propia. «Necesitamos una estrella, apostar por alguien», se decía también, quizá pensando cada cual en sí mismo. De ese modo se inició la conspiración y, poco después, el cisma. Yo me enteré porque me lo dijo el propio Rives. Una tarde me llevó aparte y con mucho misterio me contó que la compañía estaba a punto de escindirse. Me hizo jurar que no se lo contaría a nadie. Esa noche, en cuanto acabara la función, siete de los artistas, encabezados por él mismo, se fugarían en la furgoneta para empezar una nueva gira en otras tierras. Yo era uno de los siete elegidos.

–¿Y los otros?

–Tú déjalos, que ellos ya se las arreglarán. Es lo mejor para todos –bajó confidencialmente la voz pero su tono ganó en vehemencia–. Juntos no llegaremos a ninguna parte. Y además, si he de ser sincero, la macrocompañía que formé era en realidad un modo, el único modo posible, de poner a prueba a la gente y seleccionar a los mejores, a los que van para figuras. Y ahora ha llegado el momento de la verdad. Es duro pero es así. El mundo del arte es una selva y también aquí rige la ley de los más fuertes. Unificaremos el estilo. Habrá sólo copla y flamenco, y tú serás el único guitarrista. Tendrás tu solo de guitarra. Y ya no nos llamamos Los Nuevos Ídolos, ahora somos Raíz y flor de España. Seremos menos a repartir y cada cual tendrá su caché. Iremos directamente a Zaragoza. Yo tengo allí influencias. Actuaremos primero por la zona, y luego, ya en julio, subiremos a la Costa Brava y bajaremos por el litoral.

Era un discurso que yo había oído ya muchas veces en los últimos tiempos. Luego me enumeró a los seleccionados.

–Así que abandona el barco –le dije.

–No, es sólo un cambio de rumbo ante el temporal.

Yo me sentía indignado, no porque huyeran y abandonaran a los otros (al fin y al cabo aquella fuga era una deserción más), sino porque Raimundo no estaba entre los elegidos. Pensé que sus números no eran peores que los de los otros, y que él necesitaba más que nadie un acto de confianza en su valía, y el plan de Rives, y sus palabras llenas de optimismo, le hubieran renovado en un instante la ilusión.

–Entonces, tú te vienes –me preguntó al final, medio afirmando. Dudó un momento, y enseguida dio por cerrado el pacto. Cuando comenzara la última actuación, los conjurados iríamos saliendo y montando en la furgoneta, que estaría esperando afuera, lista para partir.

Esa noche, cuando los elegidos ya habían huido, yo esperé a que Raimundo, y los otros, descubrieran por sí mismos la trama. Los fugitivos habían arramblado también con la taquilla. Hubo gritos, blasfemias, exclamaciones de inagotable escándalo, se juramentaron algunos para la persecución y la venganza, intentó poner paz el charlista andaluz, y alguien sacó una navaja, ornamental y ridícula, y en ese gesto quedó sustentado finalmente el honor de la *troupe*. Luego otro, un bailaor vestido todavía de flamenco, tiró del telón de *Hamlet* por varios puntos, sistemáticamente, y lo fue desgarrando y derribando hasta dejarlo hecho jirones por los suelos.

Raimundo estaba sumido en un silencio alelado y hermético. Anudando rumores que había oído, y algún que otro presagio, ahora lo comprendía todo. Aquello significaba un golpe definitivo para él, porque al excluirlo de la conjura, de algún modo lo expulsaban también del mundo del arte, y esta vez para siempre. La última oportunidad, no ya de éxito sino de integrarse modestamente en el escalafón de la farándula, quedaba descartada. No habló ni una palabra cuando le puse en las manos el equipaje y la guitarra y lo llevé a la estación de ferrocarril, ni nada tampoco mientras esperábamos en un banco durante dos horas el primer tren para Madrid. Desde allí mismo llamé a mi madre para decirle que llegaría de madrugada. «¿Estás bien?» «Sí», le dije. «¿Y tú?» «Bien. Te echo de menos. ¿Qué tal ha ido la gira?» «Ya te lo contaré.» Luego hubo un silencio y no supimos qué decir. «¿Y el señor Rodó?» «¡Ah, ya no está aquí! Se ha ido a otro lado.» «Pero ¿por qué?» «No lo sé, supongo que porque ha encontrado algo mejor. O porque los artistas son así, y no paran nunca en ningún sitio. ¿De verdad estás bien?»

El departamento iba vacío. Nos sentamos en silencio y durante mucho rato estuvimos mirando afuera, viendo la oscuridad y alguna luz aislada en la distancia y oyendo el traqueteo del tren. Pero también, de vez en cuando, algo que al principio me resultó fantástico. Eran los dos imitadores de ruidos, que debían de estar en el departamento vecino, y cuyas voces de animales y de cosas sonoras, y sus carcajadas, nos llegaban con una nitidez casi irreal. Yo quería pensar en Adriana, en la alegría del regreso, y en los motivos por los que se habría ido de casa el señor Rodó, pero enseguida los ruidos de los imitadores, y la tristeza por el desenlace de la gira, anegaban el pensamiento hasta anularlo por completo.

–Esto ya se jodió, primo –habló por fin Raimundo.

–La gira sí, pero... –intenté decir.

–Y la vida. Se acabó la bohemia. A mí me ha pasado lo mismo que a tu padre, que metí a buscar presa y me ha salido caldo. Ya sólo me queda ser o metalúrgico o campesino. Toda la vida labrando o dando martillazos: eso es lo que quiere el destino de mí.

No supe qué decirle. Me pareció, en efecto, que el tren nos llevaba a través de la noche no sólo hacia Madrid sino hacia un futuro fijado de antemano, al que ya nada cabía oponer.

De pronto se me ocurrió decirle, sólo por decir algo:

–Bueno, siempre puedes volver a París.

Tardó en comprender, en armar en su mente ese breve rompecabezas de palabras.

–¿Volver a París dices? –se echó adelante y me miró boquiabierto e incrédulo.

–¿Por qué no? Allí tu arte gusta mucho, y tienes un nombre –le dije, todavía no consciente del enredo que estaba a punto de crear.

–¿Y Hortensia?

–No sé, podéis iros juntos.

Entonces empezó a cabecear como ante una intuición todavía remota pero ya inequívocamente detectada, mientras algo iba transfigurándose en él.

–Joder, es verdad, ¿por qué no? Voy a verla, le cuento lo de París, y le doy a elegir: o me aceptas como artista y te vienes conmigo, o me voy yo solo. O mejor, nos iremos los dos, tú y yo –y se recostó en el asiento, admirado de su propia idea.

–¿Los dos?

–Nos iremos juntos. Yo tengo allí un nombre, tú mismo acabas de decirlo, y tú también lo tendrás pronto. Formaremos pareja artística, y si hace falta, chulearemos burguesas, a dos mil o tres mil francos nuevos al mes. Tú eres guapo, primo, y allí te vas a hartar de follar y de ganar dinero. Pero seguro que Hortensia se vendrá con nosotros. Seguro. Ella me quiere, y en el fondo no podemos vivir el uno sin el otro. Nos casaremos antes de irnos. Eso es. Nos casaremos. Y hasta podríamos montar allí un restaurante típico español, o un bar andaluz con atracciones en directo. Hortensia tiene una buena dote. Tiene un olivar y una casa. Nos casamos, y con el dinero montamos el local. Hortensia se ocuparía de la cocina. Y, si quieres, que yo sé que quieres, te llevas a Adriana. ¿A que lo estabas pensando según yo hablaba?

–Sí.

–Adriana no tiene hijos, ¿no? Pues un problema menos. Ella trabajará en la caja, o de *maître*. Allí los cuatro seremos bien felices. El amor y el arte unidos para siempre. Seremos nómadas y sedentarios a la vez. Tú tendrás a Adriana, y yo a Hortensia, y luego nosotros dos haremos rancho aparte, tú ya entiendes lo que quiero decir. Nos reiremos del mundo. ¡Joder, primo, vaya idea buena que has tenido! Fíjate lo que te digo: que ha sido una suerte que la gira se fuese a hacer puñetas. Todo esto es traza del destino.

Estaba otra vez exultante, y enseguida se puso a hacer planes para la marcha.

–Mañana mismo le escribiré a José Manuel Burriac, que ya se habrá olvidado de aquel percance que tuvimos, y a otros locales españoles que yo conozco, y donde a mí me conocen de sobra. Les hablaré de ti, y les faltará tiempo para contratarnos a los dos. Allí necesitan artistas españoles. Los artistas españoles, en el extranjero, somos reyes. Luego, con los ahorros y la dote de Hortensia, montaremos nuestro propio local.

–Y podrás ver al Holandés, aquel que no llegaba nunca y estaba siempre a punto de llegar.

–Ya lo creo que sí. Y esta vez cruzaré el Sena todas las veces que me dé la gana. ¡Joder, primo, qué gran porvenir tenemos por delante!

Y, de puro contento, se puso a cantar por lo bajinis unas bulerías y a acompañarse con las palmas.

Y yo también empecé a llenarme de ilusiones grandes y sobre todo verosímiles, porque el plan esta vez era razonable, y fácil de realizar, y estaba seguro de que Adriana («¡Te amo!», recordaba sus últimas palabras) tendría valor para huir conmigo al fin del mundo.

Se oían los ruidos de los imitadores, y el viaje en tren tenía algo de infantil, de excursión escolar donde todos volvíamos a casa exhaustos y felices.

VIII

1

Al principio fue sólo el silencio. Ni siquiera tuve que llamar al timbre porque ella reconoció mis pasos en el corredor y abrió la puerta sigilosamente y yo entré también con el mayor sigilo y todo se llenó de cautela y misterio y quizá por eso ninguno de los dos supo ya qué decir. Entonces el silencio adquirió la consistencia y la tensión de una pausa musical o de un instante de suspense. Se oía en el horizonte de la conciencia el rumor de las palabras pensadas pero no dichas. Luego empezamos a besarnos. Besos fugaces que necesitaban ser confirmados de inmediato por la mirada para que parecieran del todo verdaderos. Besos demorados largamente en los labios que mezclaban el desmayo de los alientos antes de llegar apenas a rozarse. Besos que no tenían ni principio ni fin, y luego treguas donde nos acariciábamos la cara casi sin tocarnos, sólo con las yemas electrizadas de los dedos insinuando el perfil de las formas, caricias trémulas, maravilladas, hasta que al fin enlazamos las manos y nos entregamos a la pura contemplación, llenos de fe y olvidados del mundo. Se veía que sólo un suspiro podía romper aquel hechizo.

–¿Por qué has tardado tanto en venir? –le temblaba la voz y algunas sílabas le salían en sordina–. Estaba a punto ya de perder la esperanza. Parecía que no ibas a llegar nunca.

–Es que él no me ha dejado venir antes –tampoco a

mí me salían enteras las palabras–. Y eso que nada más llegar al taller me llamó y me preguntó qué tal la gira.

–¿Y cómo te ha ido?

–A él le he dicho que bien, pero la verdad es que ha sido un desastre. Ya te lo contaré despacio.

–¿Y después qué?

–Después me mandó que viniera a darte clase y aquí estoy.

–¿Sólo eso te dijo, nada más?

–Ve ahora mismo a casa de Adriana, y date prisa, que bastante ha sufrido ya sin el consuelo de la música. Y está más enferma de fantasías que nunca.

–Qué cruel y qué irónico es. Parece un ogro de verdad. Pero tiene razón en que he sufrido mucho.

–Y yo. Yo más que tú. Estaba deseando que la gira fracasase para volver a verte. Y ese momento no llegaba nunca. Tenía la sensación de que llevaba viajando muchos años.

–¿Y entonces por qué no viniste enseguida, cuando él te lo mandó? –ladeó la cabeza y me miró dramatizando un gesto de recelo.

–Porque cuando salía ya con la guitarra volvió a llamarme y me dijo que me pusiera otra vez el mono, que tenía un trabajito urgente para mí.

–¿Un trabajito?

–¿Ves ese coche? Cámbiale el aceite y los neumáticos. Luego lo limpias bien por dentro. Luego lo lavas y lo enceras. Y luego ya te puedes ir a dar la clasecita.

–Lo hizo a propósito para hacernos sufrir. Para él todo esto es como un teatro de marionetas, y él mueve los hilos y disfruta con nuestras esperanzas y tristezas. Seguro que trabajaste muy deprisa.

–Se me vertió el aceite y no acertaba con las tuercas. Pensé que nunca iba a acabar.

–Y él estaría observándote. Midiendo por tu reacción el alcance de nuestros sentimientos. Conmigo hace lo mismo. Ayer mismo me dijo: «Mañana no sé si podré mandarte al músico, lo necesito en el taller, y pasado mañana ya veremos». Y se me quedó mirando en plan observador. La espera delata, mejor que nada, a los enamorados. ¡Oh, amor mío, esta historia nuestra no puede acabar bien!

Volvimos a besarnos con una lentitud gustosa, interminable. En una de las pausas nos miramos con tanta fijeza e intención que yo pensé que su promesa de entrega estaba a punto de cumplirse. Aquel acto inminente se me representó como una ceremonia bárbara en la que yo deseaba ser a la vez el verdugo y la víctima. Pero ella entonces sonrió y aquel instante tan prometedor se perdió para siempre.

–Cuéntame lo del desastre de la gira –apoyó una mano en la mejilla para mirarme con arrobo y escucharme con aplicación.

Yo hubiera preferido contarle el plan de fuga, lo que iba a ser nuestra vida en París, pero me gustaba retrasar la noticia, sentir dentro de mí el poder del secreto no compartido todavía.

Vagamente le hablé de Rives, de sus zapatos de payaso, de la furgoneta, del niño prodigio, de las deserciones, de las noches al raso, de cómo, más que artistas, parecíamos vagabundos yendo de un lado para otro, armando y desarmando el tinglado, y sin sacar apenas para sobrevivir. Y no sé por qué, pero al contarlo entreví en aquel peregrinar sin objeto un legítimo fondo heroico que no podía ser rescatado con palabras sino sólo con una fuerte y oscura convicción personal.

–Y tú querías que me fuese contigo... –afectó un mohín de disgusto que resaltó la morbidez infantil de sus labios–. ¿Ésa era la vida que me ofrecías, la de los gitanos? Ah, no, prefiero casi vivir en la casa del ogro. ¡Pues vaya príncipe salvador que estás tú hecho!

–No, lo que pasa es que esa gira era absurda. Yo me di cuenta nada más conocer a Rives, y luego, cuando vi la furgoneta y a toda aquella gente alrededor.

–Y si era tan claro, ¿por qué te fuiste?

–Por compromiso.

Y entonces le hablé de Raimundo, de sus intentos frustrados de triunfar en España y de su proyecto de volverse a París, donde tantos éxitos había tenido y donde aún perduraba el brillo de su nombre. Habíamos vuelto un viernes, y ya al otro día llamó por teléfono a José Manuel Burriac y el señor Burriac le dijo que las puertas de su local estarían abiertas siempre para él. «Le he hablado de ti, primo, y te he puesto por las nubes, y él me ha dicho que vayas tú también, que precisamente lo que falta en París son buenos guitarristas. Así que yo mañana mismo me voy al pueblo a hablar con Hortensia, a convencerla y, si hace falta, a casarme con ella. Tú haz lo mismo con Adriana. ¿Qué te parece las vueltas que da la vida? ¿Quién nos iba a decir que acabaríamos todos juntos en París?»

El domingo por la noche lo acompañé a la estación. Nos despedimos en el andén. Él llevaba la misma maleta y el mismo traje humilde con que llegó a Madrid casi dos años antes, y se había quitado todas las alhajas y tenía el mismo aire modesto y apocado de entonces. No sé si por eso o por qué, pero se le veía un poco triste, y como derrotado. «Vamos a ver cómo le cuento yo a Hortensia toda esta historia mía. Que no soy chapista y que no he ahorrado nada, que vuelvo con las manos vacías. Y vamos a ver si me acepta como artista y se quiere venir conmigo a París. Pero lo conseguiré, primo, seguro. Y si no quiere irse, nos iremos Adriana, tú y yo. Y si Adriana tampoco quiere irse, entonces tú y yo solos, que mujeres hay muchas en el mundo. ¿Qué te parece el plan?» Le dije que muy bien. Ya en el estribo, me recordó que nos sacáramos el pasaporte y que lo tuviéramos todo listo para dentro de diez o quince días. «Le he dado al señor Burriac la dirección del pueblo para que me mande allí los billetes de tren. Ya te llamaré.» La inminencia de la partida le daba a sus palabras, voluntariosamente optimistas, un acento dramático. «¡Adiós, primo, hasta pronto! Y, ya sabes, lo primero es el arte. ¿Nómadas hasta la muerte?» «¡Sí!» «Así me gusta oírte.» Y se fue sonriendo y diciéndome adiós hasta que lo borró el humo del tren.

Pero a Adriana se lo conté de otro modo, le endulcé la historia lo mejor que pude y dejé para el final la noticia de que yo también me iría a París, y ella conmigo, los dos juntos, y que juntos viviríamos allí ya para siempre. Estaba decidido. Como en los cuentos de princesas y ogros, también nuestra historia tendría un final feliz. ¿No era ésa la audacia que exigía de mí?

–¿Tú... y yo? –dijo con un susurro ronco, señalando con un dedo para asegurarse de la pregunta–. ¿Escaparnos juntos los dos?

Dejé que el silencio contestase por mí.

–¡Oh, Emilio, amor mío, qué atrevido eres! ¡Y qué equivocada estaba yo contigo! –y se levantó como mareada por el asombro. Dio unos pasos perdidos por el salón y luego se volvió con un pronto escénico–. Pero ¿de verdad tendrás valor para raptarme, y llevarme lejos, y enfrentarte a todos los peligros que nos salgan al paso?

A mí aquello volvió a parecerme teatral, y por un momento la vi otra vez enmarcada por la ventana y los visillos como en un escenario. Pero yo ya estaba acostumbrado a sus énfasis dramáticos, y hasta sentí no tener vocación ni aptitudes para secundarla en aquellos transportes.

–Pues claro que sí. Pero ¿y tú? ¿Te atreverías tú a huir, a venirte conmigo?

–¿Cómo puedes dudarlo? –cruzó las manos sobre el pecho para otorgarle a sus palabras la garantía de un juramento–. Tú eres ahora mi dueño. Haré lo que tú me digas. Iré a donde tú vayas. Y viviré sólo para ti. Porque mi voluntad ya está rendida ante la fuerza del amor. ¿Cuándo será la fuga?

Ahora fui yo el que me quedé atónito y sin palabras. Me sentía el ser más feliz y asustado del mundo. De pronto, lo que hasta entonces habían sido sólo palabras, cobraba una realidad inmediata y exacta. Y más cuando nos sentamos en el sofá y nos pusimos a hacer planes sobre nuestro futuro. Adriana quería saber cómo era París y cómo transcurriría nuestra vida allí. Yo tuve la impresión de que el presente carecía ya de importancia, de que era un puro tiempo de trámite, y de que todo lo que se dijese ahora era ya parte del mañana, un afluente mínimo que iba a dar al mañana, y entonces le hablé de lo que Raimundo me había hablado a mí, de los bulevares y del río, de los barcos que pasaban bajo los puentes, y del estudio donde viviríamos, con una ventanita desde la que se verían chimeneas y palomas. Era bastante para evocar el futuro, y hasta para sentirlo tan próximo y real que, más que de esperanza, uno se llenaba de nostalgia por él, y del vago temor a perder lo que ya habíamos empezado no a imaginar, sino a vivir. Luego nos callamos, y nuestro silencio solidario parecía custodiar la presencia viva del prodigio.

Allí viviríamos, pues. Yo tocaría la guitarra en el Barcelona y daría clases particulares, pero después, con el dinero de Hortensia, y con lo que ahorrásemos en una primera época, montaríamos nuestro propio local. Quizá Adriana podía trabajar allí de *maître* o de cajera. Y, si se atrevía, hasta hacer un número de baile.

–Entonces yo me llevaré mis joyas. Las venderemos para el restaurante. Y además... –y se quedó indecisa, con los ojos fijos en el suelo, como espantada de lo que estaba a punto de decir–, me llevaré también todo el dinero que pueda conseguir. Yo tengo acceso a la cuenta del banco de don Osorio.

–No, no debes hacer eso –susurré yo.

–¿Por qué no? –y endureció la expresión y el tono–. Si voy a traicionarle en lo más importante, por qué no también en todo lo demás. Por otra parte, sólo me llevaré lo que me corresponde legítimamente. No es un robo. Yo le he entregado mi juventud, mi inocencia, mi fidelidad. ¿Por qué no?

Sellamos el acuerdo con un largo abrazo silencioso. Y no sé por qué yo sentí de nuevo que los objetos nos acechaban desde sus marcos, y que don Osorio estaba allí, en el aire, vigilándonos, sonriéndonos, con su expresión beatífica y pueril.

2

–Pero ¿por qué crees que se fue?

Estaba ayudando a mi madre a devanar, como tantas veces, yo con la madeja y ella con el ovillo.

–No me lo contó. Sólo me dijo que se iba, que había encontrado un apartamento para él solo. Él además para poco en los sitios.

–Pero a lo mejor se ha ido por otra razón.

–¿Qué razón?

–No sé. Quizá porque no le gusta que se sepa que es escritor. Lo lleva muy en secreto, y yo lo descubrí.

–Cómo se va a ir por tan poca cosa. ¡Ni que ser escritor fuese algo malo!

–Depende. Cuando fui a que me enseñara la biblioteca, me contó cómo se hizo escritor. Es una historia rara. Todos creían que era escritor pero él no escribía. Sólo unas cuantas frases en un montón de años.

–¿Eso te contó?

–Sí, leía mucho, se preparaba, pero no escribía. Yo creo que tenía miedo. Y los demás creían que era un genio. Es como si un guitarrista se pasara la vida haciendo ejercicios sin tocar nada.

–Pero luego sí escribiría.

–Luego sí, supongo que sí, porque tenía la maleta y los cajones llenos de manuscritos. Pero esa parte de la historia no le dio tiempo de contármela.

–Quizá te dijo todo eso para que fueses aprendiendo.

–¿Aprender qué?

–Lo que te espera. ¿No decías que querías ser escritor?

–¿Yo? Qué tontería. Alguna vez lo he pensado, pero como piensas que podrías ser marino o trapecista. ¿A ti también te lo contó?

–A mí no. Yo no quiero ser escritora –y sonrió un poco, sin levantar los ojos del ovillo. Tenía el pelo recogido con horquillas, pero algunos mechones se le salían y le caían a los lados, y ella a veces dejaba de devanar, abría la horquilla con los dientes y volvía a remetérselos.

–De todas formas era un hombre raro y como misterioso.

–Casi todos los hombres sois así.

–¿Padre también era raro?

–También. Le gustaban mucho los secretos, y siempre tenía alguno que no le contaba a nadie y que lo iba corroyendo por dentro.

–¿Y qué secretos eran?

–¿Cómo voy a saberlo si no me los contó? Tú tampoco me los cuentas.

–Yo no tengo secretos.

–Pues lo parece. Ahora mismo por ejemplo estás pensando algo que me quieres decir y no sabes cómo.

–Pero no es un secreto. Es sólo que a lo mejor me marcho a París a tocar la guitarra. Pensaba decírtelo cuando lo tuviese seguro.

–Eso son cosas de Raimundo, como si lo viera.

–Pero esta vez será distinto. Trabajaré en un sitio fijo,

con un sueldo fijo, y aprovecharé para aprender francés. Y si me va bien, me quedaré allí más tiempo. Total aquí en España, ¿qué hago? Nada. Y yo no quiero ser mecánico.

–¿Y Hortensia? ¿La va a dejar otra vez sola?

–Se la lleva también. Ha ido al pueblo a casarse con ella.

Entonces le conté lo de poner un restaurante y ofrecer nuestro propio espectáculo.

–¡Menudo espectáculo! Vendrán a veros de medio mundo. ¿Y tú vas a vivir con ellos?

–No, yo viviré aparte.

–¿Tú solo?

–Bueno, no sé. A lo mejor se viene otra persona.

–Una mujer.

–Sí...

–O sea, que tenías novia y no me lo contaste.

–Es que no es exactamente novia.

–¿Ah, no? ¿Y entonces qué es?

Ahora íbamos más despacio con la madeja y el ovillo.

–Es que ella está, ¿cómo diría yo?, no es fácil de explicar.

–¿Casada?

Lo dijo sin mirarme y sin ningún subrayado en la voz.

–Sí.

–¿Y cómo vais a hacer entonces para iros?

–Pues nada. Nos vamos y ya está.

–¿Y el marido?

Yo ahora no tenía ninguna vergüenza de contarle mi historia.

–Es el jefe del taller.

–Es decir, que ella es la alumna de guitarra.

–Sí.

–¿Y ella va a hablar con él?

–No. Su marido es, cómo decir, una especie de ogro. Es un hombre mayor, gordo, y con todo el cuerpo calvo, y la tiene medio secuestrada. No la dejaría ir. Y ella es muy joven, casi como yo. Y no tiene ningún hijo.

–O sea, que ella se va a fugar de casa, sin avisar.

–Más o menos.

–Estáis locos. Si sois casi unos niños. Y él os denunciará.

–¿Y qué? Para entonces estaremos ya en París.

–¿Y si la policía o el marido van a buscaros?

–Ellos no saben dónde estamos. No se lo he dicho a nadie. Sólo a ti. Además, cada uno vive con quien quiere y donde le da la gana. Bastante dictadura hay ya aquí como para encima soportar la de don Osorio.

Mi madre movió la cabeza y sonrió, o más bien hizo una mueca de tristeza y piedad.

–¿Y cómo se llama?

–Adriana.

–¿Y la quieres mucho?

–Sí.

–¿Estás seguro?

–Sí.

–¿Y es guapa?

–Sí –y entonces sentí de golpe toda la vergüenza que no había tenido antes.

–¿Y ella está de verdad dispuesta a irse, a abandonar todo?

–Sí.

–Entonces es que te quiere mucho. No sé, es una locura, pero quizá seáis felices.

De pronto a mí me dio pena de mi madre. Era todavía tan joven, y tan atractiva, pero estaba tan sola y tan sin futuro por delante... Y más aún cuando yo me fuese y se quedara sin hijo, sin familia. ¿Y si volviera de huésped el señor Rodó? Ahora que yo no estaba, podrían vivir ya como si fuesen marido y mujer.

–Y tú vendrás a vernos después, cuando estemos ya un poco instalados.

Ella se rehízo un mechón del pelo. ¿Cómo sería cuando la recordase en la distancia? Por un momento se quedó con la horquilla en la boca, el ovillo en el regazo y las manos recogiéndose el cabello hacia atrás, y el movimiento en escorzo la obligó a erguir el busto y a espigar el cuello, y ahora estaba más juvenil y más suya que nunca. Había algo en ella que proclamaba orgullosamente su independencia, su conformidad consigo misma, algo que jamás le sería concedido a ningún hombre, y que quizá ni ella, aunque quisiera, podría entregar del todo.

–¿Y qué iba a hacer yo allí?

–Pues igual que aquí, qué más da.

–A Adriana no le gustaría vivir con la suegra.

–Qué tontería. Seguro que os llevaréis muy bien.

Se estaba acabando la madeja. Ella completaba las últimas vueltas del ovillo, atenta a la labor, y yo entonces me sentí emocionado, extendí una mano, la dejé que se fuese tras el hilo que fluía entre los dedos, y le toqué ligeramente el pelo y la mejilla. Ella se ruborizó, y sonrió, y con la caricia se le desplomó un mechón del cabello, y los dos acudimos a él, ella con una horquilla, yo con el gesto, para ponerlo en su lugar.

3

Entonces comenzó la espera, y con ella una nueva edad. Yo estaba lleno de sueños y proyectos, y tenía a veces la vaga y portentosa intuición de un tiempo que tocaba a su fin, y tras el cual se abría una vasta extensión de fechas que ya no era el mero futuro sino su consumación, exacta y fatídica, en destino. Algo comenzaba a arraigar allí donde la conciencia no hacía pie, ni llegaba apenas el poder del lenguaje.

La espera me ofreció entonces una percepción distinta del mundo y de mí mismo. A veces sentía físicamente cómo el tiempo venía del futuro, me rozaba al pasar y se dilataba hacia el pasado, como los paisajes vistos desde el tren. Todo adquiría un aire postrero, y todo tenía el sello novedoso de las cosas que se hacen o se miran por última vez. Iba y venía por la rutina de los días como por caminos que no había explorado de verdad hasta entonces, cuando empezaba a despedirme de ellos. Y del mismo modo que hay tiempos de convulsión en que hombres de poco pelo logran de golpe honores y fortuna, así hay también momentos de la vida en que los objetos más nimios o vulgares hacen inopinadamente una brillante carrera estética, y de la noche a la mañana alcanzan rango poético y se cargan de símbolos como el soldado raso de condecoraciones. El portón de hierro de un almacén, o el mísero zaguán del que salía un olor a fideos rancios y a escoria de carbón, tenían de pronto algo de legendarios, quizá porque los estaba viendo ya con la mirada anticipada de la lejanía y de la añoranza.

Deambulaba por la ciudad dejándome llevar por la levedad de los instantes, sobrevolando los días carentes ahora de un contenido propio, y sin otro sentido que el de la simple duración. O pensaba en París, y me imaginaba yendo por sus calles con la misma soltura y livianía con que caminaba por el barrio. Y como yo estaba lleno de un amor que andaba todavía un poco bravo por el mundo, todavía un poco errático, girando en torno de la amada pero sin acabar de confundirse y colmarse definitivamente en ella, entonces ocurría que me paraba a contemplar no importa qué, una hierba silvestre o el paso de una nube, y con eso alcanzaba por un instante la intensidad que el amor exigía pero que al mismo tiempo me negaba. Quizá yo empezaba a intuir que así es como la vida nos mueve y nos enreda, y nos fatiga sin desmayo, porque si no alcanzamos lo que anhelamos, el corazón lo perseguirá cada vez con más saña, pero si lo logramos, o creemos lograrlo, añoraremos el anhelo que poníamos en la persecución. ¡Entonces sí éramos jóvenes e incansables! Entonces, siempre entonces. Porque otra de las trampas de la vida que acaso me tocó descubrir en aquella época es la de poner el sueño al alcance de la nostalgia, de hacernos creer que el tiempo nos ha robado lo que nunca tuvimos, de forma que la sensación de plenitud va siempre unida a un cierto sentimiento de pérdida. Y en todas partes encontramos las huellas de lo que nos arrebataron o nos prometieron, incitándonos así a la búsqueda pero condenándonos sólo al carroñeo sentimental. Y quizá por eso el tiempo más propicio para que ese espejismo nos parezca próximo y real sea la espera, cuando las promesas están intactas y todo está por suceder pero nada se ha consumado aún. Cuando todo se hace y se deshace en un trajín de instantes que, como las olas del mar, nunca empiezan ni nunca tienen fin.

Yo iba y venía y pensaba en aquellas vidas que se habían mezclado con la mía en los últimos tiempos y que luego habían seguido su rumbo, ajenas ya a mí, cada una en busca de su reino prometido o perdido, formando una maraña de afanes cuyo sentido yo no alcanzaba a comprender. El señor Rodó, por ejemplo. ¿Qué sería de él? Como yo en esos días, él se había pasado la juventud esperando algo, acariciando un sueño, asediándolo de lejos con trompetas, porque no otra cosa había hecho en esos años, aguardando y posponiendo el gran momento de ponerse a escribir. Alguna vez pensé en ir a visitarlo y a pedirle que me contase el resto de su historia, y un sábado incluso me acerqué a la biblioteca y, cuando estaba ya en la escalinata, pasé de largo y seguí mi camino.

Y aquél era un camino de tiempo por el que yo llegaba agotado y expectante a la noche, al instante en que entraba en casa –ahora más temprano, porque había abandonado definitivamente la academia– y seguía esperando, esta vez la llamada telefónica de Raimundo, en la que me comunicaría al fin la fecha exacta de la fuga. Pero Raimundo no acababa nunca de llamar. ¿Cómo le iría con Hortensia? ¿Habría logrado convencerla para irse juntos a París? ¿Se habría casado ya con ella? Y, si ella se negaba a secundarlo en su aventura artística, ¿tardaría mucho en abandonarla y seguir solo su camino? «Nómadas hasta la muerte», recordaba yo su frase emblemática.

Con esas incertidumbres me iba hundiendo en el sueño, y al otro día, apenas mi madre me despertaba («¡Émil!, ¡Émil! ¡Arriba!, ¡vamos!, ¡date prisa, que ya vas con retraso!»), yo me levantaba con el presentimiento de que esa noche sería la elegida por el destino para iniciar mi nueva vida. Cruzaba el descampado como si hiciera el trayecto por última vez, me paraba a fumar y a ver jugar al fútbol pensando que dentro de poco recordaría sin pena aquel momento, pasaba ante la iglesia con una plegaria reprimida en los labios, y poco después bajaba por la rampa, me ponía el mono, y al rato ya estaba haciendo corro con los otros aprendices y petroleando piezas de motor. Apenas hablábamos, fieles siempre a las frases cortantes y a la épica de los silencios solidarios. Ni siquiera levantaban los ojos cuando don Osorio me hacía de lejos una seña, como dando a entender que ellos estaban sobrados de lances más temerarios y ambiciosos.

Salía hacia el vestuario, y allí comenzaba de verdad una nueva jornada para mí.

4

Desde que había vuelto de la gira, don Osorio me mandaba a dar clase de guitarra tres y hasta cuatro veces por semana. «Hay que recuperar el tiempo perdido», decía, ambiguo y burlón, y me metía prisa agitando sus deditos cortos y sonrosados de bebé.

–No me fío nada de él –decía Adriana al verme llegar tan a menudo–. Algo está tramando.

–¿Y qué puede tramar?

–No lo sé pero no me fío. Él sospecha de todo, y de todo lo que sospecha encuentra siempre alguna prueba. A lo mejor ya ha descubierto nuestros planes de fuga.

–Imposible. ¿Cómo va a descubrirlos?

–Quién sabe. Por ejemplo, que a pesar de tantas clases, yo no adelante apenas nada con la guitarra. ¿Tú no sospecharías?

–Quizá sí, pero no de la fuga.

–Por las noches me mira fijamente, como si hiciera cuentas, y sonríe para adentro. ¿No le habrás contado nada a nadie?

–Sólo a mi madre y por encima.

–¿Y ella qué dice?

–Le parece bien. Ella lo comprende todo.

–¿De verdad? Qué mujer más maravillosa. Seguro que nos haremos muy amigas, y entre las dos cuidaremos de ti.

Enseguida nos poníamos a hacer planes. Todo estaba listo para cuando llegase el día de la partida. Ella haría el equipaje en cuanto don Osorio se marchase al taller. Luego llegaría yo, bajaría las maletas y las cargaría en un taxi que estaría aguardándome en la puerta. Si me preguntaba el portero, le diría que eran trastos viejos, ropa de desecho, que don Osorio me había mandado recoger. Más tarde saldría Adriana con un capacho como si fuese a hacer la compra y se dirigiría directamente a la estación. Por lo demás, como don Osorio comía en el taller y no regresaba casi hasta la noche, para ganar todavía un poco más de tiempo, Adriana le dejaría una nota diciendo que estaba en el dispensario con una vecina que había sufrido un percance doméstico. Algo así. Para cuando quisiera darse cuenta, nosotros iríamos ya muy lejos, y quizá habríamos traspuesto la frontera.

–¡Oh, qué emocionante! –decía Adriana–. Parece una película de suspense.

Tras lo cual nos mirábamos con una fijeza fascinada, entregándonos el alma con los ojos, y luego nos besábamos y abrazábamos, sobrecogidos por la inminencia del futuro. Pero apenas yo intentaba ahondar en las caricias y cumplir por mi cuenta la promesa que me había hecho antes de irme de gira, ella se apartaba sofocada y se recomponía la ropa y el peinado y adoptaba un aire triste de decoro.

–¿No ves que no puede ser?

–¿Por qué?

–Porque ésta es la casa de don Osorio, mi casa de casada, y aunque por poco tiempo, él sigue siendo mi marido. ¿No me voy a fugar contigo?, ¿no voy a abandonar el domicilio conyugal? Pues eso ya es bastante delito para encima añadirle la culpa del adulterio entre estas paredes... ¿No lo comprendes? Aquí no puede ser.

–Siempre dices lo mismo –y movía la cabeza ofendido pero sobre todo torturado por el deseo. Y por el miedo a que ese deseo pudiera de repente cumplirse.

–¡Oh, pobrecito mío! –decía ella con un gesto de mimo–. Pobrecito que no le dejan comer la fruta que ya es suya. Pero hay que ser prudentes. Si me entregara por entero a ti, que es lo que más deseo en el mundo, él podría adivinarlo. Me miraría y lo vería en mis ojos. Descubriría las huellas de tus caricias en mi cuerpo. No ves que yo no sé fingir. Pero en París te compensaré de todos mis miedos y pudores. Todas tus fantasías serán a diario realidad. A lo mejor hasta te cansas de mí.

–Jamás.

–¿Te gusto mucho? ¡Dímelo!

–Pero ¿no ves que estoy loco por ti?

—¿Soy guapa?

—La más guapa del mundo.

—¿Y cada vez más? ¡Háblame de eso! Si me encuentras bella, háblame entonces de mi belleza.

—No hay palabras.

—Entonces, vayamos al espejo —me dijo un día—, y allí veré tus ojos posados en mí y así podré saber lo que tu lengua no es capaz de expresar.

Nos pusimos frente al espejo y allí, entre los dos, los dos mirándola maravillados, fuimos descubriendo y comentando los pormenores de su belleza. Buscamos comparaciones para sus labios, sus ojos, su cuello, sus senos, su cintura. Y todo se nos quedaba pequeño: cerezas, pájaros, amaneceres, claros del bosque, montoncitos húmedos de musgo.

—Fíjate —susurré—. Cuando te vi la primera vez, no me pareciste gran cosa. Y ahora eres tan guapa que da miedo mirarte.

—¿Así me ves?

—Sí. Y tu belleza todavía no ha acabado. Serás más guapa aún.

—¿Cuando me quieras más?

—No, cuando estemos lejos de aquí, lejos de él.

—¿Y si él nos descubre y nos impide huir? Imagínatelo. ¿Qué harías?

No supe qué decir. Seguíamos mirándola extasiados.

—En el cuento aquel del ogro que dijiste —dijo ella con la voz muy bajita, y sin mover apenas los labios para no romper la estampa en el espejo—, ¿te acuerdas?

—Sí.

—En aquel cuento el príncipe, o el sastrecillo, mata al ogro. ¿Te atreverías tú a tanto?

—¿Por qué no?

—¿Te atreverías?

—No sé, quizá.

—Si me quisieras tanto, te atreverías a todo. Fíjate en mí. Huyo contigo, abandono mi casa, las comodidades, el honor, me pongo fuera de la ley. Imagínate que luego en París te cansas de mí, y me abandonas a mi suerte. No podría volver a España. Y yo allí sola, ¿qué iba a hacer? A lo mejor no me quedaba otro remedio que prostituirme.

—Tú sabes que nunca te abandonaré.

—Pero ¿matarías a don Osorio por mí?

—Qué cosas dices, cómo...

—¿Sí o no?

—No sé. Sí...

Entonces ella me miró con un gesto inocente que quería ser procaz.

—¿Ves? Así tendría que ponerme en las esquinas si me abandonaras. Imagínate que tú eres uno que pasa por allí y me ves y yo te digo, chsss, chsss, y me muevo así —y se meció provocativamente—. ¿Qué harías, sastrecillo?

—Lo que tú me pidieras —y me salió un murmullo agónico.

Así estuvimos un buen rato, ella en su pose impúdica e ingenua, y los dos extáticos en la contemplación.

—¿Estás excitado? —y apartó la mirada de sí misma y la fijó en el centro justo de mi ansiedad. Extendió una mano que se quedó a medio camino—. Y, sin embargo, no podemos. Todavía no. Y además...

Se calló, y yo sentía sus ojos con la intensidad de una caricia física.

—¿Qué ibas a decir?

—Me da vergüenza sólo pensarlo.

—Dímelo.

—¿Quieres de verdad que me entregue a ti? ¿Sí? Entonces, tienes que ser más audaz. Ya te lo dije antes de la gira. ¿Te acuerdas? Con la dulzura y con los buenos modos no conseguirás nada.

—¿Cómo que más audaz? Ya lo soy, pero tú no me dejas.

–Entonces, fuérzame. Yo no puedo consentir ciertas cosas. Yo no soy una adúltera. Pero si empleas la fuerza, si me posees violentamente, yo no podría hacer nada. Tú eres mucho más fuerte que yo y a mí no me quedaría otro remedio que rendirme. Me resistiría, pero al final sería inútil. Al final, me abandonaría a ti. Y harías conmigo lo que quisieras. ¿Comprendes? Eso es lo que quería decirte cuando te pedía que fueras más audaz.

–No hablas en serio. Te estás burlando de mí –intenté sonreír.

–Es la única manera. Tienes que hacer de ogro, sastrecillo. Intenta abrazarme salvajemente, y si me resisto, dame una bofetada.

–Eso es absurdo. ¿Cómo voy a hacer algo así?

–Nada se pierde por probar. Ven.

Me tomó de la mano y me llevó al centro del salón. Allí empezó a darme instrucciones.

–Tú te quedas aquí, y yo –y se separó unos pasos–, aquí. Cuando yo te diga vienes hacia mí, despacio pero decidido, con la cara llena de desenfreno. Yo leo en tus ojos la brutalidad y la lujuria, retrocedo, tú sigues avanzando, yo llego a la mesa y ya no puedo retroceder más. Tú te acercas cada vez más seguro de ti mismo, despreciándome con la mirada, y me dices una obscenidad.

–¿Una obscenidad?

–No tienes que tener reparos tampoco con la lengua. Una obscenidad, la que se te ocurra. Ven, vamos a hacerlo.

Aquélla fue la primera representación. Yo caminé hacia ella, ella retrocedió hasta toparse con la mesa, yo seguí avanzando e intentando poner un gesto desfachatado de rufián.

–¡No! ¡No! –susurró Adriana, con un acento muy teatral–. ¿Qué vas a hacer conmigo? Si das un solo paso más, gritaré; no lo intentes siquiera –y cruzó las manos como espadas sobre el pecho y el vientre.

Entonces a mí me dio la risa y hubo que volver a empezar. Comenzamos de nuevo con los avances y los retrocesos y las exclamaciones amenazantes pero reprimidas de Adriana.

–¿Adónde vas? ¿Por quién me has tomado? ¿No sabes que tengo marido y que le juré ser fiel hasta la muerte? ¿Qué horribles intenciones leo en tus ojos? Un paso más y me pondré a gritar.

Llegué junto a ella y me quedé indeciso, sin saber qué hacer.

–Vamos, ¿a qué esperas? –dijo como en un aparte teatral–. Intenta apartarme las manos por la fuerza, rómpeme la blusa, prueba a alzarme la falda, agárrame del pelo y súbeme la cara. Piérdeme el respeto. Di alguna obscenidad.

Por un momento pensé si no estaría loca de verdad, enferma de fantasías, como decía don Osorio.

–No se me ocurre ninguna.

–¿No quieres hacer el amor conmigo?

–Sí...

–Pues entonces dime eso pero a lo bestia. ¿Tengo también que explicártelo letra por letra?

–No, no puedo, me da vergüenza.

–Y a mí también, ¿qué crees? –y bajó los ojos medio ruborizada–. ¿No comprendes que todo esto lo hago por amor y que el amor a veces es impuro? Ven que te lo diga al oído –y yo me acerqué y ella se puso de puntillas y sentí el roce de sus labios en la oreja y el aliento cálido de su voz: «Dime: te voy a follar. Y luego llámame puta, y golfa, y todas las cochinadas que se te ocurran».

Entonces yo la abracé y ella por un momento cedió al abrazo, pero enseguida recordó su papel y se puso a ofrecer resistencia, y empezamos a forcejear, cada vez más en serio y con mayor audacia, hasta que ella logró zafarse de mí, se apartó un paso y me dio una bofetada bien fuerte y bien sonora.

Nos quedamos los dos estupefactos, sin entender del todo lo que acababa de ocurrir.

–¿Te ha dolido mucho? –dijo al fin ella.

–No, casi nada.

–Ha salido fatal. Eras tú quien tenías que darme la bofetada a mí, y decirme la obscenidad. ¿Quieres que lo intentemos otra vez?

Hicimos otras representaciones, pero todas acababan más o menos igual. En una ocasión me pidió que la ayudara a hacer la cama y, cuando estábamos estirando la colcha, uno a cada lado, ella se me quedó mirando con una fijeza que yo ya conocía muy bien, y me dijo: «Si no tuvieses tantos escrúpulos, ahora podrías. Pero, ni tú lo vas a intentar ni yo lo voy a consentir. ¿Quieres por lo menos que me desnude para ti, sin tocarnos?». Me mandó salir del dormitorio y entrar cuando ella me avisase. «¡Ya puedes entrar!», gritó. Había oscurecido la habitación y dejado una penumbra donde sólo se distinguía su silueta enmarcada y mal recortada sobre el fondo blanco de la pared. Parecía un fantasma flotando entre la niebla. «¿Me ves?» «Sí.» «¿Y te gusto?» «Eres preciosa.» «Fíjate. Yo, desnuda, y la cama ahí dispuesta. ¿No es excitante?» Avancé un paso, pero ella entonces me dijo sin levantar la voz: «Si intentas acercarte más, esta vez grito de veras. Y ahora ya puedes salir».

Así iban pasando los días interminables de la espera. Y una mañana, mientras la miraba hacer un ejercicio de guitarra, de pronto tuve otra intuición. Entonces las cosas me hablaron, tal como decía Schopenhauer que las cosas hablan cuando uno se comporta ante ellas como si estuviera en presencia de un rey, o quizá fue como si hubiera vuelto a dormirme con el ojo izquierdo y estuviera viendo la realidad con el derecho desde la orilla misma de la conciencia. Como si la estuviera soñando. La suya era, en efecto, una belleza extraña e inquietante. Y de golpe empecé a entender algo que ya sabía, pero esta vez desde otra perspectiva. No sé con qué palabras lo pensé entonces, y ni siquiera si hubo palabras de por medio. Pero en aquel instante intuí, o supe, que si Adriana no me había parecido al principio tan guapa como en realidad era, y como lo atestiguaban las fotos de unos años atrás, era porque el marido de algún modo se lo impedía. Pensé que, fuera de la órbita de aquel hombre perverso, hubiera resultado más joven, más seductora, más erótica. Intuí o supe también que ella, como prueba de amor, o sólo de lealtad, le había sacrificado a don Osorio su hermosura. Quizá sin darse cuenta. Y que el hombre había edificado su dicha sobre el cadáver sentimental de su mujer. Y entonces comprendí que don Osorio, más que un ogro, en realidad era un vampiro, y que Adriana estaba vampirizada por él, y que le había chupado el encanto y la juventud, y que por eso se mantenía a su vez tan joven, casi tan pueril, con la piel tersa y sonrosada, y con aquel aspecto un poco equívoco que parecía estar a salvo de los años. Supe o intuí que Adriana se había convertido en una mujer convencional y neutra en homenaje a él, o forzada por él, y para no gustar a los demás. Nadie que la viese por la calle sospecharía hasta qué punto esa mujer había sido joven y guapa sólo unos años antes, pero que no quiso, o no se atrevió, o no la dejaron seguir siendo hermosa a la vez que amada, y que por eso fue claudicando de sus muchos encantos. Y yo estaba ahora rescatando su belleza como quien restaura los colores de un cuadro y les devuelve el esplendor original.

Sí, don Osorio era un vampiro, ahora lo veía claro, y por eso Adriana era incapaz de entregarse a mí, de romper el cerco que había levantado en torno suyo el poder de aquel hombre. En esa imagen se transparentaba de repente el fondo turbio de la historia de amor que estábamos viviendo y a punto ya de culminar. Entonces más que nunca me llené de amor por ella, y de urgencia y de determinación por alejarla de la influencia de aquel ser apacible y perverso. Y más que nunca la espera se nos hizo insufrible. Y no nos cansábamos de contar los días que nos quedaban de cautiverio, y de repasar nuestros planes de fuga, y de imaginar cómo sería nuestra nueva vida libre y juvenil. Y Adriana siempre acababa diciendo: «¡Oh, qué emocionante es todo! Parece una película de suspense». Y entonces recuperaba en un instante la belleza y la juventud que le habían sido arrebatadas.

5

Y así se fueron sucediendo los días hasta que una noche al fin llamó Raimundo. La comunicación era mala y su voz llegaba lejana y con interferencias. Oía de vez en cuando la palabra «primo», y luego frases truncadas que yo intentaba reconstruir por el sentido. Pero había rachas en que la voz llegaba clara, aunque debilitada por la distancia.

–¿Cómo va esa guitarra? ¿Estudias mucho?

–Sí, sí –dije dos veces para dejar zanjado aquel asunto y pasar al otro, al que yo me desvivía por oír.

Me preguntó si sabía algo de Rives. Le dije que no. «¡Qué jodío Rives!», dijo él. Su voz me resultaba extraña, quizá por la lejanía, quizá porque yo empezaba a alarmarme de que él tardara tanto en hablar de lo que tanto nos concernía a los dos. En los silencios, oía a mi madre en la máquina de coser, y a veces se callaba la máquina y sólo se percibía el hervor del silencio en la línea. Raimundo hablaba ahora del arte, en un tono desengañado y medio amargo. «Hay mucho malaje y mucho cabrón en ese mundo. Y mucha envidia y mucho mamoneo. El arte ya no es lo que era. Se han perdido los ideales. Y de la antigua bohemia apenas queda nada.» Dijo algo más, pero otra vez empezaron las interferencias y los chiflidos errantes de las ondas. «Tú ve a lo tuyo, primo, y no te fíes de nadie», alcancé todavía a oír. Y luego ya sólo frases aisladas: «Hacerse un nombre», «cualquiera puede ser artista» y «resistir hasta el final».

–¿Dónde estás? –le pregunté.

–Aquí mismo, en casa de Hortensia.

No sé si hubo un corte en la comunicación o una pausa muy larga.

–Me escribió José Manuel Burriac. Y he hablado con él por teléfono. Necesita un guitarrista de verdad, de los buenos, y quiere que seas tú.

–¿Y tú?

Se oyó una crepitación en la línea y la frase me llegó ya empezada:

–... cuando me desenrede, o ya veremos cuándo.

–¿Cómo?

–Que vayas tú delante.

–Pero ¿y tú?

–Ya veremos. Yo iré más tarde. Te he mandado por correo urgente los billetes, el tuyo y el mío. Vete con Adrianita.

–O sea, que tú no vienes.

–Por ahora no. Pero tú no te preocupes, primo, tú a lo tuyo, que el arte es lo primero. El señor Burriac te estará esperando en la estación. Te conocerá por la guitarra. Ya verás como tú también triunfas allí y te haces un nombre.

–Pero, entonces, ¿tú cuándo vienes?

–En cuanto arregle lo que tengo entre manos.

Intenté que me explicara más, pero la voz me llegó ya mutilada por las interferencias: «... vender la casa», «... recoger la cosecha», «... está un poquito delicada».

–Pero ¿has hablado ya con Hortensia? –conseguí decir en uno de los claros.

–Nos vamos a casar.

–¿Cuándo?

–Ya pronto.

–¿Y después?

Y de nuevo la voz crecía y se apagaba, pero ya no pregunté más porque sabía que de cualquier modo no iba a decirme nada definitivo. «... y ve preparando el terreno, primo, para cuando yo llegue», «y dale recuerdos a las burguesitas», «... y deja la mano muerta, como sin voluntad», oí aún. Y por último: «Y ya sabes, nómadas siempre, hasta la muerte».

Cuando pasé ante la habitación de mi madre me detuve un momento y ella dejó de pedalear en la máquina.

–Era Raimundo. Dice que me ha mandado los billetes.

–¿Y él no va?

–Irá luego, cuando se case con Hortensia –y seguí hacia mi cuarto.

Me desnudé en la oscuridad y me tumbé bocarriba en la cama y me concentré en el ruido de la máquina de coser para no pensar en nada, para defenderme del miedo que empezaba a latir en algún lugar todavía lejano de la conciencia, y luego empecé a soñar el ruido, hasta que se convirtió en el traqueteo insomne del tren.

Eso fue un jueves. El viernes don Osorio no me mandó a dar clase, y esa misma noche, cuando regresé a casa, ya habían llegado los billetes. Eran para el próximo martes. Así que el lunes, si no veía a Adriana, la llamaría por teléfono para decirle que el plan de fuga se pondría en marcha al día siguiente.

Pero de pronto a mí se me había ido el entusiasmo y la alegría. Ahora, el París amable que Raimundo me había transmitido era un lugar hostil, donde yo tendría que tratar y competir con gente extraña, y donde sería siempre un forastero. Sin Raimundo, la aventura me pareció desangelada, triste y sobre todo amenazante. ¿Y qué le habría ocurrido? ¿Qué es lo que no había querido contarme? ¿Y sería verdad que iría a París con Hortensia algún tiempo después? Ahora el viaje, que de algún modo era un viaje sin retorno, se abría ante mí lleno de incertidumbres y peligros. ¿Y qué vida podía ofrecerle yo a Adriana en un país extranjero, con sólo el recurso de un oficio que estaba aún muy lejos de conocer a fondo y para el que acaso no hubiera otra salida que la de amenizar las cenas en algún restaurante típico español? De repente me faltaba la fe y el ímpetu y el optimismo con que Raimundo encaraba la vida y hacía del arte una leyenda. Sin él, sólo quedaba la realidad prosaica y laboriosa. No, yo no estaba hecho para aquella aventura, y entonces sentí que estaba a punto de caer en una nueva trampa de la hormiga león.

6

Me encontraba aquel sábado tan triste y desvalido, y tan abrumado por la responsabilidad, que salí a dar un paseo y, cuando quise darme cuenta, estaba en la biblioteca preguntando por el señor Rodó. Quizá él pudiera animarme y darme algún consejo que me guiara en aquel momento confuso de temor. Yo creo que no se sorprendió de verme, y sólo por cortesía fingió un gesto de asombro. Tenía barba atrasada y una expresión un tanto ausente, como rezagada de la conciencia, y en los ojos –un poco turbios de noche mal dormida– no le acababa de cuajar la mirada. Salimos a la calle y me invitó a sentarnos en un banco. Yo entonces supe que nuestro encuentro sería breve. Enseguida me preguntó por la gira. Se le notaba incómodo. Pero luego, cuando le dije que el martes me iba a París y que quizá no volviéramos a vernos nunca más, apareció en su rostro un súbito gesto de interés.

–¡Ah, yo también me iría si pudiera! Ése es un buen lugar para vivir.

Me preguntó cuánto tiempo pensaba estar allí. Yo le dije que quizá para siempre. Entonces, en un arranque desesperado de sinceridad, le conté toda mi historia con Adriana y con don Osorio, y los pormenores de la fuga, y esta vez él se asombró de verdad, y tanto, que al final se quedó boquiabierto, con el codo apoyado en el borde del respaldo y la mano en la frente, sin saber qué decir.

–Es una historia..., ¿cómo podría decirse?, hermosa y sombría, y hasta un poco perversa –dijo al fin, tanteando todavía entre la bruma del asombro–. Hay un cuento de Cervantes, *El curioso impertinente*, donde se cuenta algo muy parecido.

–¿Y el cuento acaba bien?

–Acaba con la fuga de los amantes. Y luego hay algo más, pero no lo recuerdo. ¿Y tu madre? ¿Qué dice de esto?

–Nada, qué va a decir. Ella cree que somos demasiado jóvenes para una aventura así.

–Y no le falta razón. Aunque, por otro lado, las aventuras no tienen edad.

–Ya. Pero el problema es que yo no sé francés ni conozco allí a nadie. Y me queda mucho para ser un buen guitarrista. Y Raimundo no viene con nosotros, al menos por ahora. Imagínese por ejemplo que al señor Burriac no le gusta cómo toco la guitarra, o encuentra a otro mejor, o no congenio bien con él. ¿Qué haríamos entonces si no podemos regresar a España?

–No lo sé, no sé qué te puedo decir. Quizá lo mejor es no pensar en esas cosas. Si se piensa mucho en el futuro, uno se hace cobarde y no se atreve ya a arriesgar. El futuro casi siempre está lleno de monstruos. No. Lo importante es que estéis seguros de vuestra decisión. ¿Lo estáis?

–Sí.

–Pues con eso es bastante. Que la vida haga el resto. Pero no le añadas a las penurias de la realidad los miedos de la imaginación –su voz empezó a hacerse firme y apasionada–. ¿Miedo a qué? ¿Miedo a ir solo, sin Raimundo, sin nadie que te guíe y te proteja? ¿Miedo a dejar de ser aprendiz de mecánico? ¿O a que ella pierda al hombre al que no quiere, la vida que no quiere vivir? No, hay que ser valeroso y confiar en uno mismo. Es el único consejo que sé darte. Ahora bien, si te falta el valor o la convicción, y si vas ya derrotado de antemano, entonces lo mejor es que ni lo intentes. Puedes decirle, por ejemplo, que al final ha fallado la oferta de trabajo que te habían prometido, y que habrá que esperar otro momento más propicio. Ésa es también una buena solución. Salvo en las tragedias antiguas, siempre nos queda alguna solución.

–No, no, eso nunca –dije escandalizado.

Y de pronto me acordé de Raimundo. Él me habría dicho a su modo lo mismo. ¿Miedo a qué? Vivir con miedo es la peor de las miserias, primo, y el peor pecado que se puede cometer contra la vida, te lo digo yo que de eso entiendo más que tú. ¿Miedo a qué? Y no sé cómo pero en un instante empecé a llenarme de valor y de fe. ¿Tan joven y ya tan temeroso? No, el mundo no era para los cobardes, y sólo la audacia purificaba al hombre y lo emancipaba de su precaria condición. ¿Cómo haberlo dudado? Y entonces recordé a Schopenhauer, al topo que se afana sin tregua para lograr, por toda recompensa, unas lombrices y unos segundos ciegos de placer. Y sentí la fuerza del espíritu como el viento que hinchaba las velas hacia una inmensidad azul. ¿Dónde estaban ahora los monstruos que me habían acosado sólo un momento antes? Y vi el futuro ante mí, luminoso y acogedor. Infinitamente benévolo. Y ya lo único que deseaba es que llegara el martes para emprender viaje y vivir con Adriana nuestro primer día de libertad. El señor Burriac nos buscaría un lugar para vivir, y después nos ayudaría a encontrar otro mejor. Y luego yo estudiaría de firme para llegar a ser un gran guitarrista y poder dar conciertos y hacerme un nombre de verdad. ¿Miedo a qué? De pronto todo era fácil y prometedor. La vida estaba allí, con todos sus dones al alcance de la mano intrépida que quisiera tomarlos.

Creo que nunca fui tan sinceramente romántico como en aquel momento. Así que, para preservar mi estado de ánimo de cualquier otra amenaza de la realidad, cambié enseguida de conversación. Le pregunté cómo le iban sus cosas, y luego lo animé a que hablase un poco de su vida de escritor, a que retomase la historia que no había acabado de contar.

–Es que, en realidad, ya todo está contado. Lo demás es dar vueltas alrededor siempre de lo mismo. Y en mi historia no hay amores, ni fugas ni viajes. Todo son libros y cuartos de pensión –hizo con la mano un gesto de desdén o cansancio.

–Seguro que no. Seguro que escribir es un oficio lleno de aventuras. Lo he pensado mucho últimamente. Recuerdo aquello que me contó de mirar las cosas como si fueran cuadros, y que las cosas tienen siempre algo que las hace únicas, y que eso es lo que el artista debe descubrir. He intentado hacerlo y es verdad, las cosas cambian cuando se las mira de otro modo. De pronto parece que el mundo está lleno de secretos. Y también me acuerdo de aquello de que cada uno de nosotros somos varios... No sé, es interesante.

Él sonrió para sí mismo, con tristeza, como si evocara un sarcasmo, y se quedó mirando al suelo, y el mechón de pelo se le cayó sobre la frente.

–Todo eso son sólo teorías –dijo.

–Sí, justo ahí es donde se quedó, en las teorías. Lo que no me contó es qué pasó allí en Valencia, si empezó o no a escribir aquella novela de que hablaba. ¿Se acuerda?

–Cómo no. Y sí, empecé a escribirla. Aunque antes, durante algunos años, estuve escribiendo diarios. Apuntaba, sin preocupaciones de estilo, telegráficamente, lo que me ocurría, lo que veía, lo que soñaba, lo que oía, con la esperanza de que todo ese caudal de vida y de experiencia habría de servirme alguna vez para ensanchar mi obra. Era como la hormiga que trabaja ahora para poder cantar luego en el invierno. Pero, en cuanto a la novela, aguardaba aún a sentirme fuerte, sabio, seguro de mis facultades, de mí mismo.

–Pero ¿por qué tanto esperar?

–Porque aún no era el momento –su voz se hizo lenta e imprecisa–. Y porque tenía demasiadas dudas. ¿Cómo explicarlo? Bueno, tú que eres guitarrista lo tienes que entender. Tocar y escribir es una misma cosa. Dudaba por ejemplo entre escribir de un modo razonado y claro o tormentoso e intuitivo. O como decía yo entonces: si ser un monje en un país de bárbaros, o un bárbaro entre monjes. No sabía si urdir minuciosamente la trama o dejarla un poco suelta, al azar de la inspiración. A veces optaba por trabajar cada frase hasta que fuese perfecta, y a veces me parecía que era mejor dejarse llevar por la espontaneidad y por el propio impulso del idioma. ¿Había que sacar las historias de la vida diaria, o del pasado, o de la fantasía y de la erudición? ¿Qué es lo que yo estaba llamado a escribir y que sólo yo podía escribir? Y qué era preferible, ¿ser caudaloso o ser lacónico? ¿Había que poner luz en la conducta de los personajes o dejarlos en el claroscuro de la acción? ¿Un hecho explicado es un hecho empobrecido, o más bien al revés? ¿Había que objetivar y abrirse al mundo, o recluirse en la penumbra de lo concreto y lo particular? ¡Teorías, teorías! De algún modo, las dudas en torno a mí y a mi obra se estaban convirtiendo en mi única obra verdadera. Y, entretanto, hacía pruebas, escribía frases, esbozos, inicios de capítulos, pulsaba tonos, y esperaba a que llegase mi momento, a que mi mundo interior se me revelase por sí mismo en todo su esplendor y potencia, y resolviese en un instante mis incertidumbres. Y entonces empecé a aceptar lo que ya sospechaba, que todos aquellos titubeos y dilaciones, y aquella búsqueda insobornable de la perfección, y toda mi pureza, y mi pasión teórica, eran sólo una coartada para no escribir. Porque yo era escritor, y me sentía escritor, y lo único que se interponía entre mi vocación y yo era precisamente la escritura. O dicho de otro modo: tenía miedo a que entre el papel y mi mundo interior hubiera un abismo insalvable. Quizá el mismo miedo que tienes tú ahora a que todo tu mundo amoroso sea un espejismo y se desvanezca y se malogre al hacerse real. Ése es el descubrimiento que hice, no sé si cómico o dramático, cuando se suponía que ya llevaba veinte años de escritor. Ahora bien, si aquello fue un trabajo perdido, o sólo una forma heroica de estupidez, el tiempo lo dirá.

Eso fue lo que me contó el señor Rodó aquel lejano día ya casi de verano. Luego miró el reloj y se puso a hurgar en los bolsillos de la chaqueta, buscando algo que los dos sabíamos que no iba a encontrar, que acaso ni existía.

Mientras regresábamos a la biblioteca –él con las manos en los bolsillos, buscando todavía algo–, me contó lo que quedaba por saber de su vida. Supe que luego empezó al fin a escribir la novela a la que se creía predestinado desde la adolescencia, pero que durante mucho tiempo estuvo aún en la duda de si encararla en tercera persona o en primera, y si con frase corta o larga, y si en un tono distanciado e irónico o próximo y sentimental, y otras ofuscaciones de ese estilo. Uno de los principios teóricos al que aún le tenía fe decía que el novelista debe saber en cada momento más de lo que escribe. Así que exploraba a fondo los alrededores de cada suceso antes de decidirse a dar un nuevo paso, y de ese modo adelantaba poco, pero escribía y pensaba mucho, y le parecía ir sobre seguro. De algún modo, aquel laboreo sin apenas provecho era un sustituto de sus viejos temores: el mismo laberinto en el que se debatía desde siempre, avanzando, retrocediendo, pero sin lograr salir de él, y en el fondo quizá sin desearlo. Y en eso andaba desde entonces. Iba despacio, pero iba. A veces volvía atrás y corregía lo que ya había dado por definitivo. Pero seguía adelante, con la obra en marcha, inmerso en su quehacer, y con la misma fe que el primer día.

–Pero lo que escribo aún no se parece a lo que yo necesito decir. A veces no es ni siquiera la sombra de lo que yo sé que vive y crece dentro de mí. No, todavía no. Todavía hay que esperar.

Caminamos en silencio hasta llegar al pie de la escalinata.

–Pero... ¿por qué todo eso? –recuerdo muy bien que le pregunté entonces.

–Porque me gusta –seguía hurgándose en los bolsillos–. Y porque hay que tener paciencia y saber esperar, y...

Hizo una pausa, buscando el final de la frase.

–Y porque quizá no tengo otra salida. ¿Comprendes lo que quiero decir?

–Más o menos.

–No, no lo comprendes.

Entonces miró a la lejanía del aire y su voz se hizo también lejana, extraña, y como sobrecogida ante el misterio.

–¿Qué pasa cuando se tiene el afán pero no el talento? ¿Qué pasa entonces? Cuando uno tiene vocación, voluntad, paciencia, y siente muy adentro el bullir y el empuje de su mundo interior, y hay algo que necesita decir, imperiosamente, y vendería su alma por decirlo, y cree en cada momento que está a punto de decirlo, y sin embargo no es capaz, porque le falta el don, el resplandor, el talento para expresar todo eso sobre el papel. ¿Qué pasa entonces?

–Pero, usted tiene talento...

–¿Tú crees? –y sonrió, y se rascó la barba y luego la sonrisa–. No lo sé. A veces creo que sí, y otras muchas que no. A veces creo que perdí la ocasión de escribir con el ímpetu y la irresponsabilidad de la juventud y que, a cambio, no conseguí las ventajas, en sabiduría y en destreza, de la madurez. Cuando fui joven, reuní normas, principios, teorías, certezas, para ser sabio, y ahora intento desandar el camino para recuperar algo de la inocencia de entonces.

–Pero lo importante es intentarlo, usted mismo lo dijo.

–Y quizá sea verdad. De cualquier forma, si no tengo talento, tardaré todavía mucho en enterarme. Y lo más que puede pasar entonces es que descubra que he dedicado mi vida a perseguir un sueño. Eso será todo. Total, a cierta edad la vida se convierte siempre en puntos suspensivos... ¿Y tú –y volvió a rebuscar en los bolsillos– sigues pensando en la posibilidad de ser escritor?

–No, lo dije sólo por decir. Aunque quizá algún día me gustaría intentarlo, a ver qué sale.

–Bien, eso está bien. Espero que mi historia entonces te sirva para algo.

No recuerdo cuáles fueron sus últimas palabras. Quizá ni siquiera hubo palabras finales. Supongo que me deseó suerte en la aventura que estaba a punto de emprender. Luego se fue escaleras arriba, buscando todavía algo en los bolsillos. Y ya no volví a verlo nunca más.

De vuelta a casa, me pregunté otra vez por qué me habría contado su historia de escritor. Pensé que quizá quería evitar convertirse en un modelo para mí, deshacer de raíz un posible equívoco, como el que tuvo él con su padre, y que lo arrastró por un rumbo imprevisto, no elegido del todo libremente. Y más en esa edad en que uno está dispuesto a comprar a cualquier precio una certeza. O quizá quiso transmitirme un mensaje, una lección que yo no debía olvidar nunca. Pero ¿cuál? ¿La fidelidad y el tesón? ¿La profunda estupidez humana, que a veces se disfraza de heroicidad, como él mismo había sugerido? ¿La advertencia de que uno no debe en lo esencial engañarse a sí mismo? Y luego me pregunté por qué se habría ido tan precipitadamente de casa. ¿Porque se había enamorado y prefería huir? ¿Porque yo había descubierto que era escritor y no quería tener un testigo de sus esfuerzos, de su vocación, tal vez de su fracaso? ¿O sólo porque su costumbre, o su destino, era ir de un lado para otro, siempre buscando, o escapando de algo? Otra de esas vidas que te rozan, se anudan un breve tiempo con la tuya, y luego se dejan llevar por la corriente hacia otras latitudes.

Y ya no pensé más. Durante todo el relato, yo había preservado la alegría del viaje, y la confianza en mí y en el futuro, y ahora volvía a recuperarlas, y ya sólo deseaba que llegara el martes para estar con Adriana, y huir juntos, hacia una nueva edad. Y ya no le tenía ningún miedo a la vida, ni al mundo, ni al destino ni a nada.

7

Y llegó al fin el lunes. Todo el domingo, todo aquel tiempo amontonado y muerto del domingo estuve esperando a que llegara la noche, y luego esperando a oír desde la levedad del sueño la voz apremiante de mi madre para levantarme y empezar a vivir muy deprisa mi último madrugón laboral, mi último trayecto al taller, el episodio final de aquella época incierta de mi vida. Y luego todavía estuve esperando a encontrar el momento propicio para llamar por teléfono a Adriana, prolongando la espera, concediéndome inspirados instantes de tregua, no fuese a ser que a don Osorio se le ocurriera enviarme a dar la que sería también mi última clase de guitarra.

Y el momento llegó. Había amanecido un día luminoso, de un azul alto y limpio, pero cuando salí a media mañana del taller ya habían aparecido grandes nubes oscuras que a ratos sumían al mundo en un gris espectral que parecía de eclipse.

Adriana se levantó, cruzó el salón hacia el ventanal, encendió una lámpara y se quedó mirándome pasmada en su marco de luz. Habían cambiado los muebles de sitio, y los cuadros, y los espejos, y no había cosa que no ocupara ahora otro lugar.

–¡Así que era verdad! ¡Así que el día tan esperado ha llegado por fin!

Vestía ahora como una señora, muy formal, peinada de peluquería, pintada, y se había puesto algunas joyas. Nunca la había visto tan vestida de persona mayor. Aquel aspecto contrastaba con la expresión de inocencia y de asombro que había en su cara, y de la que participaba activamente toda su figura.

–Pensaba decírtelo por teléfono, pero tenía la intuición de que él me iba a mandar a darte clase. ¿Ves? Por eso traje los billetes, para que los vieras.

–¡Así que era verdad! Así que el día de la fuga es ya mañana.

Yo estaba sentado en el sofá, con los billetes en la mano, y no dije nada, me limité a mirarla, desbordado también por la elocuencia del momento. Y ella no dejaba todavía de asombrarse.

–¡Mañana! ¡Oh, Dios mío, es todo terrible y maravilloso! Es la cosa más emocionante que me ha ocurrido nunca. ¡Mañana! ¿Y ahora qué haremos? –los ojos muy abiertos, las manos listas para acudir en auxilio del rostro.

–¿Hacer? Pues lo que habíamos planeado. ¿Qué otra cosa vamos a hacer si no? –mi voz tenía un vulgar tono de obviedad y, como otras veces, no me sentía capaz de estar a la altura de la pasión dramática que ella ponía en cada gesto y en cada palabra.

–¿Escaparnos entonces? ¿Irnos lejos de aquí para siempre? ¿Es eso lo que quieres?

–Ése es el plan, ¿no? Irnos lejos y vivir toda la vida juntos.

–Toda la vida. ¡Oh, qué gran aventura la nuestra! Escaparnos de la casa del ogro y fundar un hogar lejos de aquí. Seguro que seríamos muy felices. Pero ¿tú crees que tendremos valor para tanto?

–Yo sí lo tengo.

–¿Mucho? Porque quizá el tuyo tenga que alcanzar para los dos.

–Alcanzará de sobra.

–¿Y estarías dispuesto a renunciar a todo lo que tienes por mí? ¿Tu madre, el trabajo, los estudios, el país, los amigos, y todo eso para siempre y por amor a mí? ¿Estarías? ¡Júramelo!

–No hace falta jurar. Tú sabes que sí. ¿O es que no lo ves? –y esgrimí un poco los billetes.

–¡Ay, sastrecillo, yo creí que al final no te ibas a atrever!

–¡Por supuesto que sí! Pero, ¿y tú?

–¿Yo? –dijo en un tono abstraído, y en la cara un gesto de extrañeza.

Entonces dio unos pasos y se sentó allí mismo, en el brazo de un sillón, muy erguida, las piernas cruzadas, sólo la punta del zapato apoyada en el suelo. Ahora su rostro quedaba a contraluz y en la penumbra. La otra pierna inició enseguida un balanceo que me pareció demasiado metódico para un instante tan emotivo como aquél. El día era otra vez luminoso y azul.

–¿Atreverme yo? ¡Ay, eso no es tan fácil de responder!

–Claro que es fácil. Lo que ocurre es que el plan siempre lo veías lejos y, ahora de pronto, al verlo tan cerca, te has asustado y te han vuelto tus miedos de siempre. Eso es todo. Pero ya verás como enseguida se te pasa y vuelves a ver las cosas claras. En cuanto te acostumbres a la idea.

–Pero, ¡si yo no tengo miedo! Si yo las cosas las veo muy claras. Sólo que yo pensaba que todo esto era un juego.

–¿Cómo que un juego?

–Sí, tonto, un juego, una teoría, un hablar por hablar, como en las películas y en las novelas. Cosas que los enamorados se inventan por el puro gusto de inventar. Fantasías y promesas que valen por sí mismas, y que no necesitan demostrarse o cumplirse para ser sinceras y auténticas, porque en el amor, como en la religión, con la fe ya es bastante. Parece mentira que a ti que te gusta la poesía no entiendas eso, la distancia tan grande que hay entre el amor y la vida. A no ser que los billetes formen también parte del juego y estés burlándote de mí. ¿Te estás burlando?

Yo no daba crédito a lo que oía, y no podía verle la cara para sacar por ella la verdadera fisonomía de sus pensamientos. O quizá me estaba sometiendo a una última y definitiva prueba sentimental. Sí, eso debía de ser. Quizá ella pensaba que, más que el valor y la convicción, era el miedo y la vergüenza a parecer cobarde lo que me obligaba a mantener el compromiso de la fuga, y quería ofrecerme una última oportunidad de retractarme, y comprobar así hasta dónde llegaban la madurez y el temple de mi decisión.

–Tiene gracia. Pues claro que todo es real. ¿Cómo iba a ser si no?

–Un juego, una invención de enamorados. Tú mismo dijiste que nuestra historia era como el cuento del ogro y la princesa, que yo estaba cautiva y tú venías a rescatarme. Pero eso es sólo un cuento, nada más. ¿Cómo pudiste tomarte en serio y al pie de la letra todo eso de escaparnos y de irnos al extranjero y de ponernos al margen de la ley? ¡Oh, eres maravilloso! Eres como un niño que cree todavía en los cuentos de hadas –y seguía moviendo el pie, adelante y atrás, y siempre al mismo ritmo.

–Todo eso no lo dices en serio.

–¿Y por qué no?

–Porque no, porque no puede ser, porque es absurdo, porque esas cosas no las sientes –tiré los billetes sobre el sofá, me levanté, amagué unos pasos hacia ninguna parte y me quedé como desorientado en medio del salón–. No, me estás poniendo a prueba. O a lo mejor es que tienes mucho miedo y andas buscando el modo de echarte atrás sin que se note.

–¿Miedo yo a qué?

–A lo de siempre. Miedo a tener culpa, miedo al futuro, miedo a la ley, miedo a dejar de vivir en esta casa...

–De todos esos miedos que has dicho, el único verdadero es el último. Dejar de vivir en esta casa. Eso sí que me daría miedo –el zapato seguía moviéndose con una precisión de metrónomo–. ¿Cómo iba a irme yo de aquí, dejando tantas cosas atrás? Mira los cuadros, las mesas, los espejos, las lámparas, mira las cajitas de laca, los cestitos, esas nueces doradas, esas redomitas azules puestas de mayor a menor, esos caballos de cristal, tantas cosas menudas y preciosas que aparecen por todas partes y que tanto ha costado reunir. Y no hay objeto ni detalle que no esté ahí en prenda de alguna fecha inolvidable. ¿Cómo podría abandonar yo todo esto?

–No, no puede ser que hables en serio. Qué tontería. También nosotros con el tiempo tendremos nuestras cosas, nuestras fechas. Lo único de verdad importante es ser feliz.

Entonces le dije lo que una vez me había dicho a mí el señor Rodó, que la vida son unas monedas que hay que gastar en el camino, y que peor que derrocharlas es no atreverse a elegir y a gastar. Y mientras hablaba fui acercándome a ella para verle la cara, porque seguía a contraluz y sólo oía su voz saliendo de la penumbra con un acento extraño, desconocido para mí.

–¿Y cómo sabes tú que yo no he invertido bien mis monedas?

–Porque tú no eres feliz con don Osorio. Tú me quieres a mí y, sin embargo, vives con él, y te da miedo abandonarlo.

–A lo mejor es que estoy hechizada. ¿No decías también que don Osorio era una especie de vampiro? –su tono de burla tenía un punto ácido que tampoco le había oído nunca.

–Y es verdad. A su modo, te está chupando la belleza y la juventud. ¿Es que no te das cuenta? Vas a desperdiciar tu vida al lado de un hombre al que no quieres ni te gusta. No seas tonta, no tengas miedo, vente conmigo y no le des más vueltas –y empecé a hacer aspavientos dialécticos–. Acuérdate de todo lo que hablamos. Es muy fácil. Mañana coges la bolsa de la compra, sales por esa puerta y ya está. Ya está. Eso es todo lo que tienes que hacer. Si pudiera, te obligaba a venir, porque es verdad que estás como poseída por él. ¿Me oyes? –casi grité.

–Te oigo, y cuanto más hablas, más ingenuo pareces. ¿Es que no has comprendido nada de esta historia? ¿Es posible que no hayas sospechado nunca nada?

–¿Sospechar? ¿Sospechar qué?

–La verdad. ¿Es que no lo comprendes? Si no me voy contigo no es porque no me atreva, o porque las dudas no me dejen, sino simplemente porque no quiero irme. ¿Tendré que explicártelo con todas las letras? A ti siempre hay que explicártelo todo muy clarito.

–¿Que no quieres?

–No. Por nada del mundo me iría contigo.

Yo estaba totalmente desconcertado y me había quedado sin palabras.

–¿Y quieres saber por qué? Porque yo soy muy feliz con don Osorio.

–Eso no es verdad, te lo estás inventando –y moví la cabeza como ante la mentira inverosímil pero terca de un niño–. Ahora comprendo. Lo dices para desengañarme y para que yo renuncie a ti, y a la fuga, pero lo que en realidad te pasa es que estás aterrorizada y no quieres reconocerlo. Le tienes muchísimo miedo a don Osorio.

–¿Miedo yo a él? Qué tonto eres. Pero si él es el hombre más dulce y comprensivo del mundo. Él es el hombre de mi vida, y nunca ha habido otro ni podrá nunca haberlo. Él me ha enseñado todo lo que sé. Me ha enseñado incluso a sufrir y a ser feliz sufriendo. ¿Qué sería yo sin él? Él me ha criado como la nata sobre la leche. Él es mi dueño y mi señor, y por nada del mundo le traicionaría. ¿Cómo has podido imaginar siquiera que yo iba a abandonarle, y a cambiarte a ti por él, por muy joven y guapo que seas? –y había un acento despectivo en su voz.

Por un momento me pareció que estaba soñando lo que oía. Y que incluso la estaba soñando a ella, que seguía con la cara como embozada por el contraluz, erguida en el brazo del sillón, moviendo el pie y hablando con aquella voz que había perdido los dejes dramáticos y ahora era casi plana, impersonal. Quise decir algo, pero el tumulto de palabras se volatilizó al primer roce con la conciencia. Sólo sentí en la boca el cosquilleo de la elocuencia malograda.

–Qué ingenuo has sido. Incluso hablaste de matarlo. Pero luego ni siquiera te atreviste a intentarlo. Así que, por una parte, eres un monstruo, y por otra un alma de ratón. ¡Matar tú a don Osorio! Él te hubiera aniquilado con sólo una mirada de desdén. Qué ocurrencia.

Yo me había quedado como un pasmarote ante ella, más ofuscado que ofendido.

–No, no creo en lo que dices –apenas un susurro, más que a ella, dirigido a mí mismo, a mi propio estupor.

–Es la pura verdad. Que me muera si miento.

–Y entonces, ¿por qué durante todo este tiempo has dicho lo contrario?

–Porque todo era un juego, ya te lo dije antes, sólo que tú no conocías las reglas. Tú ni las sospechabas. Y ahora el juego ya se está terminando. Ésta es la última jugada.

–No te entiendo. Y además, te contradices. Antes has dicho que por nada del mundo traicionarías a tu marido. Y, sin embargo, conmigo lo has traicionado.

–¿Contigo yo? ¿Traicionar yo contigo? Qué absurdo. ¿Quieres conocer la verdad? ¿Te gustaría? Aunque, no, mejor es que no la conozcas nunca. Mejor que no, mejor que todo quede así envuelto en el misterio.

–No le tengo miedo a ningún misterio. Y empieza a cansarme ya este juego, como tú dices.

–¿Quieres saberlo entonces? ¿Saber por ejemplo por qué él te mandó aquí a darme clases de guitarra? ¿O por qué te conté yo todas aquellas intimidades sobre mi marido, sobre sus celos y sus trucos para tenerme siempre vigilada? ¿O por qué me dejé besar por ti? Te advierto que te va a doler. Aunque, por otro lado, quizá sea mejor así, porque lo que escuece también cura. Ven, coge una silla y siéntate aquí cerca, para que me oigas bien. ¡Y júrame que no me vas a odiar mucho por lo que te cuente! ¿Quieres saber por qué te seduje y fingí que también tú me seducías a mí? Por darle gusto a él, nada más que por eso. Es más, fui yo la que se lo propuse. Porque él no acababa de creer en mi amor, y yo le decía: «¡Ojalá la vida me diese la ocasión de demostrarte que para mí no hay más hombre que tú!». Y un día se me ocurrió. «Ponme a prueba», le dije. «Te lo ruego, anda, ponme a prueba.» Y a él le encantó la idea. Y por eso se fijó en ti, y el día que te vio en el taller con la guitarra, y que eras guapo, y tan joven y tan aparente, y que estudiabas, y que parecías tan discreto, le faltó tiempo para elegirte profesor mío de música. Eso ocurrió un viernes, y me acuerdo muy bien porque aquel fin de semana él y yo hablamos mucho de la aventura que estábamos a punto de vivir. Él me describió cómo eras tú, eras alto, delgado, moreno, serio, con los ojos negros y melancólicos, y el pelo negro y abundante, muy atractivo, y de aire un poco ingenuo. «¿Y si acaba gustándote? ¿Y si te enamoras de él? ¿No estaremos jugando con fuego?» Y yo: «Ponme a prueba, sólo así podrás averiguar la verdad». Entre los dos estudiamos cómo iba a hacer yo para conquistarte, o mejor dicho cómo haría para que pareciera que el conquistador eras tú, cómo me vestiría para recibirte (después de muchas pruebas, decidimos que me pondría un albornoz como si acabara de despertarme y saldría a abrirte un poco despeinada), cambiamos incluso los muebles de sitio y estudiamos la decoración para crear un buen ambiente, la luz de las lámparas, la posición de los espejos, la silla donde te sentarías tú, el modo como me sentaría yo, ensayamos incluso la escena de la llegada varias veces, don Osorio haciendo de ti, él llamaba a la puerta y yo le recibía recién levantada, con el albornoz a medio ceñir, ¿te acuerdas?, ¿quién eres tú?, ¿qué haces aquí a estas horas?, ¿de dónde has salido con esa guitarra y esa cara de frío?, y él pasaba y nos mirábamos asombrados de vernos tan distintos, yo casada y la mujer del jefe, tú sólo un aprendiz, pero tan igualados en años y en belleza, y la casa entera para nosotros dos. ¡Y qué bien hacía mi marido de ti! Compramos una guitarra usada, él entraba y nos sentábamos sin atrevernos a mirarnos, él me tocaba apenas los dedos para corregir la posición, yo iba a por café, ofrecía refrescos, ideaba preguntas para romper el hielo, ¿estudias?, ¿tienes novia?, ¿te gusta ser mecánico?, y él entonces se ruborizaba, se le atragantaba la voz, se olía las manos como tú, y si me miraba, yo le sonreía y él enseguida bajaba la vista como si mi sola visión le quemase. Así nos pasamos el sábado y el domingo, preparándolo todo, ensayando las diversas escenas, e interrumpiendo los ensayos para hacer el amor, porque aquel plan nos excitaba mucho y nos hacía más atrevidos, y en esos momentos de locura los dos pensábamos en ti, y los dos sabíamos que en realidad ya éramos tres, y eso nos unía aún más en la malicia. ¿Quieres seguir sabiendo? ¿No me odiarás luego con toda tu alma? ¿No te entrarán ganas de matarme?

No me moví ni dije nada. Desde hacía ya rato, desde el instante mismo en que empecé a comprender la historia y a aceptar que era cierta, o que podía serlo, yo estaba esperando que la impresión de terror y de vértigo que sentía se convirtiera en otra cosa, o que admitiese matices de ironía, de escepticismo, de desdén. Esperaba también a que el orgullo atenuase el sentimiento de catástrofe que yo percibía no sólo en mí sino en el orden general de la vida y del mundo, al menos para no contribuir a aquella perversa historia conyugal con un último tributo de protesta y escándalo. Pero ella no esperó mi respuesta; seguía embebida en la evocación, un poco ajena a mí, y signos de ello eran la fijeza de su semblante y el balanceo rítmico del pie.

—Todo ha sido experimento y teatro. Yo sabía siempre en qué momento ibas a aparecer porque él me avisaba en cuanto salías del taller, y cuando regresabas, él sabía ya casi todo de lo que había ocurrido aquí, porque yo le llamaba enseguida para compartir con él las novedades del idilio. ¡Y cómo esperábamos los dos el momento en que él llegaba a casa! Entonces sí. Entonces yo le contaba todo con todo tipo de detalles, lo que habías dicho, lo que habías querido decir, qué hiciste y qué no hiciste, cómo me miraste, cómo yo te incité y luego te contuve, y él por su parte me contaba lo que le habías contado tú, lo que había leído en tu cara, lo que él había imaginado y el dolor de pensar que yo había sucumbido a tus encantos, aunque sólo fuese un poquito, y como quería conocer todo en todas sus minucias yo volvía atrás y le contaba las cosas más despacio, y ya en la cama seguíamos hablando, y cuando apagábamos la luz aún nos quedaba mucho por rebuscar y comentar, y a veces no nos dormíamos hasta el amanecer. Cada minuto que yo pasaba contigo eran para nosotros horas y caminos que no acabábamos jamás de recorrer. Y cuando parecía que no quedaba nada por contar, volvíamos al principio, y ahora ya no analizábamos sólo lo que había pasado sino también lo que podría haber pasado si yo hubiera tenido un momento de debilidad o tú de atrevimiento. ¡Y cómo disfrutaba él, y se torturaba, con aquella quimera, y con el consuelo que yo le iba ofreciendo a cada instante! «¿Y no lo has deseado?», «¿Y no me estaréis engañando los dos en vez de nosotros a él?», «¿y no llegará el día en que se quiebre el cántaro con tanto ir a la fuente?», me preguntaba. «Mira que él es joven y apuesto y yo soy sólo un viejo gordo y calvo. ¿Cómo podría fiarme de ti, creer en la firmeza de tu amor?» Y yo: «Espérate y verás. Por nada del mundo podría llegar a traicionarte». «¿Ni un tanto así?»

Mientras hablaba, yo la miraba queriendo entrever algo ignoto en su rostro. ¿No se estaba obrando un cambio sutil en su fisonomía? De pronto me pareció que empezaba a verla tal como la había visto el primer día que llegué allí con la guitarra, cuando aún no me había enamorado de ella, cuando aún ni siquiera estaba seguro de que me gustase, sino que a veces me parecía mayor de lo que era, de una madurez prematura y marchita, y una expresión que enturbiaba su belleza y le daba un aire medio neutro. ¿Y no volvía ahora a parecerse un poco a la de entonces? Ésa fue la impresión que tuve por un momento, mientras ella seguía hablando, absorta en su discurso como una actriz en su papel.

–«Ni un tanto así, ya lo comprobarás.» «¿Y tú le gustas mucho a él?» «Tenías que verle. Está loco por mí, se muere de ganas por mi cuerpo.» «¿Y no intenta nada, un beso al menos?» «Todavía no se atreve.» «Pues anímalo tú, tú sabes cómo hacerlo, déjalo que te bese a ver qué pasa.» «¿Cómo podría hacer eso? ¿Y cómo podría luego contártelo?» «Hazlo por mí. Sólo besarte y estrecharte, a ver qué sientes. Déjalo que respire y saboree tu aliento, y tú el suyo. Si no lo pruebas, ¿cómo puedes saber que no te gusta?» «¿Y tú? Vivirías siempre con la obsesión de ese recuerdo.» Y él: «Pero, si no, viviría con la obsesión de que tu fidelidad no tiene otro mérito que el de la costumbre. ¿No me decías que te pusiera a prueba? Anda, niña, hazlo por mí». Y por eso lo hice, porque él me lo pidió. ¿Comprendes ahora? Pero no pongas esa cara de ofensa ni vayas a cogerme inquina. Piensa que todo lo he hecho por amor, y que en el amor los delitos son leves, y siempre se perdonan.

Y sí, yo debía de tener una cara rara, pero no por la ofensa, y ni siquiera por el asombro, sino más bien porque de pronto me entró un enorme cansancio, y mucho sueño, un sueño que invitaba a la desidia y al olvido, y me parecía que, como en otro tiempo, estaba trasponiéndome con el ojo izquierdo y velando con el derecho, y que empezaba de nuevo a ver el mundo en duermevela. La miré como algo lejano e irreal. Y era como si estuviese escuchando la historia de dos modos, y por un lado me la creía y me parecía verdadera y terrible, pero por otro tenía todavía la esperanza de que todo aquello era puro teatro.

–¿Y le seguías contando todo?

–Igual que te lo cuento a ti, aunque te duela y me odies para siempre. Todo. Nuestros coloquios de enamorados, nuestras promesas, nuestros planes de fuga, nuestros besos y abrazos, las miradas, hasta la idea aquella absurda de matarle, y lo del ogro y lo del vampiro, todo se lo contaba a él y se lo ofrecía como prueba y homenaje de amor. Y él no se cansaba nunca de escuchar. «Cuéntame qué te dice, sus requiebros de amor.» «Él es muy callado, no se le ocurre nada.» «Pues hazle hablar, desátale la lengua, que el amor hace locuaces a los mudos.» Y yo lo hice por él, y conseguí que hablaras y que al final dijeras cosas bien bonitas, que luego yo le repetía, imitando tus gestos y tu voz.

–¿Quieres decir que...?

–¡Cállate! Y cuando él me preguntaba qué sentía yo al besarnos, yo le decía que nada, que era como besar a un niño, no a un hombre, y que todo lo hacía sólo como una ofrenda a él. «¿Seguro?» «Seguro.» «¿Y no disfrutas y te abandonas al placer? Mira que el deseo es tan libre o más que el pensamiento y él es joven y guapo.» Y yo le decía otra vez que no, y que si en algún momento me sintiera atraída por ti, eso precisamente le daría más fuerza a mi lealtad. «¿Y por qué no pruebas a entregarte a él?», me dijo un día. «A ver hasta dónde eres capaz de llegar.» Y yo: «¿No ves que no podría?». «Entonces dile que te tome a la fuerza. Provócale, explícale que el pudor no te deja, que estás deseando pero que no puedes, y que sólo podrías si él empieza obligándote. Dile eso a ver qué pasa. Que te obligue, que te insulte, que te pegue incluso, y ya veremos hasta dónde resistes.» Y yo: «Él nunca haría eso, él tiene todavía más vergüenza que yo. Y no es capaz de matar ni una mosca». «Hazlo de todas formas, sólo por el gusto de probar.» Y yo lo hice, ¿no es verdad que lo hice? Me moría de vergüenza pero conseguí hacerlo. ¿No es verdad?

Entonces yo empecé de nuevo a no creerme aquella historia. «Se la está inventando para desengañarme», pensé. «Quizá porque ella cree que es más fácil luchar contra un rencor que contra la amargura y la nostalgia del gran amor que pudo ser pero se malogró por pura cobardía en el último instante. Me cuenta todo esto para que olvide de golpe, sin pasar por la desilusión. Y para que la odie. Y para hacer ya imposible la fuga. Y no lo hace por ella, sino por mí, para protegerme, para no arrastrarme a una aventura que, según sus cuentas, empeñaría mi vida para siempre cuando apenas estoy empezando a vivirla.» Pensé que, de algún modo, aquella historia falsa, aunque armada con piezas verdaderas, suponía un sacrificio, y era la mejor y más alta prueba de su amor. Y entonces empecé a verla otra vez tan guapa y tan prodigiosamente llena de gracia como siempre. Pero también supe que nunca me revelaría lo que en aquella historia había de cierto y de fingido. No me lo diría, y esa duda me acompañaría ya para los restos.

–Claro que lo hiciste, y muy bien además.

–Porque él me lo pidió, sólo por eso. ¿De verdad pensaste que alguna vez me entregaría a ti de propia voluntad? Eres tan infantil que a lo mejor hasta te lo creías.

–Ya da lo mismo lo que yo crea o deje de creer.

–Qué tonto eres. Ni siquiera te atreviste cuando me quedé desnuda en el dormitorio. Con lo fácil que lo tenías. Y eso también se lo conté. Y todo aquello de que cada día estaba más guapa y de que el amor me había devuelto la belleza perdida. Y el plan de fuga se lo iba contando paso a paso. Cómo tú estabas dispuesto a abandonar todo por mí, el trabajo que ya habías conseguido, el sitio donde viviríamos, las noches de amor, la vida libre y joven, lo felices que según tú seríamos para siempre... «¿Y no te dan ganas de irte a vivir con él? ¿No te has dejado nunca seducir por la duda?» «Jamás. ¿Ahora crees ya en mi amor? ¿Te parece que ya lo has puesto bien a prueba?» «Ahora sí, niña, ahora confiaré en ti ya para siempre.» «Entonces sólo te pediré una cosa: que me dejes contarle la verdad para que no vuelva más por esta casa.»

«¿Y él no sospecha nada?» «Nada. Es muy ingenuo y está muy enamorado de mí.» Porque tú nunca sospechaste nada, ¿no es verdad?

–No, nunca –estaba sentado frente a ella y me daban ganas de extender una mano y acariciarle el pelo, la cara, para que la historia que acaso estaba inventando le fuese más fácil de contar.

–Qué pánfilo eres. ¿Cómo pudiste creer que yo iba a abandonar a mi esposo y a dejar mi hogar para escaparme contigo por ahí lejos a lo que saliera? Hasta te creíste que le robaría su dinero y me iría con las joyas. «Si quiere convertirte en una ladrona, y que corones la deserción y el adulterio con el hurto, déjalo entonces que sufra y padezca un poco más. Hasta que tenga los billetes de tren. Déjalo que se haga ilusiones.» Y yo: «Los billetes los tendrá en unos días, dos o tres como mucho, porque ya vienen de camino». «Pues espérate y entonces se lo confiesas todo. Que cuanto más cerca se está de la esperanza, más largo y penoso es luego el desengaño. Que padezca, como hemos padecido nosotros, y que aprenda a respetar la casa ajena.» ¿Ves? –y miró alrededor–. Ayer estuvimos cambiando los muebles y la decoración, dejándolo todo tal como estaba al principio, antes de venir tú. Y esta misma mañana, él me ha dicho: «Si le leo la ansiedad en la cara, es que ya tiene los billetes y te lo mando para acá. Porque es bueno que le cuentes punto por punto la verdad, por un lado para castigarlo, por haberse atrevido a tanto, a asediarte a ti y a traicionarme a mí, pero también para que no pueda nunca presumir de haberte seducido, y que mi nombre ande en boca de todos». Eso me dijo. Y yo te he estado esperando y he intentado alargar tu esperanza hasta el último instante. Y luego te he contado la historia. Te la he contado para que la sepas, y para que sepas que todo lo he hecho por amor, y que el amor es despiadado tanto o más que las guerras –y se quedó con la mirada en el vacío, el rostro ofrecido incondicionalmente a la evocación.

–Y ahora, seguirás con él, ya para siempre. Hasta que seáis viejos.

–Ahora, gracias a ti, estamos más unidos y seguros que nunca. Yo pude aceptar el regalo y la devoción de tu juventud, pero no lo hice, y esa prueba será el mejor tesoro para él y para mí. En los días aburridos del invierno, o en los momentos de desánimo, cuando a él le falte la fe para creer en la sinceridad de mis sentimientos, recordaremos eso, y volveremos a contar la historia con pelos y señales, y gracias a ti renovaremos nuestro amor, y otra vez estaremos alegres. Y ahora, si quieres, ya te puedes ir. Sí, es mejor que te vayas. Pero recuerda siempre que todo lo he hecho por amor. Todo por amor. Así que no me tengas odio. O al menos no mucho. ¿Me lo tienes?

–No... –yo me sentí de golpe completamente deprimido.

–¿Y no estás muy enfadado conmigo?

–No sé, qué más da.

–¿Y ahora qué vas a hacer? ¿Serás capaz de irte a París tú solo?

–Tampoco lo sé. No sé nada ni entiendo nada. Y todo me es igual.

–¡Pobre Emilio! –me miró intensamente y luego extendió una mano reclamando la mía–. ¿Y vas a dejar el taller?

–Sí.

–Debes dejarlo. Es lo mejor. Además, tú no sirves para mecánico. Tú tienes alma de artista, se te ve en la cara.

–¿Sabes? –dije mirando al suelo, y me salió una voz compungida, y por un momento temí echarme a llorar–. Tengo la intuición de que esa historia te la has inventado. No me lo creo. Todo eso de que tú y don Osorio me habéis manejado como una marioneta. Tú sabes que me quieres a mí y no a él.

Afuera el día volvía a oscurecerse. El salón quedó envuelto en una penumbra medio azul.

–¿Lo piensas de veras? –y me miró maravillada de asombro–. ¿Piensas que yo te quiero?

–Sí, eso es lo que pienso. Y que todo te lo has inventado para protegerme. Y para que me olvide cuanto antes de ti, y no tenga nostalgia y sufra poco.

–¿De verdad eres tan inocente como para creer eso?

Esta vez no supe qué decir. La miré con toda la dureza de que fui capaz. Ella me sostuvo la mirada, y su gesto se fue haciendo cada vez más burlón y distante, pero no me soltó la mano.

–¿Y tú? –susurró, afectando un cierto tono insinuante–. ¿Me quieres todavía un poquito, o ya has empezado a aborrecerme?

–¿Y eso qué importa ya?

–Quién sabe. A lo mejor quieres vengarte de mí. Ésta es tu última oportunidad. Si juntas el amor y el odio, quizá encuentres un doble motivo para la venganza. He sido cruel contigo y me merezco todo lo que quieras hacerme. Me puedes abofetear o lo que sea. Te juro que esta vez no me resistiré. Aunque no te quiera, no me resistiré. ¿Me oyes?

Y no sé por qué, pero yo entonces pensé en inclinarme hacia ella y darle un beso en la frente, un beso dulce y alevoso, pero me pareció demasiado teatral. Tan teatral como sus palabras, y como su propia figura enmarcada al fondo por los visillos que poco a poco empezaban de nuevo a iluminarse.

Entonces ya no aguanté más. Me solté de su mano, crucé el salón, agarré los billetes al paso y salí de allí precipitadamente.

Cuando llegué al taller, no fui a cambiarme de ropa sino que me dirigí derecho a ver a don Osorio. Estaba en la oficina revisando papeles.

–Me voy del taller –le dije–. Prepáreme la liquidación.

–¿Para siempre?

–Sí.

–¿Y ya no vas a darle clases de música a Adriana?

–Ya no.

–¿No habréis discutido los dos?

–No.

–No debes discutir con ella ni hacerle mucho caso. Ella está enferma, un poco trastornada. Está siempre llena de fantasías, inventándose cosas. ¿No te has fijado que vive como en otro mundo?

–No mucho.

–Eres muy mal observador –y enlazó con beatitud sus deditos cortos y sonrosados–. ¿O es ella la que ya no te quiere como profesor? No me extrañaría, porque las mujeres son así, livianas e inconstantes. Pero, ¿por qué abandonas de repente el taller?

–Porque quizá me voy a París a tocar la guitarra –se me ocurrió de pronto decirle, a ver si sacaba algo en claro. Y añadí: «A lo mejor también viene mi novia».

Él no hizo ningún gesto de sorpresa.

–¿A lo mejor? ¿Es que quizá María no quiere irse contigo?

–Sí. Ella está muy enamorada de mí, y se vendría conmigo al fin del mundo. Pero por un lado tiene miedo, y por otro prefiero irme yo solo. El amor y el arte son incompatibles.

–¡Ay, el amor, la farándula! –dijo él. Se quedó un rato meditando y finalmente sonrió, pero su sonrisa era sólo privada, apenas la sombra que proyectaba en su rostro algún pensamiento impenetrable–. Ya te lo advertí yo: «Guadalajara es sólo el principio del mundo» –y volvió a ensimismarse en sus papeles.

Antes de irme, pasé por el patio interior para despedirme de los aprendices. Estaban petroleando en corro.

«Me voy del taller», les dije. Ellos suspendieron la tarea y me miraron desde abajo, concertados en un mismo gesto inexpresivo. Mario y Bernardo sostenían el cigarrillo en los labios. «Suerte», les dije. Ellos siguieron mirándome sin decir nada, y al final Mario levantó apenas una mano para decirme adiós.

Y cuando subí la rampa, me pareció que escapaba al fin de la trampa de la hormiga león y que, según ascendía, el pasado iba quedando cada vez más atrás, y que el ojo izquierdo se me despabilaba por completo para ver en toda su luz aquel día de verano, y que allí arriba me esperaban otras vidas con las que entrelazar la mía para formar de nuevo un laberinto de instantes, de promesas, de episodios sin principio ni fin.

Últimos títulos

447. El libro de la gramática interna
David Grossman

448. Viva el pueblo brasileño
João Ubaldo Ribeiro

449. Luces rojas
Georges Simenon

450. La cuarta mano
John Irving

451. La propiedad del paraíso
Felipe Benítez Reyes

452. Kalimantaan
C.S. Godshalk

453. El crimen de Olga Arbélina
Andreï Makine

454. Rueda del tiempo
Manuel Talens

455. Los años ingleses
Norbert Gstrein

456. La falsa pista
Henning Mankell

457. El arma en el hombre
Horacio Castellanos Moya

458. N.
Ernesto Ferrero

459. El jardín de la señora Murakami
Mario Bellatin

460. El anfitrión
Jorge Edwards

461. La prometida del señor Hire
Georges Simenon

462. Galería de hiperbreves
Edición del Círculo Cultural Faroni

463. Otra vez el mar
Reinaldo Arenas

464. En bodas y entierros
Alice McDermott

465. La hija del Supremo
Paule Constant

466. Los aires difíciles
Almudena Grandes

467. No apto para estúpidos
Tibor Fischer

468. La quinta estación
Philippe Delerm

469. El guitarrista
Luis Landero

470. La novela de mi vida
Leonardo Padura

471. Las señoritas de Concarneau
Georges Simenon